UN HIVER EN ENFER

www.actes-sud-junior.fr

Éditeur : François Martin assisté de Fanny Gauvin
Directeur de création : Kamy Pakdel
Conception graphique : Christelle Grossin et Guillaume Berga

ISBN 978-2-330-03430-6
Loi 49-956 du 16 juillet 1949 sur les publications destinées à la jeunesse.

UN HIVER EN ENFER

JO WITEK

ACTES SUD junior

"La famille, ce havre de sécurité,
est en même temps le lieu de la violence extrême."

BORIS CYRULNIK,
Les Nourritures affectives.

I

PAS DU TOUT

1

DIX-SEPT HEURES, ENFIN. La sonnerie venait de retentir dans un brouhaha libérateur. Alors que la plupart des élèves balançaient leurs affaires dans leur sac, tels des déchets dans un vide-ordures, Edward rangeait ses livres, cahiers et stylos avec une méthodologie chirurgicale. Toujours le dernier sorti, il appréciait le silence des salles de classe désertées. Une respiration, pour celui que l'on surnommait "Ed, le timbré" ou "Ed, le *strange*" et qui alimentait la petite haine ordinaire de la vie lycéenne. Ç'avait été comme ça dès son entrée au collège. Une timidité maladive, des TOC, un manque absolu de confiance en lui, autant de handicaps qui l'avaient empêché de trouver sa place dans cette jungle adolescente, où seuls les grandes gueules, les rigolos ou les lèche-bottes devenaient rois. Il avait fait avec. Se retranchant dans une solitude forcée, admirant la vie des jeunes heureux, sans espoir d'y participer. Il s'était habitué à cet isolement, tout comme à la violence quotidienne des petits jeux pervers de Traval et de Bosco. C'était injuste, c'était archaïque et à gerber, mais Edward avait abdiqué. Incapable d'en parler, incapable de se défendre, il se laissait manipuler pour avoir la paix, supportant sans révolte la nausée et les maux d'estomac matinaux.

Il terminait de ranger un à un ses stylos dans sa trousse, respectant l'ordre des couleurs de l'arc-en-ciel, quand Hugo, le complice de Traval, fit irruption dans la classe.

— Ed le timbré, tu te ramènes ? Il y a un *fight* ce soir. T'as combien sur toi ? Cette fois, c'est du lourd.

— Je ne peux pas ce soir. Mon père vient me chercher…

— Conneries ! persifla Hugo. Dans cinq minutes dans les chiottes du gymnase, t'as intérêt à te ramener si tu veux pas finir la gueule dans ta pisse.

Edward attrapa son sac, alluma son portable. Aucun message. Rien d'étonnant. Une vie sans surprise. Il avait hâte de se connecter à sa vraie réalité, sortir de cette mélasse *In Real Life*, pour pénétrer dans le monde fascinant des jeux en ligne massivement multijoueurs. Retrouver sa communauté, se sentir connecté à des centaines de joueurs en ligne, se glisser dans la peau de puissants avatars et prendre son envol. Un *shoot* de sensations fortes dont il ne pouvait plus se passer depuis quelque temps. Vivre, bon sang ! Vibrer autrement que dans cette stupide réalité.

Dans les toilettes du bas, Sébastien Traval, entouré de sa bande de tarés, l'accueillit d'une tape virile sur l'épaule.

— Ah ! Ed le *strange* est arrivé, on va pouvoir commencer ! claironna l'adolescent. Alors combien tu mets sur la table ce soir, mec ?

Avec sa chevelure de surfeur californien et sa carrure de nageur, ce type se croyait invincible. Sûr de lui. *Trop beau, trop tout, trop con*, pensa Edward qui avait des envies de meurtre chaque fois que Traval le frôlait.

— Je n'ai que vingt euros, répondit-il d'une voix éteinte.

— Pas de ça avec moi, Ed ! Il te faut au minimum trente pour assister au pari de ce soir. T'es un bienfaiteur de notre association, mec, ne l'oublie pas ! Le plus important des membres donateurs du club des Border Line de l'Institut Saint-Nicolas, déclama Traval avec une verve d'homme politique qui fit marrer les autres.

— Allez, mon vieux, si tu veux avoir la paix, sors trente, plus vingt de mise ! Et si tu paries sur moi et pas sur cette fiotte de Bosco, tu remporteras au moins deux fois la donne !

— Je ne remporte jamais rien à votre jeu débile… et mon père vient me chercher ce soir… Je suis désolé…

— Oh, oh, oh ! clama Bosco. Ed se rebiffe. Ça fout la trouille. Hou hou !!! Maman !!!

— Au fait, ta maman, Ed ? Comment va-t-elle ? interrogea Traval avec un air faussement dépité. Elle est encore chez les tarés ?

— Oh ! s'esclaffèrent les adolescents, dans un chœur singeant la pitié.

— OK, répondit Edward, pour couper court, avant de glisser sa main dans la poche de son jean et d'en sortir un billet de cinquante euros soigneusement plié en quatre. OK, répéta-t-il en reniflant. Je parie que Sébastien finira la bouteille de vodka avant Bosco.

— Eh bien voilà ! éructa Traval sous les acclamations et les sifflements de ses admirateurs.

Et le pari commença devant une bande d'une quinzaine de garçons plus ou moins consentants, plus ou moins partie prenante. Un racket organisé qui avait lieu au gré des élucubrations de Sébastien Traval et de Stéphane Bosco, deux adolescents manipulateurs qui ne prenaient leur pied qu'en exhibant leur force physique ou mentale devant leurs complices et une poignée de victimes. Edward avait hâte que ça se termine. Il croisa le regard soumis d'Henry-Pierre, un autre pigeon de la bande, qui comme lui se faisait plumer régulièrement à cause de la fortune de ses parents et, surtout, de sa faiblesse de caractère. *À gerber*, se répéta-t-il, sans avoir d'autre choix que d'assister sans broncher à ce petit jeu malsain.

Traval et Bosco se firent face et commencèrent à servir les *shooters* de vodka. Dix chacun. La partie fut lancée. Ça encourageait. Ça riait. Ça dégoulinait de partout. C'était pitoyable. Tout cela sous les yeux clos du chef d'établissement qui, pour une raison qu'Edward ne s'expliquait pas, n'était jamais alerté par les cris des Border Line, ni par leurs sorties plus ou moins tonitruantes de l'établissement déserté. Le *fight* dura vingt minutes avant que Bosco ne se vomisse dessus et que Traval, en sueur, l'haleine viciée et les yeux exorbités, ne pousse son cri de victoire, le poing levé, tel un médaillé olympique. *Le poing victorieux des révolutionnaires et des terroristes. Un même geste pour le meilleur et pour le pire de l'humanité*, pensa Edward avant d'empocher les dix euros que Traval daigna lui accorder ce soir-là. Les règles du jeu changeaient chaque fois, ne servant que les intérêts des plus forts qui, de plus, exigeaient des plus faibles qu'ils s'en satisfassent. Une belle organisation fasciste en plein cœur du respectable Institut Saint-Nicolas, établissement privé pour garçons de bonne famille.

2

— OÙ ÉTAIS-TU BON SANG, ED ? interrogea son père quand l'adolescent se glissa sur le siège en cuir de la berline de luxe.

— Un exposé à préparer avec un copain, s'excusa-t-il dans un petit sourire gêné. Désolé, papa, je n'avais plus de batterie pour t'appeler.

— C'est que ta mère est rentrée, ce n'est pas très sympa de la laisser seule si longtemps. Elle est guérie, tu sais. Tu vas voir, elle est très en forme. Je compte sur toi pour ne pas gâcher…

Son père en faisait trop. Surjouant la joie, celle de croire encore à la guérison définitive de sa femme. Edward n'était pas dupe.

— C'est bon, papa, je vais gérer, promit-il dans un petit rictus qui trahissait mal son malaise.

Il aurait aimé se réjouir de la nouvelle "guérison" de sa mère, ou même faire semblant, comme il le faisait autrefois pour rassurer son père, mais il n'y parvenait plus. À quoi bon se forcer ? Il était trop tard, maintenant. Il avait quinze ans ! Il n'y croyait plus. Alors, pour éviter de parler d'elle, il opposa une tout autre actualité.

— Au fait, j'ai vu un article sur toi dans *Le Monde* aujourd'hui.

Il recherchait la complicité. La protection paternelle. La "rassurance", comme nommait son psychologue son besoin permanent d'effectuer des gestes répétitifs pour chasser ses angoisses et réussir à se sentir en sécurité.

— Tu lis *Le Monde*, maintenant ? interrogea son père avec un petit sourire.

— Quand même pas ! C'est juste que j'ai un message d'alerte à ton nom sur mon compte internet. Je reçois toutes les dépêches te concernant.

— Ça existe, ça ?

— Évidemment ! Il est temps que tu sortes la tête de tes plans, papa.

— Et toi de tes jeux en ligne, Ed. Il faut que tu te calmes avec ça. Tu devrais sortir, voir tes copains… C'est important l'amitié à ton âge.

— Dans le journal, ils disent que tu es le nouveau Gaudí. C'est plutôt élogieux, non ? poursuivit Edward sans tenir compte de sa remarque.

Il ne voulait pas parler de lui, ni gâcher ce moment avec son père. Il était si souvent absent. Et puis comment lui expliquer ? Comment lui faire comprendre que, sans sa vie virtuelle, il se serait déjà mis une balle dans la tête ? Que des copains, il n'en avait pas vraiment. Seulement des connaissances qui habitaient Marseille, Lille, Toulouse, Toronto et, même s'il ne les avait jamais vus, il se sentait plus proche d'eux que de la plupart des mecs du quartier. Une vie de *gamer*, des discussions *online*. Comment expliquer ça aux adultes qui, contrairement à sa génération, n'étaient pas nés avec une souris d'ordinateur dans la main ? Comment ? Il était un enfant d'internet et ce n'était pas une simple génération qui les séparait, mais un monde, un gouffre, un trou noir qui accélérait le temps, les distances, et faussait tous les anciens repères. En moins de vingt ans, tout avait changé et tout allait changer à la vitesse des bits. Une autre ère. Une autre galaxie. Celle du numérique. Il y avait un avant et un après, et Edward n'avait pas connu l'avant.

Paul-Thomas Barzac respecta le silence renfrogné de son fils et n'insista pas davantage sur sa dépendance aux jeux en ligne. Lui aussi avait envie de savourer ce moment. Il se contenta de lui tapoter la cuisse, comme pour lui signifier que tout allait s'arranger. Qu'il croyait en lui. Que cette période n'était qu'un passage. Un pont entre l'enfance et l'âge adulte et qu'après tout, ce n'était pas si inquiétant. Ils échangèrent un sourire complice et Edward se détendit enfin. Il laissa glisser son volumineux sac de cours à ses pieds, s'affala sur le siège pour apprécier le ronron sourd et puissant du moteur.

Il aimait ces retours en voiture avec son père. Il l'aimait tout simplement. Pour son élégance, la façon qu'il avait de respecter ses choix et de s'adresser à lui en adulte responsable et non en adolescent égaré. Il était fier de cet architecte de renommée internationale qui érigeait des bibliothèques, des musées, des immeubles écologiques avec une vision nouvelle des bâtiments urbains. Depuis l'enfance, il collectionnait les coupures de presse et toutes les publications qui faisaient l'éloge de son père. Il l'admirait pour sa réussite professionnelle, mais aussi pour cette attention qu'il savait lui prodiguer quand il était à la maison. Bien sûr Edward aurait aimé que son père voyage moins, bien sûr il se sentait seul et déprimé sans lui ; mais il était conscient qu'il faisait son possible pour lui transmettre son amour et l'élever suivant ses valeurs. Il appréciait ses silences, son rire aussi, son enthousiasme sans faille. Il l'idéalisait, se sentant à des années-lumière d'une quelconque révolte adolescente contre lui. Et même si, du haut de ses quinze ans, Edward connaissait très bien le complexe d'Œdipe mis au jour par le célèbre docteur Freud, il savait aussi que, lui, n'aurait pas besoin de tuer le père pour grandir. Sa mère, à la limite. Il en avait déjà eu envie. Mais son père, jamais. Même symboliquement. Il l'aimait trop pour s'opposer à lui et il ne souhaitait qu'une chose : mettre les pas dans les siens et attiser sa fierté. Il était son portrait craché, tout le monde s'accordait à le dire. Tout son père et pas grand-chose de sa mère. Cela le rassurait.

La voiture pénétra lentement dans la propriété de Ville-d'Avray. Un véhicule de luxe, une banlieue chic, une immense maison d'architecte surplombant les étangs de Corot. Les Barzac avaient une vie rêvée, vue des grilles monumentales du parc qui se refermèrent automatiquement derrière eux.

3

Sa mère jouait du piano quand ils arrivèrent. Une suite de Philip Glass. De la musique contemporaine dans un mobilier design très épuré. Tout était calme, rangé, à sa place. Un décor de magazine, sans bazar ni bibelots. Rose s'interrompit à leur entrée dans le salon. Elle se contenta de tourner légèrement la tête vers lui, les mains en suspens sur le clavier.

Bonsoir, Edward. Je suis contente de te voir. Tu as bonne mine. Tu as eu des notes aujourd'hui ?

Il la détestait en réalité, même après quinze jours d'absence. Guérison ou pas, son sentiment demeurait intact. Il aurait voulu l'aimer, il avait espéré cet amour, mais ça n'avait pas été possible. Ça ne s'était pas fait. Sa mère avait toujours été si distante avec lui et, depuis la mort de sa grand-mère deux ans auparavant, cela avait empiré. "Maniaco-dépressive." Les médecins avaient ainsi mollement diagnostiqué l'étrange comportement de cette femme qui passait sa vie enfermée dans la maison à jouer du piano, à disparaître dans ses pensées ou à courir les magasins pour acheter quantité de vêtements qu'elle finissait par donner au personnel de la maison ou aux bonnes œuvres. Elle ne s'occupait de rien ni de personne. Une figurante. Une ombre. Avec cet épouvantable regard de tristesse qu'un léger sourire permanent ne réussissait pas à camoufler. Depuis quelque temps, Edward ne supportait plus cette tristesse, et encore moins les phases d'excitation de sa mère, qui se mettait alors à ranger la maison, à donner des ordres sans queue ni tête au personnel ou encore à nettoyer sa chambre d'ado, pourtant toujours parfaitement ordonnée. Il avait ses repères, ses habitudes de rangement, il lui avait interdit de fouler son territoire mais Rose, dans ses phases "maniaques", n'écoutait rien ni personne. La seule chose dont elle était capable était de lui acheter des fringues qu'il ne mettait pas, des livres qu'il ne lisait pas. Elle était tarée, cette brute de Traval avait raison. Tarée et insensible. Incapable de le prendre dans ses bras, de lui organiser une fête d'anniversaire, de l'emmener à l'école, de lui faire des crêpes, un gâteau ou de lui offrir un de ces gestes tendres que les mères savent normalement prodiguer à leurs enfants.

— Salut Ed, tu vas être content, j'ai fait du tiramisu ! le prévint Helena, en ébouriffant son épaisse chevelure brune. Vous voulez boire quelque chose ?

— Pas tout de suite, merci, répondit son père à la jeune étudiante qui fit un passage éclair dans le salon, avant de filer en cuisine. Nous allons d'abord écouter un peu Rose. N'est-ce pas, Ed ? La musique a manqué à cette maison, ma chérie. Tu nous as manqué, murmura Paul-Thomas en embrassant délicatement la nuque de sa femme.

Voilà, c'était comme ça chez les Barzac. Du grand mensonge organisé. Une mise en scène de vie familiale. Sa mère jouait du piano à longueur de temps et autour d'elle chacun faisait son possible pour que tout ait l'air normal. Son père affichait un air éternellement jovial et embauchait tous les deux ans une nouvelle "dame de maison" qui interprétait à merveille le rôle de la maman de substitution. Câlins, histoires du soir, après-midi au parc, goûters d'anniversaire puis, plus tard à l'adolescence, sorties ciné, rendez-vous scolaires ou chez le dermatologue. Les employées étaient nourries, logées et même très bien rémunérées pour ça, triées sur le volet et embauchées en contrat à durée déterminée. Deux ans de service, pas plus. Il fallait que ces femmes comblent les défaillances affectives de la mère, mais pas qu'elles la remplacent. Paul-Thomas y mettait un point d'honneur. De la tendresse, mais pas de lien affectif prolongé.

Pourtant, Edward s'était attaché à elles, lui. Il avait eu le cœur brisé plusieurs fois au départ de ces femmes qui, parfois, sentaient bon la tendresse maternelle. Il avait même pleuré et supplié, mais son père, malgré l'amour qu'il lui témoignait, n'avait jamais voulu déroger à cette règle. Pas plus de deux ans. Pas d'attaches. Tout cela à cause de sa mère et de sa foutue maladie qui emportait tout sur son passage.

C'était sa vie et il s'y était fait. Acceptant les arrivées et les départs des cuisinières, femmes de ménage et autres nounous dans ce drôle de foyer qui avait des allures de hall de gare. Mais avec Helena, c'était différent. Cette jeune Italienne avait été embauchée six mois auparavant, acceptant avec enthousiasme ce contrat bien payé qui lui offrait un toit pour finir ses études de psychologie à Paris. Elle avait débarqué avec ses chansons du matin, son rire éclatant comme une cascade des Alpes, ses cheveux noirs ondulés qu'elle portait toujours détachés, à peine coiffés. Elle était naturelle, sauvage, entière, et Edward la considérait un peu comme la sœur qu'il n'avait pas eue. Une sœur jolie et même très sexy. Une fille à l'opposé de sa mère, qui, quand ses parents n'étaient pas là, se baladait en petite culotte, les cheveux mouillés, passant des heures à s'occuper de ses pieds et de ses mains dans un petit rituel de manucure et de pédicure parfaitement orchestré. Il aimait particulièrement les soirées où ses parents sortaient, car elle déboulait alors du petit studio qui lui était réservé sous les toits pour occuper avec son corps, ses cheveux, son rire et son accent chantant tout l'espace de cette maison mortelle. Helena insufflait la vie. Elle était la vie, celle dont il rêvait en tout cas. Elle incarnait à ses yeux la femme idéale, la sœur, la mère, la copine, tout cet univers féminin auquel Edward n'avait pas accès.

Rose s'était remise à jouer. Un morceau contemporain dans ce salon dénudé, sans souvenirs ni photos. Sa mère avait été une grande interprète. Une soliste brillante qui, dès l'âge de dix-huit ans, avait intégré l'orchestre de l'Opéra de Paris. Puis Edward était né et elle avait tout laissé tomber. Un changement de vie radical qu'elle n'expliquait pas, mais qu'Edward portait comme un fardeau. Il pensait qu'elle lui en voulait et que sa naissance avait gâché sa vie. Ne restaient de sa renommée internationale que quelques affiches de concerts que son père conservait soigneusement encadrées dans son bureau. Ses mains caressaient les touches de l'instrument avec une délicatesse qui lui arrachait le cœur. Comme il aurait aimé, enfant, que sa mère laisse courir ses mains sur sa peau avec une telle liberté ! Des chatouilles, des massages, des câlins, toutes ces petites attentions dont il avait été privé. Comme il avait rêvé de cette sensualité maternelle, ailleurs que devant ce piano à queue blanc qui prenait toute la place.

— Ed, un petit quatre mains avec maman ? proposa son père dès que Rose eut terminé.

Son père meublait. Il parlait pour deux. Il riait pour deux. Il animait. C'était son rôle. Celui d'Edward était de jouer un morceau avec sa mère, tous les soirs en rentrant des cours. Aussi prit-il place à ses côtés. Un automatisme. Une habitude dans cette famille défigurée par le poids des silences. Leurs seuls instants de complicité. La seule façon de sentir parfois, au détour d'un morceau, une brise d'amour. Une possibilité de lumière entre eux. C'était fugace, mais il la percevait. Quand elle jouait, elle fermait les yeux et respirait calmement, comme apaisée. Lui aussi fermait les yeux, se laissant bercer par toutes ces mélodies qui, année après année, ne lui avaient pourtant pas donné accès au monde secret de Rose Barzac. Il enviait les adolescents de son âge. Ceux que leur mère gonfle. Ceux qui n'en peuvent plus de l'ingérence de leur petite maman dans leur vie. Ceux qui se font une joie de traîner les pieds pour rendre leur mère folle de rage. Lui, il pouvait faire ce qu'il voulait, cela n'avait aucun impact. Qu'il soit heureux, malheureux, insupportable, malade ou en pleine santé, cela ne changeait rien. Toujours ce même regard triste qui barrait tout espoir de rentrer en contact avec elle. Alors, il jouait du piano pour profiter de cette petite goutte de complicité.

Ils interprétèrent du Brahms. Il buta deux fois sur un accord difficile et elle l'attendit. Les mains en suspens au-dessus des touches, tel un vol d'hirondelles.

Son père, comme à son habitude, les regardait avec admiration, confortablement assis dans un sofa en cuir. Il semblait apprécier ces instants. Tout avait l'air si parfait quand ils jouaient. Si proche de l'image de la famille idéale où l'on est heureux de se retrouver entre cousins, grands-parents, oncles et tantes pour les déjeuners en famille. Edward n'avait jamais connu tout cela non plus. Des cousins, il n'en avait pas et il n'avait connu que ses grands-parents maternels qu'il ne voyait d'ailleurs plus, puisque grand-mère était morte et grand-père, malade d'Alzheimer. Un désert familial. Le seul moment de joie partagée se résumant aux virées qu'il faisait l'hiver à la montagne, à Courchevel, seul avec son père dans le village de son enfance.

Sa famille avait une sale gueule. Des pièces de puzzle éparpillées dans une demeure de luxe.

Edward accentua le dernier accord qui se perdit longtemps sous les hauteurs du plafond. Un regard furtif de sa mère et les applaudissements de son père marquèrent la fin du cérémonial. Il put alors s'écarter du tabouret de piano, attraper son sac de cours et se diriger vers sa chambre située au premier étage. Il entendit ses parents discuter en chuchotant comme deux amants. Sa mère rire. Cela faisait longtemps. Il détesta ce nouveau rire qui n'était pas pour lui. Il ouvrit la porte de sa chambre avec la main gauche, la referma d'un coup de pied maîtrisé. Ni violent ni démonstratif. Juste une façon bien à lui de refermer la porte de sa chambre avec le talon de son pied gauche. Il descendit les stores électriques que Mme Hagger, la femme de ménage, oubliait toujours de baisser. Il appuya ensuite sur la barre d'espace de son clavier d'ordinateur.

Et sa lumière fut.

4

EDWARD N'ÉTEIGNAIT JAMAIS SON ORDINATEUR. De jour comme de nuit, il aimait sentir le souffle des circuits imprimés, le ronronnement discret de cette mémoire vive qui le projetait en un clin d'œil vers un autre monde. S'ouvraient alors à lui des dizaines d'avatars, des univers à conquérir, des créatures imaginaires aux capacités physiques et intellectuelles bien supérieures à celles des humains. Son père avait raison, il abusait de ces échanges en ligne. Mais comment ne pas devenir dépendant d'un monde qui fait de vous un être exceptionnel ? Edward était un bon *gamer*. Un *anim'* reconnu dans son réseau de joueurs. Il excellait particulièrement en stratégies d'attaques et en prises de risques. Tout était plus simple quand personne ne le regardait et c'est ce qu'il aimait dans cette vie sur écran. Personne pour le juger, personne pour se moquer de ses TOC, de ses crises d'angoisse, de sa pauvre vie sans saveur. Il entra tout de suite en action et rejoignit le fil de discussion.

— *Yep, Mangor !* lui lança aussitôt l'un de ses acolytes. *T'as bien starté pour ce match. On fonce ?*

— Yep, Gramondys ! OK. Faut dropper un max d'items. Les Kalars nous feront pas de cadeaux.

Adopter un jargon étranger, revêtir une autre personnalité, rester aux aguets ; se fondre dans une partie de jeu, c'était comme partir en voyage. Quand il jouait, le monde alentour s'évaporait. Plus de murs, plus de temps, plus de parents ni de devoirs. Juste des missions à effectuer pour collecter des items, des points de vie et gagner des niveaux. Il venait de plonger et, à part l'entrée tonitruante d'Helena ou de son père l'appelant pour le dîner, rien ne pouvait le perturber. C'est pourquoi il ne sut depuis combien de temps il était en train de jouer et de mener à bien son attaque quand il sentit une main sur son épaule. Il sursauta.

C'était elle. Toute fluette dans sa robe en laine blanche, le visage laiteux et le sourire aux lèvres.

— Pardon de te déranger.

— Qu'est-ce que tu veux ? Tu m'as fait peur, merde ! Tu pourrais frapper !

Rose ôta aussitôt la main de l'épaule de son fils. Il lui faisait peur. Edward le lisait dans ses yeux et cela le mettait en rogne. Plus elle le craignait, plus il était odieux. C'était nul, mais ça se passait ainsi entre eux depuis qu'il était entré dans l'âge tumultueux de l'adolescence.

Sa mère baissa la tête et glissa ses mains dans les poches de sa robe pour se donner une contenance.

— Je vais mieux, tu sais… cette fois, c'est particulier, lança-t-elle dans un souffle court. En fait, j'ai découvert quelque chose sur mon passé qui explique ma difficulté à communiquer… Enfin, tout n'est pas de ma faute… J'aimerais pouvoir te l'expliquer…

Edward lui tourna le dos. Le visage tendu vers l'écran comme pour lui signifier clairement que parler ne servait plus à rien. Trop de silences les avaient éloignés. Il souhaitait qu'elle parte. Qu'elle dégage de son univers. Qu'elle respecte au moins son moment d'évasion quotidien. Les seules exaltations de ses journées sans frissons. Et puis, il détestait son parfum.

— OK, t'es guérie. Cool. Tu as autre chose à me dire ?

— Oui... C'est pas facile, répondit-elle en se raclant plusieurs fois la gorge. Tu ne veux pas quitter ton écran deux minutes ?

— *Mangor ?* éructa une voix dans les baffles de son ordinateur. *Tu viens de perdre vingt PV là. Tu te déco ou t'es avec nous ?*

Deux mondes venaient de se percuter et leurs réalités ne faisaient pas bon ménage. D'un côté, une mère engluée dans son mal-être et en quête de dialogue avec son fils, de l'autre, des chevaliers du virtuel concentrés sur une attaque stratégique qu'Edward, dit "Mangor", avait soigneusement organisée.

— *Mangor ! Shoot ! Shoot ! Derrière toi !*

Instinctivement, Edward appuya comme un malade sur son clavier avant de couper le son et de jeter un regard foudroyant à sa mère. *Un head shot*, pensa-t-il. Un tir en pleine tête qu'il venait de diriger contre elle, pour lui signifier clairement de dégager.

— Maman, c'est vraiment pas le moment. Je suis occupé, là.

— OK. OK, je comprends... Tu t'amuses... C'est bien... On verra ça plus tard.

Elle fit demi-tour. Il en fut soulagé et se projeta aussitôt dans son monde. Il se reconnecta au flux de conversations multijoueurs :

— *Désolé. Un problème IRL. Merde, j'ai perdu quinze PV ! Faut que je me refasse.*

Il déversa sa colère en martelant avec acharnement les touches de son clavier. Il se mit à hurler pour encourager ses troupes.

— *Tire, Gramondys. Iria, droite. Yes ! One shot ! Je viens de dropper trois items !*

— *WTF* !* hurla une voix féminine.

— *Un coup critique !* prévint un autre joueur.

— *OSEF** !* hurla Edward. On continue !

En tant qu'animateur de son clan, il dirigeait les opérations d'attaque avec un savoir-faire quasi militaire. Il était en sueur, agité, haletant, mais faisait preuve d'un sang-froid étonnant. Un autre. Rien à voir avec "Ed le timbré", "Ed le *strange*" du lycée. Plus d'angoisse ni de peur, un courage inhumain, une puissance virtuelle qui en quelques minutes de jeu lui procuraient plus d'adrénaline que tous les événements de sa vie confondus.

— *Yes ! Good game tout le monde et level up pour moi !* conclut-il après une bonne heure de jeu.

— *Bravo, Mangor !*

— *J'y go, je suis naze !* conclut-il avant de se déconnecter et de s'étirer sur sa chaise à roulettes.

Il adorait cette ivresse d'après combat. La satisfaction d'avoir réalisé quelque chose de difficile, de puissant

* *What the fuck*, en langage SMS

** On s'en fout, en langage SMS.

et de collectif. Il aimait être un chef. Pourquoi ne ressemblait-il pas à ce héros dans la vraie vie ? Il fit pivoter son siège de bureau pour attraper sa canette de soda quand il la vit.

Assise sur son lit, stoïque dans sa robe en laine blanche. Les deux mains sur les genoux comme la femme du tableau de Hopper que son père avait affiché dans son bureau. Le dos courbé, l'air abattu, une femme dépassée qu'un sourire forcé ne réussissait pas à ramener à la vie. Il lui en voulut à mort d'avoir violé son intimité. Était-elle revenue ? Ou n'avait-elle pas quitté sa chambre depuis une demi-heure ? Il sentit la haine l'empoisonner.

— Tu as l'air très fort aux jeux… murmura-t-elle, en se raclant de nouveau la gorge.

Il eut envie de la gifler. Et à la colère succéda la honte. *Quel genre de mec frappe sa mère ? Oui, mais tout le monde n'a pas une mère comme la mienne.* Un cercle vicieux. Une mauvaise relation mère-fils. Un lien malsain. Il aurait voulu que tout soit différent.

— Sors de ma chambre, s'il te plaît, maman ! lança-t-il d'une voix sourde.

— Il faut qu'on fasse la paix toi et moi, dit-elle en se levant.

Sa voix implorait. Sa voix tremblait. Sa mère n'était que peur et tremblements et Edward voulait que cela cesse.

— J'ai compris des choses sur mon passé dernièrement, poursuivit-elle, l'implorant de l'écouter. Des choses importantes, des choses qui expliquent…

— Qui expliquent quoi, maman ? Que tu ne m'aimes pas ? Que t'en aies rien à foutre de moi ?

— Ce n'est pas vrai… Edward, comment tu peux ?

— Tu m'aimes alors ? Bah, dis-le que tu m'aimes ! Dis-le ! Allez, dis-le ! "Je t'aime, mon chéri", "Je t'aime, mon fils". Dis-le !

Rose ne bougea pas. Elle demeura stoïque devant la porte, la main figée sur la poignée, les paupières presque closes.

— Ce n'est pas… enfin… je… Bientôt, je pourrai…

Elle n'y arrivait pas. À l'intérieur de son corps, Edward était en lambeaux, dévasté par ce manque de tendresse. Mais sur son visage ne se lisait qu'une distance butée, ce regard froid et sans émotion que lui reprochaient parfois ses professeurs et qui foutait les boules aux gens de son âge. L'impression que rien ne pouvait le toucher. Un renfrognement qui, le croyait-il, pourrait le protéger des autres blessures. Edward ne s'aimait pas, il n'arrivait pas à être comme les autres, à vivre avec les autres, il était comme elle, un spectateur du monde, enfermé dans une bulle. Tout cela était de sa faute, à cause de sa maladie. Il ne la supportait plus.

— Sors, s'il te plaît. T'aurais pas dû rester, répéta-t-il, en se mettant machinalement à aligner ses stylos sur son bureau, dans l'ordre des couleurs de l'arc-en-ciel, tout en les énumérant mentalement. *Rouge, orange, jaune, vert, bleu, indigo et violet. Rouge…*

Une habitude. Un TOC qui lui permettait de chasser ses angoisses. Deux handicapés du sentiment, voilà ce qu'ils étaient devenus. Et Edward pensait que c'était irrémédiable.

Ils n'y arrivaient pas. Ils n'y arriveraient plus. C'était trop tard.

Rose ouvrit la porte et tomba nez à nez avec Paul-Thomas, surpris de la trouver dans la chambre de leur enfant. Leurs tête-à-tête étaient si rares.

— Tu étais là, ma chérie ? Je te cherchais partout. Vous voulez que je vous laisse, ajouta-t-il, percevant le malaise.

— Non, c'est inutile, précisa-t-elle d'un souffle las. Je vais voir si je peux aider Mme Hagger en cuisine.

Rose embrassa furtivement son mari et s'éloigna dans un courant d'air qui fit claquer la porte dans le dos de Paul-Thomas.

— Il faut être gentil avec ta mère, Ed, commença son père en attrapant à la volée un bouquin sur l'étagère.

— Pa', j'ai pas envie de parler de ça. Je suis fatigué…

— Les choses vont vraiment changer. Tu dois y croire cette fois. C'est tout ce que je te demande. Arrête de la juger, elle n'est pas responsable de sa maladie…

— Moi non plus.

Son père lut machinalement le titre du bouquin qu'il avait entre les mains. *Crime et Châtiment.*

— Tu lis Dostoïevski ? Je suis impressionné…

— Non, je l'ai pris sur l'étagère du salon. J'aime bien le titre, c'est tout.

— Moi aussi j'avais des idées noires à ton âge, poursuivit son père, les yeux rivés sur la couverture. J'étais très déprimé, très renfermé… Bon, trancha-t-il en frappant dans ses mains comme pour refermer un vieux dossier, j'ai réservé notre stage de saut à ski pour les vacances de Noël ! Cette fois, il faut que je te batte en distance !

— Tu peux toujours rêver, répondit Edward dans un sourire de gosse. T'as commencé trop tard, et puis t'es trop lourd pour me dépasser.

— Prétentieux, va ! Il n'est jamais trop tard quand on a la niaque. Mais, sans plaisanter, tu trouves que j'ai grossi ?

— Carrément, oui !

— Merde ! En plus, on mange de la raclette ce soir. Je suis cuit.

Ils éclatèrent de rire et la cloche du dîner retentit.

— Oh ! pinaise, une bonne pitite raclette ! poursuivit son père en imitant Homer Simpson.

C'était leur truc, les Simpson. Edward incarnait Bart, Paul-Thomas Homer, et ils s'amusaient à réinventer les dialogues de la série américaine qu'ils aimaient regarder ensemble. Père et fils sortirent de la chambre pour rejoindre la salle à manger. Leurs éclats de rire et leurs blagues se déversèrent dans toute la maison, pour venir recouvrir le son de l'écran plat. Rose les attendait à table, complètement absorbée par les nouvelles du monde.

5

MME HAGGER, LA CUISINIÈRE, termina de disposer les plats de charcuterie et de fromages sur la table monumentale en plexiglas avant de prendre congé.

— Le dessert est dans le frigidaire. Un blanc-manger. Je vous dis à demain et bon appétit !

— Au revoir, madame Hagger, répondirent-ils en chœur.

Helena vint les rejoindre, en s'excusant de son retard. Elle ne dînait avec eux que lorsque le couple Barzac sortait. Sa présence un soir de retour de "cure" de sa mère étonna Edward, même s'il se réjouissait de passer sa soirée avec l'étudiante.

— Vous sortez ?

— Eh, oui ! répondit Rose d'un air léger. Je te l'ai dit, les choses ne sont plus comme avant. Tu vas découvrir une toute nouvelle maman !

— Nous allons juste boire un verre chez une amie, précisa Paul-Thomas. Nous ne rentrerons pas tard.

— Quelle amie ? insista Edward.

— Isabelle, une fille formidable que j'ai rencontrée dernièrement. Tu la connaîtras très bientôt... répondit sa mère avec une pointe de mystère qui l'agaça.

Le parfum du moment, pensa-t-il. Car il savait que les amies que se faisait généralement sa mère à chaque cure ou séjour de repos disparaissaient quelques mois plus tard. Rose n'était pas plus capable de lier une amitié durable que de prendre soin des siens.

— Je peux venir ? lança-t-il dans une provocation qui l'amusait.

D'un coup d'œil, il apprécia la mine déconfite de ses parents, qui visiblement n'avaient pas prévu de l'emmener dans leur petite escapade nocturne.

— Je blague, conclut-il. Vous avez sûrement des choses à vous dire après quinze jours de séparation…

— Moi aussi, j'ai des choses à te dire, Ed, insista sa mère d'une voix plus assurée, mais comme tu ne m'en as pas laissé le temps ce soir, nous en reparlerons ce week-end.

Helena avait le nez pointé vers l'écran plasma, se réfugiant dans les images de guerre au Moyen-Orient pour éviter d'entendre les Barzac se disputer. L'ambiance de cette famille un peu fêlée lui pesait certains soirs. Ils avaient beau être riches et cultivés, chez eux, on s'ennuyait et elle plaignait Edward de passer son adolescence dans cette prison dorée. C'était ce qu'elle pensait et ne cessait de répéter à son petit ami qui l'enviait de gagner si facilement sa vie. "Comment cela, payée à ne rien faire ? s'insurgeait-elle. C'est hyper stressant comme job." Elle avait pitié de cet adolescent complètement enfermé dans son monde, mais plaignait surtout le père, "un homme génial" qui, d'après elle, avait foutu sa vie en l'air en piochant le mauvais numéro.

“Je me demande ce qu’il lui trouve”, s’interrogeait-elle souvent quand elle évoquait la vie des Barzac. “Elle est jolie, non ? Très belle même ! répondait invariablement son petit copain, avant de conclure : Les hommes font n’importe quoi face à la beauté féminine.”

Et ce genre de conversation se transformait toujours en une étreinte amoureuse. Ils avaient vingt ans et, après tout, ils se foutaient des Barzac !

Helena demanda si elle pouvait augmenter le volume de la télévision. Le journaliste avait lancé un reportage sur une histoire de bébé retrouvé mort dans la cave d’un pavillon de province. La jeune femme adorait ce genre de fait divers sordide. Et puis, en tant qu’étudiante en psychologie, ça la passionnait. Elle appuya plusieurs fois sur la touche de la télécommande.

— *Un bébé a été retrouvé mort dans le congélateur d’un appartement à Bouzigues, dans l’Hérault, par le compagnon d’une femme de vingt-huit ans. Celle-ci a été placée en garde à vue mardi. Le couple a déjà trois autres enfants. La mère aurait étouffé son enfant avec un coussin avant de déposer son cadavre dans le congélateur.*

S’ensuivit un reportage où l’on voyait des images de l’immeuble où habitait le couple, ainsi qu’une silhouette de femme qui se cachait le visage. Des voisins étaient interrogés et laissaient percevoir leur stupeur en gros plan. Jamais ils n’auraient pu imaginer qu’un tel drame puisse se dérouler à côté de chez eux.

— Quelle horreur ! lança Helena en croquant dans sa patate chaude.

— C’est vrai, reprit Edward. Putain, comment on peut tuer son bébé ? Même les animaux ne font pas ça !

— Un vrai monstre, cette femme ! Et dire qu'elle a trois autres enfants ! Ça fait froid dans le dos, renchérit Helena.

— Ce n'est pas elle, le monstre ! opposa Rose, blafarde.

— Elle a tué son bébé, quand même ! insista Paul-Thomas, en enfournant une poêlée de fromage sous les résistances de l'appareil à raclette.

— C'est la société qui est monstrueuse, conclut Rose, avant de saisir nerveusement la télécommande pour éteindre la télévision.

Le crépitement du fromage en train de griller souligna la coupure soudaine des informations. Il ne restait que les bruits de fourchettes et les déglutitions, loin des saloperies du monde. Pourtant la violence du fait divers s'était répandue sur la table design des Barzac. Rose avait le visage tendu et ne touchait plus à son repas. Tout le monde plongea le nez dans les assiettes, espérant ne pas avoir droit à une nouvelle crise de déprime.

— On ne devrait pas regarder les infos quand on mange, lança Paul-Thomas, en tapotant la main de sa femme qu'il sentait de nouveau vacillante.

Edward sentit la colère gronder, l'impatience fourmiller dans ses pieds, ses mains, ses mâchoires. Il en avait assez de se taire. Assez de s'écraser comme un toutou, uniquement pour protéger la santé mentale de sa mère. Lui aussi voulait s'exprimer. Alors, il releva la tête et l'affronta sans ménagement :

— Pourquoi tu dis que c'est la société qui est responsable ? Je ne vois pas le rapport. Cette femme est barge et criminelle, un point c'est tout !

— Peut-être qu'elle est "barge", répondit sa mère avec un aplomb maîtrisé. Mais moi, je dis qu'il n'est pas normal au vingt et unième siècle que la société laisse encore une femme accoucher seule dans sa chambre et étouffer son enfant sous un coussin. Il faut être désespérée pour tuer la chair de sa chair. Quand l'humanité le comprendra-t-elle ? Les femmes infanticides ne sont pas des montres, c'est le monde qui est pourri de ne pas s'occuper des futures mères ! Toutes ne sont pas prêtes à accueillir un enfant !

Rose stoppa net ce monologue, s'essuya délicatement la bouche, puis se leva très calmement.

— Je vais me préparer pour sortir. Terminez sans moi, je n'ai plus très faim.

Et elle quitta la salle à manger avec un petit sourire poli, les abandonnant dans un silence de plomb. Helena fit passer le plat de pommes de terre, tentant ainsi d'atténuer le malaise.

— Si maman se met à défendre les femmes infanticides, j'ai du souci à me faire, finit par blaguer Edward.

Le coup de poing que son père asséna à la table fit trembler les verres, les assiettes et le cœur de l'adolescent. Jamais il ne l'avait vu se mettre dans un tel état.

— Je t'interdis de penser une seconde à ça ! le mit-il en garde, pointant vers lui son index et un regard insupportable.

Un regard de haine.

— Ce n'est pas ce que je voulais dire, papa, je te jure ! C'était une blague…

— Je me fous de ce que tu voulais dire ou pas, Edward. Je te dis seulement que je t'interdis de penser une seule seconde que ta mère ait pu… Va t'excuser ! Immédiatement !

— C'est bon, elle ne m'a pas entendu…

— Immédiatement ! répéta Paul-Thomas, l'index cette fois tendu dans la direction de leur chambre à coucher.

Edward ne chercha pas à batailler. L'idée de déplaire à son père était le pire des supplices. Il s'excusa à nouveau, se leva de table et monta à l'étage sans même prendre le temps d'allumer le couloir. Planté face à la porte close de la suite parentale, il observa le rai de lumière qui s'en échappait comme un débordement. Il frappa une seule fois. Un coup sec et maîtrisé. Ni agressif ni repentant. Elle répondit immédiatement.

— Entre, Ed !

Une voix étonnamment douce. Tendre et posée. Il en frissonna. Sa main gauche trembla lorsqu'il ouvrit la porte. Sa mère était devant sa coiffeuse, les cheveux détachés. Il la trouva jolie. Plus jeune.

— Je voulais m'excuser d'avoir provoqué cette conversation sur…

— Tu n'as rien fait de mal, Edward. On peut avoir des avis qui divergent. C'est aussi cela l'échange en famille. J'aimerais qu'on parle davantage, toi et moi, à partir de maintenant. Est-ce que tu es d'accord ?

Edward se sentit frémir. Sa mère venait de lui tendre sa main. Pour la première fois depuis plusieurs années, il perçut une attention dans ses yeux. Une présence entière et généreuse, entièrement tournée vers lui. Et cette main tendue lui fit l'effet d'un baiser. De ces baisers maternels dont il n'avait pas goûté ou alors dont il n'avait plus aucun souvenir. Était-il possible qu'elle soit réellement guérie ? Il eut envie de lui prendre la main, de se laisser glisser dans ses bras, de s'abandonner contre sa poitrine pour l'éternité. Pourtant, rien ne bougea. À l'intérieur, ça tanguait de partout, mais son corps demeura distant, froid, paralysé.

— Pardon ! se contenta-t-il de répéter, les yeux baissés.

Rose lui sourit plus largement comme pour acquiescer et lui laisser entendre combien elle comprenait son incapacité à se laisser aller à des gestes tendres, si naturels pour certains. Ils étaient semblables, finalement. Edward sentit les larmes affluer en torrent. Alors, par pudeur, il se contenta d'esquisser un petit sourire et de faire demi-tour le plus vite possible, laissant la main de sa mère une nouvelle fois en suspens.

Il regagna sa chambre, tourna le verrou de la porte, se planta devant son ordinateur et, sous le nom de Mangor, chevalier des ténèbres, massacra des dizaines de monstres à trois têtes.

Il était vingt et une heures quand il les entendit sortir dans le jardin. Les portières claquèrent. Il reconnut le bruit du moteur de la petite Fiat coupée de sa mère. Ça non plus, ce n'était pas habituel. Il quitta son écran, actionna le bouton du store, ouvrit la fenêtre et n'aperçut rien d'autre que les grilles monumentales de la propriété se refermer sur la voiture rouge. Pourquoi n'avaient-ils pas pris la BMW ? Pourquoi son père n'était-il pas venu l'embrasser avant de partir ? Même en colère, son père ne ratait jamais leur baiser du soir. C'était puéril, mais ils y tenaient tous les deux.

Un souffle nouveau s'était infiltré dans sa vie depuis le retour de sa mère. Quelque chose de différent qui faisait chavirer ses repères. Edward se posta devant son bureau et se mit à aligner ses stylos. Insidieusement, il sentit la panique envahir tout son corps. Son rythme respiratoire se précipita et une boule de peur enserra sa gorge d'un collier de fer. Il suffoquait. Une nouvelle crise d'angoisse venait de commencer.

6

— ÇA VA ALLER, ED. Je suis là. Respire et calme-toi.

Un timbre vocal à la fois cassé et lumineux, comme la côte escarpée de sa région natale des Cinque Terre en Italie. Un accent qui donnait envie de tomber amoureux. Seule Helena savait apaiser si rapidement ses angoisses nocturnes qui le projetaient dans une sensation de mort imminente.

— Respire et ne me quitte pas des yeux.

Avec ses longs cheveux qui lui dégoulinaient sur le visage, cette fille était plus efficace que les exercices de respiration conseillés par le psychologue et même, depuis quelque temps, plus apaisante que son père. *Sexy*, c'est le mot qui revenait percuter ses neurones et réchauffer ses sens, dès qu'elle lui prenait la main et s'asseyait près de lui. *Merde, il faut vraiment que je me trouve une copine !* pensait-il, chaque fois qu'il se calmait sous ses caresses et ses mots tendres. Si Helena pouvait apaiser sa souffrance psychologique par son unique présence, il était probable qu'une fille amoureuse de lui puisse le guérir tout à fait. Souvent, le soir, entre deux parties de jeu, Edward rabâchait cette idée, mais sa peur intrinsèque et paralysante des filles de son âge le laissait frustré et solitaire. Il voulait grandir. Aimer et se sentir aimé. Ne plus rattacher ses émotions à la présence rassurante d'un père ou au stupide espoir de la guérison de sa mère. Helena sans le vouloir lui avait appris tout cela.

— Ça va mieux ? finit-elle par lui demander, alors qu'il reprenait enfin la maîtrise de son souffle.

— Oui, je crois.

— Tu n'y es pour rien, Ed. Ta blague était de mauvais goût, mais il est temps que tes parents te laissent vivre ta vie. Tout est organisé autour de la maladie de ta mère ici, je comprends que tu craques. Et les filles ?

Gêné, il fut incapable de lui répondre. Se contentant de sourire.

— Quoi ? dit-elle en relevant sa chevelure pour la nouer sur sa nuque. Les filles, c'est important !

— Je ne dis pas le contraire, Helena. C'est juste que je suis…

Il hésita longuement avant de lâcher dans une grimace :

— … foutu !

Elle éclata de rire, et il la suivit dans sa bonne humeur contagieuse. Ensuite, comme à son habitude, Helena attrapa sa petite trousse à manucure pour se vernir les ongles, pendant qu'ils discutaient. Edward se redressa sur le canapé du salon pour lui laisser la place à ses côtés et surtout l'observer. Pour un garçon un peu flippé comme lui, qui calmait ses angoisses en énumérant les couleurs de l'arc-en-ciel, rien n'était plus rassurant que l'observation d'une séance de manucure féminine. Il aurait pu passer sa vie à l'admirer sortir un à un de sa trousse, outils, crèmes et vernis, et effectuer avec un sérieux proche du cérémonial cette série de gestes parfaitement enchaînés.

— Tu es un beau gosse, c'est juste qu'il faut que tu te décoinces. Les filles adorent les écorchés vifs comme toi, poursuivit-elle.

— Ça se saurait ! Elles préfèrent les grandes gueules du type de Traval ou de Bosco.

— C'est qui ceux-là ? interrogea Helena, la lime à la main.

Edward frissonna. C'était peut-être le moment de se confier. De cracher ce qu'il endurait depuis des années dans son institution religieuse. De dénoncer la violence insidieuse des cours de récré, qui peu à peu avait fait de lui un garçon complètement flippé. Mais comment parler de ses faiblesses à une fille qui lui plaisait ? Helena savait déjà tellement de choses moches sur lui. *Les filles n'aiment pas les victimes, personne ne les aime d'ailleurs*, pensa-t-il. Alors il se tut et resta évasif.

— Des nazes de mon lycée ! Ils n'ont rien d'écorché, ce sont des grandes gueules et les filles les adorent. Ça se passe toujours comme ça.

— Tu as tort. Moi, par exemple, mon mec est capable de pleurer quand on se quitte. C'est beau un homme fragile, tu sais.

Il observa ses orteils. Elle les avait séparés les uns des autres par de petits morceaux de coton, afin d'apposer son vernis sans colorer sa peau. C'était dingue tout ce que pouvait faire cette fille pour prendre soin de son corps. Et il pensa que le copain d'Helena devait être un homme heureux, si elle lui procurait autant d'attention qu'à ses pieds.

— Tu devrais sortir ! lui conseilla Helena, en soufflant sur ses ongles. Des amis, tu en as ?

— Non, pas vraiment. Je ne suis pas très intéressant comme copain…

— Moi si j'avais ton âge, tu me plairais.

— Tu dis ça parce que tu n'as pas mon âge, c'est tout. Parce que tu es une vieille !

Elle avait une nouvelle fois offert son rire généreux et ils s'étaient lancés dans une bataille de coussins, avant de décider de regarder une de ces séries américaines sans fin qui les rendaient dépendants. Des séries violentes de préférence. Il adorait quand, terrifiée, elle lui prenait la main. Il se sentait un homme avec elle, et cela faisait sacrément du bien dans sa vie de solitaire. Protéger une fille. En y pensant, il trouvait son sentiment un peu machiste mais, après tout, même les femmes aimaient rassurer leur amoureux. Avoir un être dans ses bras et se sentir important. Il y pensait souvent, convaincu que rien ne devait être plus doux.

Il était à peu près minuit quand Helena eut peur que le couple Barzac ne rentre et les surprenne encore éveillés, alors qu'Edward avait cours le lendemain.

— Au lit, bébé ! clama-t-elle en lui mettant une claque affectueuse sur la cuisse.

— Helena, tu crois sincèrement qu'une fille pourrait tomber amoureuse de moi ? demanda-t-il avant de se diriger vers sa chambre.

— Bien sûr ! Mais il faut que tu apprennes à t'aimer d'abord. Que tu aies confiance en toi. Ce que vient de découvrir ta mère… enfin, sa guérison… va t'aider. J'en suis sûre. On n'est pas toujours responsable de ce qu'on est, mais je crois qu'on peut toujours se réveiller et prendre sa vie en main. Tu comprends ?

Edward comprenait, en théorie, en tout cas. Il s'endormit avec l'espoir d'une vie nouvelle. Il rêva d'un rendez-vous. Une fille l'attendait quelque part. Il ne voyait pas son visage, mais il savait qu'elle lui plaisait et qu'elle l'adorait. Alors, il se mettait à courir à sa recherche dans les rues mais, plus il courait, plus il croisait des regards malveillants. Bosco, Traval, son professeur de physique. Une sonnerie de téléphone résonna. Il fallait qu'il rejoigne cette fille, qu'elle décroche, qu'elle comprenne qu'il était perdu et que les autres se moquaient de lui et l'empêchaient de courir vers elle… Au loin, la sonnerie de téléphone continuait à sonner dans le vide.

Il s'éveilla brutalement dans un no man's land mental.

Son cœur battait dans un rythme de *hardtech.*

Où était-il ?

Il mit un certain temps à recouvrer ses esprits et à pouvoir formuler une réponse à peu près cohérente. Il était quatre heures du matin et la sonnerie du téléphone perforait le silence de la maison. *Putain, c'est quoi ce délire ?* pensa-t-il en se propulsant hors de son lit pour faire taire cette alerte stridente qui commençait à le faire flipper. *C'est qui le malade qui appelle les gens à quatre du mat', et qui insiste en plus ?* s'interrogea-t-il encore avant d'atteindre le haut de l'escalier.

— *Pronto !*

Helena venait enfin de décrocher et s'était exprimée dans sa langue maternelle, comme si elle aussi s'était perdue dans ses rêves.

Lourd de sommeil, Edward fut d'abord tenté de retourner directement se coucher, mais la voix d'Helena retint son attention.

— Oui, je suis la personne qui s'occupe de leur fils. Oui, il est avec moi. Je crois que je me suis endormie avant qu'ils ne rentrent. Je ne sais pas s'ils sont là…

Elle semblait inquiète, nerveuse. Son phrasé langoureux avait disparu au profit de réponses sèches et factuelles. Elle tentait de remettre de l'ordre, de se raccrocher à une réalité et peut-être de se justifier. Edward pensa à un interrogatoire. Des faits, uniquement des faits. Pourquoi des flics appelleraient-ils chez lui en pleine nuit ? Alors, dans un geste machinal, il longea le long couloir pour pousser la porte de la suite parentale. Il voulait vérifier. Il alluma.

Rien. Personne. Juste un lit double qui n'avait pas été défait.

Ce fut comme un coup de poing dans le ventre. Devant ces deux places vides, une étrange mécanique s'enclencha alors dans son cerveau. Celle de l'urgence. Celle du chaos. Celle de l'imagination reliant d'un coup le hurlement de la sonnerie du téléphone à une réalité : il était quatre heures du matin et ses parents n'étaient pas rentrés.

Il eut d'abord envie de fuir, de rester sourd au monde, de s'enfoncer les mains dans les yeux pour ne jamais connaître une vérité qui pourrait se révéler insupportable. Le mot "accident" vint marteler son cerveau.

Il eut soudain besoin d'une réponse. Des faits. Finalement, il préférait savoir.

Dans le salon, Helena s'était tue. Plus de conversation téléphonique. Plus de sonnerie. Juste un silence de plomb. Il descendit les marches lentement, avec précaution, appréhendant ce qu'il allait découvrir au rez-de-chaussée. Au fil de sa progression, il capta le rythme court du souffle de la jeune femme. Une respiration d'animal blessé. Ça saignait, ça criait, ça se craquelait dans le corps d'Helena, pourtant rien ne filtrait à l'extérieur. Il la découvrit stoïque sur une chaise du salon, les yeux dans le vague, la bouche entrouverte, le combiné de téléphone à la main. La fille sexy avait disparu au profit d'une poupée de chiffon.

Il s'approcha d'elle et elle releva la tête pour lui offrir un visage dévasté. Aucun mot ne sortit de sa bouche, mais Edward lut dans son regard cette phrase odieuse qu'on espère ne jamais entendre.

"Il est arrivé quelque chose de grave."

Voilà ce qu'Helena hurlait à l'intérieur et Edward fut aussitôt happé par une série d'images ultra-violentes. Son imagination avait commencé à combler le vide du doute. Il vit ses parents étendus dans une mare de sang, tués pas un *serial killer* devant une pompe à essence. Il vit le visage défoncé de son père dans une voiture en feu, et le corps de sa mère déchiqueté et empalé sur un arbre mort. Il imagina un attentat. Un bar entier dévasté par une bombe humaine. Des rires, des bruits de verres, une déflagration et puis plus rien. Des dizaines de corps en lambeaux, de longs gémissements et la police partout avec des gyrophares, des flashs, des caméras. Il imagina encore et encore. Des cercueils en rang d'oignons filer droit vers l'incinérateur, puis deux cercueils à l'église, des gueules de circonstance, un cimetière et lui devant un trou béant. Lui en costume noir et plus rien autour.

— C'était qui ? finit-il par demander à Helena qui ne bougeait plus sur sa chaise.

La question fusa comme une balle de revolver, ricochant aux quatre coins de l'immense salon épuré. Il fut lui-même surpris par le ton de sa voix. Sèche. Glaciale. Un ton sans appel. Il voulait une réponse. Il voulait savoir. S'extirper de cette mare boueuse d'incertitude. Mettre fin à ce tsunami d'images horrifiques qui le menaient toutes inévitablement vers ce “quelque chose de grave”. Helena le regarda encore sans expression. Il avait devant lui un fantôme avec l'écho de cette foutue sonnerie de téléphone qui lui dévorait le crâne. *Putain, je suis dans mon rêve. Je dois encore halluciner*, se répéta-t-il en fermant et en rouvrant les yeux, mais le bruit que fit le combiné en se fracassant sur le sol ne lui permit plus de douter. Il était bien dans la réalité et cette réalité puait la mort.

Le choc du combiné sur le sol sortit Helena de sa torpeur, elle se redressa d'un coup face à lui, telle une revenante.

— C'était l'hôpital. Il est arrivé quelque chose. Un accident. Il faut y aller…

Helena se mit alors à tourbillonner sur elle-même, dans une ridicule danse théâtrale. Ses phrases sortaient de sa bouche par à-coups. Des propos sans cohérence, comme si quelqu'un s'amusait à couper le son par intermittence. Elle lui balançait des bouts d'informations qui ne le rassurèrent pas et sa pitoyable injonction, "Va mettre ton manteau", eut sur lui l'effet d'un déclencheur. Il n'était plus ce petit garçon apeuré, il avait vieilli de dix ans en quelques minutes. À cause de cette sonnerie de téléphone qui avait déchiré sa nuit, il se sentait invincible tel son avatar Mangor, et prêt à tuer s'il le fallait pour connaître cette vérité qu'elle voulait lui dissimuler.

Il fonça sur elle et, sans qu'elle ait le temps de réagir, lui agrippa les bras avec force.

— Dis-moi ce qui est arrivé ! Ils sont morts ? Dis-le, putain ! Dis-le, dis-le !

Il la secoua avec violence, lui crachant sa supplique au visage, et le garçon qu'il aperçut dans les yeux d'Helena n'était autre qu'un dément. Il pensa à sa mère et les images défilèrent de nouveau.

— Ils sont morts ? C'est ça ? Ils sont morts ?

Le corps d'Helena dans ses mains n'était plus qu'une poupée désincarnée. Elle était ailleurs. Alors, il hurla son prénom. "Helena !" Un SOS. Une alarme qui résonna dans la maison déserte. "Helena !"

La jeune femme finit par répondre, froide, distante, le regard morne.

— C'est grave, c'est tout ce que je sais, dit-elle simplement. Il faut qu'on aille à l'hôpital.

Helena soutint enfin son regard. *Mort de peur*, pensa-t-il. L'expression prit violemment tout son sens au cœur de cette blafarde réalité. Lui aussi se sentait mort, détaché du monde réel, à mi-chemin entre le présent et le futur, entre la vie et l'enfer.

7

ILS DÉSERTÈRENT LA MAISON TOUT ÉCLAIRÉE pour foncer vers l'hôpital de Garches. Ils ne se parlèrent pas. Chacun claquemuré dans une solitude archaïque, celle qui accueille les hommes chaque fois qu'ils pensent à la mort ou au sens de leur vie. De cette solitude qui donne envie de hurler et, parfois, la force d'aimer. Helena roula vite, mais prudemment. Elle avait retrouvé assez de sang-froid pour conduire la voiture sans risque et accompagner l'adolescent aux urgences. Elle eut à peine le temps de garer le véhicule qu'Edward ouvrit la portière pour s'engager dans la nuit.

— Attends-moi !

Il n'entendait plus. Il ne ressentait plus. Il voulait juste arriver au but, exactement comme dans son rêve. Retrouver un semblant de réel, quelque chose de rassurant. Quelque chose comme un père grièvement blessé, mais vivant. Dans la brume de cette nuit de novembre, il courut, implorant son père de ne pas le laisser seul. Il avait cessé d'imaginer le pire. Ne demeurait dans sa tête que cette urgence. Arriver le plus vite possible, voir le médecin et faire face à la réalité. Il courut en pyjama, le manteau sur les épaules, rejoint par Helena, si minuscule tout à coup à ses côtés. Il crut entendre "Ça va aller ?" au moment où il franchit les portes vitrées de l'hôpital. Mais peut-être était-ce pure invention. Une réminiscence de sa dernière nuit d'adolescent immature, quand la présence d'une jolie baby-sitter italienne suffisait encore à le rassurer. Une éternité, pourtant une demi-heure seulement s'était déroulée entre le coup de fil dans la nuit et son arrivée à l'hôpital. Il fonça tel un guerrier virtuel vers le bureau des urgences. L'infirmière eut un mouvement de recul face à ce géant ébouriffé. Il surprit le regard inquiet qu'elle adressa à l'un des secouristes qui se réchauffaient d'un café quelques mètres plus loin. Il entendit encore : "Heureusement que vous avez prévenu les secours si vite, la voiture aurait pu exploser." Le secouriste remerciait un type. Un homme grand et sec aux cheveux filasse. Des bribes de leur conversation lui parvinrent, sans qu'il en comprenne le sens. Edward avait l'impression que tout se jouait au ralenti, qu'il se trouvait dans une mauvaise sitcom avec des acteurs de seconde zone. Que tout ce qui se déroulait n'était que fiction et que d'un moment à l'autre ses parents allaient surgir de derrière les rideaux pour rire avec lui de cette bonne blague. Sa voix atone déchira le silence des murmures.

— Je suis Edward Barzac, lança-t-il à l'infirmière. Mes parents…

L'infirmière, le nez dans ses papiers, ne le laissa pas continuer. Son malaise ne présageait rien de bon. Elle se perdit dans un sourire étriqué et les invita à patienter dans la salle d'attente. Le médecin allait les recevoir. Elle avait dit "recevoir", non pas "voir vos parents". Ce n'était pas une mauvaise blague. Il était arrivé trop tard, c'était sûr. Ça puait la mort partout, Edward avait la désagréable impression que tous les regards convergeaient vers lui, que depuis son arrivée dans le monde ouateux et mensonger de l'hôpital, tous les chuchotements parlaient de lui. L'histoire de l'orphelin, de la victime. Du "pauvre petit", comme l'appelait sa grand-mère quand il avait fait une bêtise.

Le médecin ne les fit pas attendre très longtemps.

— Docteur Grabelas, se contenta-t-il d'annoncer avec une poignée de main mal assurée. Suivez-moi, s'il vous plaît.

Ils passèrent devant la salle de réanimation, dépassèrent le bloc opératoire, longèrent la salle de culte, traversant les couloirs au pas de course, franchissant une à une les lourdes portes coupe-feu qui se rabattaient derrière eux dans un claquement de guillotine. Ils atterrirent dans une pièce noire que le médecin s'empressa d'éclairer, en s'excusant du désordre.

— Je vous en prie, asseyez-vous.

Helena s'assit sagement, le sac sur les genoux, elle semblait rassurée dans ce monde aseptisé. Edward, lui, préféra rester debout. Il se sentait prêt à mordre. Tout ce cirque commençait à lui donner envie de buter ce médecin propret, parfaitement formé à l'annonce du pire. Non, il ne voulait pas de café, ni de chaise, ni de cette putain de couverture de survie qu'on dépose sur les épaules des victimes dans les films d'action américains. Il voulait juste savoir ce qui était arrivé à ses parents et ce qu'il faisait à cinq heures du matin en pyjama dans cette saloperie d'hôpital où les gens naissaient et crevaient d'un étage à l'autre. Le médecin baissa les yeux comme pour reprendre son souffle avant de les planter droit dans les siens. Il tenta de s'exprimer le plus calmement possible, en maintenant la distance nécessaire du soignant face aux familles de victimes.

— Edward… vos parents ont eu un grave accident de voiture dans le bois de Saint-Cucufa. Ils ont été admis aux urgences à trois heures trente cette nuit. Le choc a été violent et votre père est… mort sur le coup, je suis désolé.

— Non !

Le cri d'Edward fut long, profond, insupportable. Un hurlement bestial faisant exploser la maîtrise du médecin, qui se leva d'un bond pour lui venir en aide.

— Ne me touche pas ! Ne me touche pas ! hurla Edward en reculant.

— Je veux juste vous aider…

— Ta gueule ! Ferme ta gueule ! Ferme ta gueule, ferme ta gueule, putain ! Ferme…

Edward se mit à tourner en rond dans la pièce exiguë comme un animal pris au piège, répétant *ad libitum* cette injonction avec une frénésie guerrière. La colère monta en lui d'un coup pour l'envahir complètement et le précipiter dans un état d'hystérie. Les murs de l'hôpital s'effacèrent aussitôt pour laisser place à une terre grise et sans âme. Plus de médecin ni d'Helena, juste la haine. L'envie de tout saccager, de cogner, de faire disparaître l'humanité. *Qu'ils crèvent tous et moi avec puisque mon père est mort. J'ai mal. Ça fait trop mal. C'est insupportable. Je vous en supplie, achevez-moi. Faites taire le monde, les cris des nouveau-nés, les gémissements des mourants, les murmures des amants. Appuyez sur le bouton. Enclenchez la bombe H. Que le monde crève puisque mon père est mort ! Que le monde crève puisqu'il m'a pris mon père et que le dernier regard qu'il m'ait offert était celui de la colère !*

Edward cogna avec ses poings, avec sa tête. Il se débattit comme il le put avec sa souffrance avant de réaliser qu'il était attaché sur une civière et entouré par deux hommes en blouse blanche. Il reconnut le médecin, le docteur Grabelas, qui s'avança vers lui. L'homme avait le nez en sang. Probablement cassé. Helena pleurait, tapie au fond du bureau comme une enfant terrifiée. Que s'était-il passé ? Où était-il ? L'attentat avait-il eu lieu ?

— Ça va aller maintenant, Edward, lui dit le médecin en s'épongeant le nez à la va-vite. Je vais vous injecter un sédatif. Le sommeil va vous aider… Je suis désolé pour votre père, et votre mère…

Edward n'entendit pas la fin de la phrase. Il se laissa plonger dans un coma artificiel avec, en plein cœur, l'absence définitive d'un père qui était parti sans l'embrasser.

8

Il ouvrit les yeux pour les refermer aussitôt, ébloui par la lumière du jour, étonnamment intense pour un mois de novembre. Il se souvint immédiatement. *Mon père est mort.* Une information qui électrisa son cerveau mais qui, à cause des puissants sédatifs qu'on lui avait injectés, n'eut aucun impact sur ses sensations physiques. Il se sentait lourd. Vieux et blessé, l'esprit mou et le corps engourdi. Son bras droit était relié à un goutte-à-goutte, sa main gauche entièrement pansée. Il avait soif. Il s'apprêtait à appuyer sur le bouton d'appel des infirmières quand une ombre émergea lentement de la lumière aveuglante. Dans d'autres circonstances, il aurait pu éclater de rire tant la silhouette qui s'avançait vers lui avait quelque chose d'un pantin ridicule. Il pensa aux marionnettes du Guignol. Elle avait une main plâtrée jusqu'au coude et l'autre bandée, cela lui donnait un faux air du personnage du gendarme avec son bâton au bout du bras. Avec son père, il aurait pu en rire. Se moquer d'elle gentiment. Dans d'autres circonstances, dans une autre vie. La veille encore, peut-être, quand son père était vivant et qu'il imitait Homer Simpson. La lumière lui était insupportable. Il ferma à nouveau les yeux, pour les rouvrir au bruit du store qui se déroula lentement dans un grincement strident, laissant apparaître peu à peu le visage du pantin.

Sa mère était vivante.

Blessée, écorchée, les cheveux en bataille, mais vivante. Elle vint s'asseoir sur son lit, il détourna aussitôt le visage.

— Je t'en prie, Edward, regarde-moi.

Edward ne bougea pas. Il en était incapable. Lui tournant le dos. Repoussant son soutien.

— On va avoir besoin l'un de l'autre maintenant. On n'a plus le choix. C'est ce que papa…

Elle s'arrêta pour avaler une saccade de sanglots. Edward sentit la douleur l'envahir. Il jeta un coup d'œil sur son goutte-à-goutte. La bouteille était vide. La souffrance se réveillait. Il avait mal à la tête, mal aux bras, aux mains et la colère gronda de nouveau, faisant vibrer chaque recoin de son corps. Il voulait qu'elle parte. Plus que jamais, il voulait qu'elle disparaisse, car elle était vivante et son père était mort.

— Je voudrais rester seul s'il te plaît, réussit-il à prononcer.

— Je comprends. Repose-toi, mon chéri, je reviendrai plus tard. Je suis dans la chambre à côté, si tu as besoin… Enfin, je suis là. Je suis là, Edward. Je serai toujours là maintenant.

Il n'avait pas envie de la prendre dans ses bras, ni de pleurer contre sa poitrine et il la détesta de lui offrir sa protection quelques heures seulement après la mort de son père. Jamais auparavant elle ne l'avait appelé "mon chéri". Fallait-il que son père meure pour qu'elle agisse comme une mère ? *À gerber*. Pourquoi avait-elle survécu et pas son père ? Pourquoi la vie lui imposait-elle le pire pour commencer sa vie d'adulte ? C'était injuste et insupportable.

Rose se releva lentement et glissa de nouveau vers la porte, avec sa démarche de pantin robotique. Il attendit qu'elle atteigne le chambranle avant de se retourner pour l'observer. Elle portait une chemise d'hôpital, laissant apparaître ses deux jambes fluettes. De dos, sa mère ressemblait à une gamine.

— Maman ?

Elle s'arrêta net et marqua une brève hésitation avant de se retourner.

— Oui ?

— Tu peux me donner un verre d'eau ? J'ai soif.

Leurs regards se croisèrent. Il la trouva changée. Plus jeune encore que la veille. Des ecchymoses ternissaient son visage, mais son regard était vivant, présent, habité. Elle esquissa un faible sourire de désolation, il baissa les yeux.

— Je ne peux pas te servir Ed, à cause de mes mains… Je vais appeler l'infirmière.

— Non, c'est bon. Ça je peux le faire moi-même. Laisse tomber…

— Tu as besoin d'autre chose ?

— Oui.

— De quoi ? s'inquiéta-t-elle d'une voix fluette et inondée de sanglots.

— De papa. Et ça non plus tu ne pourras pas me le donner !

Sa souffrance le rendait monstrueux. Aussi odieux que ce que la vie venait de lui imposer. Devant le silence et le visage dévasté de sa mère, il éprouva un mélange de douleur et de plaisir intense. Une jouissance sadique qui lui rappela les petits jeux pervers de Traval et de Bosco. Désormais, il était de cette veine de mec. *Un salaud*, se dit-il en observant sa mère quitter sa chambre, pliée en deux de tristesse et de désarroi.

Il appuya sur le bouton d'appel et, quelques minutes plus tard, une infirmière vint l'aider à boire et lui ôter son goutte-à-goutte.

— Comment vous sentez-vous, jeune homme ?

— Orphelin.

C'était plus fort que lui. La méchanceté apaisait sa douleur. La jeune femme encaissa son agressivité sans commentaire et se concentra sur les soins médicaux. Elle ôta son bandage à la main pour désinfecter la plaie. Edward se mordit la joue. Il avait un vague souvenir d'avoir déliré dans le bureau du médecin, mais la blessure semblait profonde.

— Comment je me suis fait ça ?

— En tapant dans un cadre en verre. Sept points de suture. Vous avez tout saccagé dans le bureau et broyé le nez du médecin chef des urgences. Mais tout va bien, rassurez-vous, nous sommes habitués… dans de telles circonstances, les réactions sont parfois violentes…

— Ouais, se contenta-t-il de répondre.

Habitués à la mort, pensa-t-il. Comment pouvait-on s'habituer à voir crever des gens tous les jours, des gens qu'on avait soignés, touchés, peut-être même pris dans ses bras ? Cette fille s'occupait de lui mieux que sa mère, et pourtant elle ne le connaissait même pas. Juste payée pour ça. *Un sale boulot*, se dit-il en l'observant accomplir les soins avec une précision et une rigueur qui l'apaisèrent un peu.

— Je vais vous faire porter un plateau-repas. Vous avez dormi vingt heures d'affilée, on vous a nourri de glucose par intraveineuse, mais maintenant il vous faut manger. Reprendre des forces.

— Je n'ai pas vraiment faim. Je préférerais voir mon père.

— Je comprends, répondit la soignante dans un soupir de compassion.

— Non, vous ne comprenez pas ! Je veux le voir une dernière fois. Je veux voir son…

Le mot "cadavre" resta coincé dans son larynx.

— Je sais ce que je fais, affirma-t-il en la bravant du regard. J'ai besoin de le voir une dernière fois.

L'infirmière esquissa un triste sourire, termina le bandage et tapota légèrement les draps.

— Je vais en parler au médecin chef. Mais promettez-moi de manger un peu.

Il acquiesça d'un hochement de tête.

Manger pour avoir le droit de saluer une dernière fois la dépouille mortelle de son père. Les adultes prenaient vraiment les adolescents pour des gamins. La vie contre la mort. C'est le chantage puéril qu'elle lui proposait. Comme s'il ne savait pas qu'il allait devoir continuer à vivre sans lui. Continuer à bouffer, à rire, à dormir, à étudier sans lui. Commencer à travailler, à aimer, à vivre sa vie d'homme sans lui.

— Je ne vais pas y arriver, papa, murmura-t-il après le départ de l'infirmière. Je ne vais pas y arriver sans toi.

Et il pleura dans la pénombre de sa chambre d'hôpital.

9

Paul-Thomas Barzac, le brillant architecte, est mort la semaine dernière dans un tragique accident de voiture à l'âge de quarante-six ans. Il laisse derrière lui une œuvre innovante et écologique. "L'architecture ne doit pas s'intégrer dans l'environnement, disait-il, elle doit respirer avec son environnement." Émission spéciale consacrée à ce digne héritier de Gaudí, dont il reconnaissait l'influence, et qui laisse derrière lui de magnifiques bâtiments publics dont le musée d'Art moderne de la ville de…

Edward éteignit la radio du salon que Mme Hagger laissait hurler à tue-tête, avant de retourner se cloîtrer dans sa chambre. Depuis la mort de son père, les hommages s'étaient succédé dans tous les médias et il avait reçu sur son ordinateur des centaines d'alertes de pages qui lui étaient consacrées. Des articles élogieux. Tous imprimés, découpés et soigneusement rangés, dans le classeur "papa" où Edward consignait les coupures de presse depuis plusieurs années. Des éloges funèbres qui lui déchiraient la poitrine, le ramenant inévitablement vers la photo de son père sur son bureau. Un cliché de bord de mer où père et fils posaient fièrement devant une cathédrale de sable. Rien à voir avec le visage blafard qu'il avait découvert dans la chambre mortuaire. Un visage de cire qu'il n'avait pas réussi à embrasser une dernière fois, quand il était entré dans la pièce où son père gisait sous un drap blanc.

Paul-Thomas Barzac avait été enterré dans la plus stricte intimité, selon le souhait de son épouse, et Edward ne comprenait toujours pas pourquoi sa mère avait privé son mari des hommages nationaux qu'il méritait. Le ministre de la Culture en personne avait téléphoné pour être présent, mais Rose avait refusé, sous prétexte d'exécuter à la lettre les volontés de son défunt mari.

— Tu aurais pu au moins inviter Jean, son copain d'enfance ! lui avait reproché Edward dans la voiture, au retour du cimetière.

— Papa ne voulait que toi et moi. Il n'avait plus ses parents… Nous avions évoqué nos obsèques et ton père était catégorique : pas d'invitations, pas de repas, pas de derniers adieux. Il trouvait cela ridicule et préférait rester vivant dans la tête des gens.

Même si Edward reconnaissait dans ce souhait l'originalité du caractère de son père, cet enterrement en catimini lui restait en travers de la gorge. *Un enterrement de seconde classe*, pensa-t-il quand il se retrouva devant la tombe à côté de sa mère. Pas d'oraison funèbre, pas de musique, pas d'amis ni de chien. Juste des pleurs. Les siens, ceux de sa mère et de Mme Hagger, qui avait accepté de les accompagner en voiture.

— Vous aviez vraiment parlé de vos obsèques ? avait-il encore demandé à sa mère, ne réussissant pas à envisager ce genre de conversation morbide dans la vie d'un couple.

— Oui. Un jour. Je ne sais plus pourquoi. On s'est demandé comment on voulait être enterrés. Voilà. On en a même ri après, avait ajouté sa mère dans un rictus.

Depuis son retour chez lui, Edward se sentait étranger en sa maison. Il arpentait de long en large les trois cent quarante mètres carrés que son père avait conçus du sol au plafond, comme si, au détour d'un couloir, d'un escalier, il pouvait de nouveau l'entendre rire ou l'interpeller. *Ed, mon fils, on se fait un tennis ? Et pinaise, Ed, on va se manger une bonne gaugauffre ?* La maison était empreinte de sa présence et Edward passait des heures à photographier les traces encore fraîches d'un père vivant. Avec la maniaquerie qui l'habitait, il shootait de long en large ces reliques comme pour les conserver intactes dans le disque dur de son ordinateur. Une brosse à dents dans le verre, une paire de pantoufles glissées sous le lit, un col de veste tacheté de pellicules, une esquisse de plan dans un cahier de croquis, un gobelet de chez Starbucks Coffee, un trombone tordu au fond d'une poche de pantalon. Et puis son odeur, omniprésente dans sa penderie, son bureau. Une odeur qu'il tentait de conserver, en portant ses chemises, ses vestes, ses pulls. Edward avait occupé la semaine qui avait suivi la mort de son père à classer, légender ces souvenirs, passant des heures dans le bureau de celui-ci, un antre presque sacré. Une église silencieuse où il aimait venir se recueillir la nuit. Il s'était retranché derrière cette tâche photographique minutieuse pendant que sa mère, elle, passait son temps à refuser toutes les aides amicales. Il l'entendait souvent au téléphone remercier puis remettre à plus tard les visites, les coups de main, la compassion. Pas d'amis, juste elle, lui et la douleur au milieu. Pour une fois, il trouva le comportement de sa mère adapté. Cet isolement lui convenait. Une seule personne lui manquait dans ce trou béant et cette ambiance sordide. Helena. Elle avait déménagé lors de son séjour à l'hôpital et n'avait plus donné signe de vie depuis sa crise de nerfs dans le bureau du médecin. Évanouie. Disparue, elle aussi, emportée dans le tsunami qui avait suivi ce terrible appel en pleine nuit. D'après sa mère, l'étudiante, trop choquée par ce qui leur était arrivé, avait préféré prendre ses affaires et rompre brutalement son contrat pour retourner en Italie. Edward avait du mal à croire qu'après toutes les soirées qu'ils avaient passées ensemble, elle était partie sans un mot. Lui en voulait-elle ? Avait-elle eu peur de lui ? L'avait-il frappée dans le bureau du médecin ? Il n'en avait aucun souvenir. Il avait cherché à communiquer avec elle, mais Helena ne répondait ni à ses mails ni à ses messages téléphoniques. Ne restait dans cette immense demeure avec vue sur le lac que sa mère, lui et Mme Hagger qui venait leur faire la cuisine et le ménage. Tels deux chats errants, mère et fils se croisaient dans la maison, sans autres échanges que des banalités. "Bonjour." "Bonne nuit." "Il fait froid ce matin." Rien de plus. Pendant qu'il accumulait les traces de vie de son père, sa mère s'enfermait dans le home cinéma pour visionner les vidéos familiales.

— Qu'est-ce que tu fais ? lui avait-il demandé quand il l'avait surprise la première fois en train de regarder un film de vacances où on le voyait faire ses premiers pas. Des images insupportables à ses yeux.

— La même chose que toi, Edward. Je garde papa en moi.

Edward n'avait pas supporté la vue de ce petit garçon chutant à plusieurs reprises qui se dirigeait maladroitement vers les bras d'un père fier et aimant. Edward ne supportait pas l'idée de passer sa vie d'adolescent avec cette inconnue, cette femme de la vidéo qui, le plan suivant, laissait chuter l'enfant avec un regard désarmé.

Depuis qu'il s'était retrouvé seul avec elle, Edward avait fait son possible pour éviter les conversations. Il préférait prendre ses repas dans sa chambre et se laissait dorloter par Mme Hagger, aux petits soins pour lui, et qui lui concoctait avec tendresse ses plats préférés.

— Tu devrais prendre l'air, mon petit Edward, lui disait la vieille femme chaque fois qu'elle apportait ou débarrassait les plateaux de sa chambre. Il ne faut pas rester seul.

— Je ne suis pas seul, vous êtes là pour moi, madame Hagger, lui répondait Edward, réussissant à lui offrir le seul sourire qui lui restait.

Il aimait cette vieille cuisinière qui l'embrassait sur le front comme un petit garçon, la seule que ses parents avaient accepté de garder trois années à leur service, parce qu'elle savait rester à sa place et qu'elle se substituait davantage à la place de sa grand-mère qu'à celle de sa mère.

Cette parenthèse post-mortem dura quinze jours et puis sa mère, un soir, vint frapper à sa porte après le départ de la dame de maison.

— Je peux entrer ?

— Tu es chez toi, non ?

Sans relever son insolence, Rose s'assit sur son lit et, exactement comme l'avait fait son père le soir de sa mort, elle attrapa l'exemplaire de *Crime et Châtiment* qui traînait sur l'étagère, jeta un coup d'œil à la quatrième de couverture, avant de le remettre soigneusement à sa place.

— On est tous les deux maintenant, Edward, on va devoir se soutenir, lui dit-elle d'une voix étonnamment calme et posée. Nous avons perdu celui qui nous était le plus cher et… qui nous aidait à vivre, toi et moi. On est fragiles tous les deux, et sans béquille à présent… Il va bien falloir qu'on y arrive.

Edward ne répondit pas. Il se contenta de poursuivre son montage de photos numériques.

— À partir de maintenant, tu prendras tes repas avec moi dans la salle à manger. Et tu retourneras au lycée demain. La vie doit continuer. Mme Hagger va rester à notre service, mais je ne remplacerai pas Helena. J'ai décidé de m'occuper de toi.

— Je peux m'occuper de moi tout seul, merci ! éructa Edward, sans même lui lancer un coup d'œil.

— Je ne le crois pas. En tous les cas, pas avant tes dix-huit ans. Tu es mon enfant et je suis responsable de toi.

— C'est nouveau ? Ça vient de sortir ?

Edward se retourna cette fois pour la fusiller du regard mais, contrairement à son habitude, sa mère se leva et fit face à sa provocation. Il n'avait plus devant lui une enfant apeurée, mais une femme bien décidée à prendre soin de lui.

— À quelle heure tu dois te lever demain ? poursuivit-elle, sans agressivité.

— Pourquoi ? Tu comptes m'emmener au lycée avec ta main dans le plâtre ?

— Non, j'ai embauché une secrétaire qui va m'aider à mettre de l'ordre dans les affaires de ton père. Elle logera dans le studio du haut, c'est elle qui t'accompagnera au lycée demain matin. Et effectivement, je prendrai le relais quand je serai guérie.

— Guérie ? ne put s'empêcher d'ironiser Edward dans un sourire désespéré.

— Quelle heure ? soutint sa mère sans se laisser démonter.

— Eh bien, il suffisait que papa meure finalement pour que tu assumes tes responsabilités.

— Edward, je t'interdis ! Comment peux-tu ?

— J'en sais rien, maman, je peux, c'est tout, et ça me fait du bien ! Tu vas peut-être devenir une super-maman, mais n'attends pas de moi que je sois un bon fils. C'est cuit. Si tu penses pouvoir prendre soin de moi maintenant, bon courage !

Puis, avec une pointe de provocation, comme un défi qu'il lui lançait, il ajouta :

— Demain, réveil à six heures quarante-cinq, si ça te chante…

Rose acquiesça d'un hochement de tête, avant de tourner les talons et de quitter sa chambre calmement, laissant Edward face à l'écran de son ordinateur, complètement déboussolé. Passer les trois années qu'il lui restait avant d'être majeur en tête-à-tête avec sa mère relevait du cauchemar. Elle avait beau se démener pour effacer des années d'errance affective entre eux, la blessure ne guérissait pas.

"Je hais ma mère et elle me hait depuis toujours. Mon père vient de mourir dans un accident de voiture. Je n'ai pas d'amis à part quelques relations de *gamers*. Je pense que je vais me tuer. Ce sera plus facile."

Il signa sa publication sous le nom de Mangor dans le blog "Journal d'un fils" qu'il venait de créer. Écrire, témoigner, avant de disparaître pour toujours. L'idée lui parut romanesque. Ensuite, il partit tuer les monstres de la toile une bonne partie de la nuit, avant de ressentir la sensation du sommeil. Alors, il se déshabilla, plia soigneusement ses affaires, mit son sac de cours en ordre, vérifia trois fois de suite que tout était à sa place et finit par éteindre la lumière. Quinze jours après la mort de son père, la chemise qu'il portait en guise de pyjama ne sentait rien d'autre que sa propre transpiration.

10

— Edward ! Edward !

Il était avec lui. Il respirait son eau de toilette. Il sentait cette chaleur rassurante d'un père aimant l'envelopper comme une douce comptine : "La maison est en carton, pirouette cacahuète. La maison est en carton, les escaliers sont en papier." Il suçait son pouce. Il avait quatre ans. Chantant une comptine à tue-tête, riant avec lui sur cette plage de la photo, sautant dans les vagues monumentales de l'océan avec l'assurance de l'enfant qui se sait invincible dans les bras d'un père. Il ne voulait pas partir, mais une voix venue d'un autre monde l'attirait, le poussait à quitter ce havre de paix. Il se sentit arraché. Violemment expulsé.

— Edward ! Réveille-toi !

Il ouvrit les yeux et découvrit le visage de sa mère, penchée au-dessus de lui. Trop près. Il enfouit aussitôt la tête sous l'oreiller.

— Il est sept heures, mon chéri. Tu t'es rendormi. Debout, il faut aller au lycée !

Il s'enroula dans les draps. À peine éveillé et déjà ivre de colère. Contre elle, contre le monde, contre la vie. Il voulait juste retourner dans son rêve, retrouver son enfance avec un père aimant.

— Allez, courage mon chéri ! Il faut y aller !

D'un geste de femme de chambre, elle rabattit le drap dans la ruelle du lit. Le courant d'air glacial qui s'engouffra sous sa chemise décupla sa mauvaise humeur.

— Arrête de m'appeler "chéri", c'est ridicule. Je vais me lever, c'est bon…

— Florence Richarte est dans la cuisine, nous t'attendons pour le petit déj'.

"Petit déj'." "Mon chéri." Sa mère employait des expressions ridicules, comme si user d'un vocabulaire affectueux pouvait la rapprocher de lui. Avec son père c'était naturel, mais dans sa bouche à elle cela sonnait faux. Il émergea pourtant cinq minutes plus tard et se dirigea tel un zombi vers la salle de bain.

Aucun plaisir, même sous l'eau brûlante. Son corps pesait des tonnes. Il s'habilla dans un rituel immuable. Machinalement. D'abord les chaussettes, puis le caleçon, le pantalon, le tee-shirt et, pour finir, un pull de son père. Il enfila ses baskets sans nouer les lacets, se contentant de les glisser dans ses chaussures. Il se lava les mains. Sa blessure avait désenflé. Ne demeuraient que les fils chirurgicaux reliant les deux morceaux de chair qu'il avait déchirés dans le bureau de l'urgentiste. La vie reprenait son cours. La chair humaine se remettait plus vite que les sentiments. Il passa un long moment à se regarder dans le miroir. Sans réaction. Sans affect. Sans amour ni haine. Un individu sans tête, voilà ce qu'il percevait dans le miroir. Un être qui ne sait pas s'il est beau ou laid, aimable ou repoussant, mort ou vivant. Un sujet sans visage.

Dans la cuisine, il découvrit la dénommée Florence que sa mère avait embauchée. Une petite femme blonde d'une trentaine d'années qu'il trouva un peu vulgaire et qui vint lui offrir sa main dans un élan de commerçante.

— Florence Richarte. Salut Edward ! Vous pouvez m'appeler Flo.

Il laissa la main en l'air dans un petit sourire provocateur.

— Edward ! Ton chagrin n'empêche pas la politesse ! s'indigna sa mère, le nez dans une tasse de café. Florence va travailler ici et…

— Tu bois du café maintenant ? releva-t-il, en croquant dans une tartine.

— Oui, j'ai toujours bu du café…

— Pourquoi tu demandais toujours à papa qu'il te porte un thé au lit alors ? Uniquement pour le faire chier ?

— Ed ! Ne sois pas méchant. Je sais que tu n'es pas comme ça…

— Bon, on y va, madame Richarte ? l'interrompit-il en attrapant son sac à dos.

La femme interrogea Rose du regard, visiblement déboussolée par le comportement de l'adolescent, ce qui conforta Edward dans son désir d'agressivité. Depuis la mort de son père, blesser les autres était à peu près la seule sensation vivante qu'il ressentait. Pas tout à fait du plaisir, mais quelque chose en lui qui se remettait à vibrer dans ces moments-là.

— Bon courage pour ce matin, mon chéri, lui dit Rose dans un petit élan affectueux qu'il barra aussitôt en filant vers la porte d'entrée.

Il détesta ce soleil de novembre. Un froid beau et sec. Le temps que son père adorait l'hiver quand ils passaient ensemble leurs journées sur les pistes de ski. Un temps qui n'avait plus aucune saveur ni beauté sans lui. Florence Richarte le suivit et se dirigea naturellement vers la BMW garée devant la demeure. Il la stoppa net.

— Pas question ! La voiture de mon père est à mon père. On va prendre votre vieille caisse.

— Bon, comme vous voudrez, mais votre mère m'a dit que…

— Ma mère dit ce qu'elle veut, je m'en moque. En tout cas, personne ne conduit la voiture de mon père, c'est clair ?

La femme acquiesça, un peu agacée par le ton péremptoire du jeune garçon, et s'engouffra dans sa vieille Ford.

Ils quittèrent Ville-d'Avray pour Rueil-Malmaison, la ville où se trouvait son lycée privé, la ville où son père était mort. La femme mit la radio pour habiter le silence. Une radio FM à la programmation musicale ringarde, mais qu'elle semblait apprécier. *Elle est vraiment vulgaire*, pensa Edward, en observant ses mains boudinées et ses ongles au vernis rouge qui tapotaient le volant de la voiture. Il colla son visage à la vitre givrée pour échapper à cette présence féminine qui le dégoûtait. Il regrettait Helena.

— Alors, pas trop angoissé ? lança Florence Richarte, en fin de parcours. Tes copains vont être sympas avec toi, t'inquiète pas.

— J'ai pas de copain ! Et si vous pouviez me vouvoyer, je préférerais.

— OK ! Je me disais juste que c'était plus cool. Je ne suis pas très "vouvoiement".

— Faites comme vous voulez, je m'en fous.

— Je serai devant le lycée à dix-sept heures ! claironna Florence en se garant devant l'Institut Saint-Nicolas.

Edward s'arracha à ce voyage infernal, claquant la portière sans un mot. Le nez rentré dans son blouson, il marcha droit vers les grilles du lycée, se promettant de jeter un coup d'œil au réseau de transport de la ville pour débusquer un aller-retour en bus. Vivre était déjà une souffrance permanente, il n'avait vraiment pas besoin de subir la présence de cette femme deux fois par jour.

Dès qu'il franchit les portes du lycée, Edward sentit les regards fondre sur lui, pour aussitôt l'éviter. Il n'était plus Ed le *strange* dont il fallait se foutre, mais Ed le porte-poisse qui puait la mort. De bouc émissaire, il était passé au rang d'intouchable, enfermé dans une vie saccagée qu'aucun ne souhaitait côtoyer. Il aperçut au loin les bandes de Bosco et de Traval qui, contrairement à leur habitude ne le saluèrent pas d'un coup d'œil amusé, mais lui tournèrent simplement le dos. Blacklisté. Voilà l'accueil que lui avaient réservé les adolescents après quinze jours d'absence.

Edward s'immobilisa quelques instants dans la cour, levant les yeux vers le ciel. Il observa au milieu de la cacophonie ambiante un vol d'étourneaux dessinant des courbes noires sur le ciel dégagé. Une subtile harmonie de groupe. Une symétrie parfaite. Une légèreté inaccessible. Il aurait aimé être des leurs. Il prit encore le temps d'observer la cour du lycée à trois cent soixante degrés. Dans une sorte de tournoiement au ralenti, il balaya ce grouillement hostile. Cette masse d'humains bruyante et cruelle qui ne lui réservait pas la moindre place. Même pas à leurs pieds. Même pas un chien. Il mit sa capuche, resserra les deux brides de son sac à dos et se dirigea avec assurance et rapidité vers la salle de cours.

Désormais il était seul contre eux. Seul contre tous.

11

Son professeur de français l'arrêta d'un geste amical, alors qu'Edward passait devant son bureau pour rejoindre une place dans la classe.

— Les professeurs sont tous avec toi, Edward. Je suis vraiment désolée. Si tu as besoin de parler, n'hésite pas, ajouta-t-elle dans un petit sourire amical.

J'en ai rien à foutre de ta pitié, pensa-t-il, tout en la remerciant sans rien laisser paraître de la haine qu'il éprouvait. *Tous avec toi, mon cul !* Il la remercia d'un hochement de tête et alla s'asseoir au dernier rang. Alors que les élèves s'installaient dans la classe, Mme Cérèze se crut obligée d'en rajouter une couche. Elle exigea le silence et ouvrit son cours avec condescendance :

— Edward, nous le savons, traverse une épreuve difficile…

Putain, c'est pas vrai ! Il eut envie de disparaître. Pour cacher sa gêne, il sortit sa trousse et commença à aligner ses stylos devant lui. *Rouge, orange, jaune, vert, bleu, indigo et violet. Rouge…*

— Tous les professeurs se joignent à moi pour vous demander de l'aider à reprendre sa vie au lycée dans les meilleures conditions. Qui peut lui prêter les cours des quinze derniers jours ?

Aucun doigt ne se leva. L'omerta. Si un ou deux se sentaient encore assez humains pour lever le doigt, le renfrognement et le silence des chefs de la classe suffisaient à leur couper net l'idée de jouer au héros. La mort n'avait pas bonne presse et elle foutait la trouille. Personne n'avait envie de parler ni d'aider un type endeuillé. Leur malaise était prégnant.

— J'attends ! insista Mme Cérèze dont le froncement des sourcils trahit la surprise et sans doute l'effarement.

Aucun doigt. Pas un souffle. Pas un bruit, ce qui dans une classe de trente adolescents agités par leurs hormones relevait du miracle.

— Très bien, poursuivit le professeur, s'enfonçant dans son acharnement, incapable de trouver une porte de sortie qui lui permette de garder la face. Je ne commencerai pas le cours tant que l'un d'entre vous ne se sera pas proposé. Vous me faites honte, et je suis désolée, Edward. Je ne comprends pas ce qui se passe dans cette classe, mais si c'est un jeu, je peux vous assurer qu'il n'est pas drôle. Je trouverai les responsables et…

Au fond de la classe, Edward s'était mis en mode pause. Les yeux baissés, la tête dans la main, il se concentra sur l'image du vol d'étourneaux, pour éviter de sortir de la classe en courant. Tournant et retournant à son poignet le bracelet de montre de son père. C'est alors qu'un doigt se leva. Un doigt timide. Un sacrifice. Celui de l'élève Henry-Pierre d'Archambaud, sans doute trop bien élevé pour supporter plus longtemps cette ambiance nauséabonde. Le pigeon que les bandes de Traval et de Bosco avaient l'habitude de plumer dans le cercle privé des Border Line de Saint-Nicolas. Une pauvre poire. *Trop faible, trop moche, trop cloche*, pensa Edward. Un type qui subissait la plupart du temps le même sort que lui mais qui, pourtant, lui demeurait indifférent. Henry-Pierre était le premier de la classe dans toutes les matières et ses capacités intellectuelles hors norme l'avaient transformé en un phénomène de foire. Un être à part lui aussi.

— Très bien, je te remercie, Henry-Pierre. Tu donneras donc tes cours à Edward et passeras quelques intercours à lui expliquer ce que nous avons fait.

L'incident fut clos et Mme Cérèze, visiblement soulagée de pouvoir passer à Victor Hugo. Pourtant, elle sembla encore quelque peu gênée quand elle dut annoncer le titre de la nouvelle œuvre étudiée. Un hasard malheureux. *Le Dernier Jour d'un condamné.* Quelques rires nerveux fusèrent, des fesses s'agitèrent et firent couiner les pieds des chaises, mais on revint assez rapidement à une ambiance presque normale. Le ronronnement régulier de la voix du professeur apaisa Edward, qui capta de-ci de-là quelques extraits du texte d'Hugo. Sans nausée, sans peur, sans malaise, il apprécia de ne plus ressentir de peur vis-à-vis des autres. D'habitude, il se mettait au fond pour s'emmurer dans sa solitude et éviter de croiser les regards. Il rougissait quand on l'interrogeait et sentait son cœur le lâcher dès qu'il devait argumenter un point de vue. Cette fois, il était simplement détaché. Plus de phobie sociale, juste un dégoût. Une indifférence aux autres. Un certain dédain pour ces ados qui vivaient leur vie avachie, accrochés à leur téléphone comme des camés au bout de la seringue. Il apprécia ce nouvel état en retrait qui lui foutait la paix. "Je n'ai plus qu'une pensée, qu'une conviction, qu'une certitude : condamné à mort ! Quoi que je fasse, elle est toujours là, cette pensée infernale, comme un spectre de plomb à mes côtés, seule et jalouse, chassant toute distraction…" L'extrait du texte, lu avec une pointe de pathos par son professeur, le ramena pourtant à sa réalité. Cet apaisement furtif dans le monde des humains n'était qu'une courte trêve. Sans doute la dernière avant le grand départ. Il se mit à penser au plus beau suicide possible. Il souhaitait un acte éclatant. Une pendaison dans la cour du lycée, une immolation par le feu dans le self, une course folle sous les roues de la Porsche du père de Traval. Il ne voulait pas se rater et, de préférence, en laissant une dernière image de lui aussi violente que romanesque. Choquer les consciences et partir avec panache.

La cloche stoppa ses élucubrations morbides. Il rangea ses affaires calmement pendant que la classe se vidait dans une déferlante. Mme Cérèze prit elle aussi son cartable sous le bras et ses jambes à son cou pour déguerpir au plus vite, l'abandonnant dans un petit sourire de circonstance. Il demeura seul avec Henry-Pierre qui lui tendit mollement un paquet de copies et deux cahiers.

— Pourquoi t'as fait ça ?

— Quoi ?

— Te dévouer pour ces connards.

— Fallait bien que quelqu'un le fasse.

— Pourquoi toi ?

— J'en sais rien. Je l'ai fait, c'est tout. Si t'as besoin d'explications, on peut se voir après les cours si tu veux.

— Ça ira.

Edward prit les cahiers et les rangea soigneusement dans son sac. Henry-Pierre voulut ajouter quelque chose, mais cela ne sortit pas. Il demeura planté devant Edward, les bras ballants, la tête dans ses baskets.

— Ça te dirait de parier sur moi ?

L'idée fusa brusquement. Edward avait trouvé. Une mort digne des héros de cinéma. Henry-Pierre avait relevé la tête d'un coup sec, comme un poisson ferré.

— Je ne comprends pas…

— Au prochain *fight* des Border Line, parie sur moi et t'empocheras un bon paquet de fric et une petite vengeance en bonus.

— Tu vas affronter Traval et Bosco ? en conclut Henry-Pierre, les yeux exorbités.

— Yep, mec ! Amène un max de fric !

— Mais s'ils nous prennent le fric et refusent que tu…

Edward posa instinctivement sa main sur l'épaule de l'adolescent qui lui arrivait à la poitrine. Un geste paternaliste qui le fit frissonner.

— Les choses ont changé, Henry…

Il s'aperçut qu'il ne l'avait jamais appelé par son prénom. Le type l'avait suivi quasiment toute sa scolarité, ils avaient tous deux été des boucs émissaires et pourtant jamais ils ne s'étaient vraiment parlé. Edward jeta son sac sur son épaule, prêt à rejoindre l'autre salle de cours.

— T'as pas un surnom ? Parce que franchement, Henry-Pierre, ça craint.

Le jeune garçon semblait un peu perdu dans le fil sinueux de la pensée de son camarade.

— Mes cousins m'appellent HP, finit-il par lâcher, avant qu'Edward ne disparaisse dans les couloirs.

— Tiens-toi prêt ces jours-ci, HP, ça va déménager !

Henry-Pierre se retrouva seul avec cette étrange nouvelle dans la tête. Il ôta ses lunettes et les essuya longuement avec son sweat. *De deux choses l'une*, pensa-t-il, *ou Barzac bluffe, ou sa décision est un suicide. Un pur suicide...*

12

C'EST AU SELF QU'EDWARD prit la mesure de son nouveau statut d'intouchable. Personne ne lui laissa la moindre petite place à sa table. La plupart du temps, il déjeunait seul, sans que personne ne se préoccupe de lui. En spectateur, il prenait part çà et là à quelques conversations. Cette fois, c'était différent. Il dérangeait. À son passage, les plateaux glissaient sur les tables, comme des plaques de continents sur l'asthénosphère. On s'étalait pour lui interdire de s'asseoir. Il finit par trouver une table déserte, juste devant les poubelles. Pour se venger, il mit ses écouteurs sur ses oreilles. C'était interdit, mais quel professeur aurait commis la maladresse de venir le lui rappeler ? Son statut d'orphelin avait quand même quelques avantages. Il balança Nirvana et avala sans appétit son poisson reconstitué, trempé dans une sauce à l'eau. Il aperçut HP et lui fit signe de la main. Le garçon hésita, tournoya un bon moment au milieu des rangées de tables, avant d'atterrir devant lui.

— De toute façon t'as rien à perdre, HP, lui dit-il en éteignant sa musique.

HP se contenta d'un petit sourire, s'assit à sa table et plongea sa fourchette dans son œuf mimosa.

— C'est volontaire, l'omerta depuis mon retour, ou c'est instinctif ? interrogea Edward.

— J'en sais rien. Bosco et Traval ont pas mal commenté la mort de ton père, mais…

— Qu'est-ce qu'ils ont dit ?

— Des trucs dégueu… Tu sais comment ils sont.

— Quel genre de trucs ? insista Edward en fixant son camarade.

HP commença à regretter de s'être assis avec lui. Il préférait la solitude à la grossièreté, et son éducation aristocratique et catholique lui interdisait toute vérité blessante à l'égard d'un individu. Il pataugeait dans la mayonnaise du mimosa.

— Vas-y, accouche, HP. La politesse fait chier ! Elle n'a pas lieu d'exister au milieu des porcs.

Et HP cracha le morceau. Effectivement, Bosco et Traval s'étaient lâchés pendant son absence, inventant quantité d'histoires autour de la mort de Paul-Thomas Barzac. Il s'était fait buter par la mafia russe, parce qu'il trempait dans des affaires immobilières louches. On disait que sa fortune personnelle sentait la collaboration à plein nez. On racontait que les aïeux Barzac avaient fait du marché noir avec les nazis pendant la Seconde Guerre mondiale et que leur jolie maison avait été construite avec le bien des familles juives qui s'étaient peut-être vengées. Des ragots monstrueux s'étaient ainsi accumulés, convergeant vers une version définitive, devenue officielle : le père Barzac s'était suicidé pour en finir avec sa tarée de femme et son débile de fils. Bosco et Traval s'étaient arrangés pour que personne ne compatisse au chagrin d'Edward, pire, qu'on le considère comme le responsable de cette mort.

Edward encaissa avant d'offrir à son nouveau camarade un large sourire. Un sourire inquiétant qui faisait penser à celui du personnage du Joker dans Batman.

— Tu sais pourquoi ils ont fait ça, mec ?

— Non… la jalousie sans doute. T'es friqué, moi aussi, ton père était un homme connu et respecté…

— Blablabla, HP ! Ils ont fait ça parce qu'ils sont cons. Point final. Et que le problème sur cette foutue terre, c'est que ce sont toujours les cons qui dirigent. Ceux qui se prennent pour des surhommes aux ego surdimensionnés, ceux qui ne lèveront jamais le doigt comme tu l'as fait ce matin pour sauver les autres.

HP acquiesça en attaquant son poisson reconstitué. En tant que grosse tronche, moqué par tous, il ne pouvait qu'approuver le discours de son camarade, même si son comportement le mettait mal à l'aise. Le silence habituel d'Edward s'était métamorphosé en une colère froide qui le faisait flipper. Son appréhension redoubla quand il aperçut Traval et sa bande fondre eux, leur plateau à la main. Il jeta un coup d'œil inquiet à Edward qui eut juste le temps de se retourner, avant de comprendre qu'ils étaient encerclés.

— Alors, Ed, tu t'es fait un nouvel ami. Très touchant. Je suis très triste pour toi tu sais… Ton père n'est plus là, et avec la mère que tu as…

— Ta gueule, Traval.

Le cador accusa le coup. Il n'avait pas l'habitude qu'on réponde à ses provocations. Il esquissa un petit sourire décontracté, pour donner le change et surtout ne pas perdre de sa superbe devant ses complices. Il posa sa main sur la table et approcha son visage très près de celui d'Edward.

— C'est à moi que tu viens de parler là ?

— On dirait, poursuivit Edward, soutenant intensément son regard.

— Qu'est-ce que tu cherches ?

— La guerre, on dirait…

— Vous entendez, les mecs ? Ed le taré veut se battre ! Hou là là, j'ai la trouille !

Sans attendre la suite du petit jeu sadique de Traval, Edward prit son plateau à deux mains, hésita, puis se leva calmement, se retrouvant ainsi face au caïd du lycée.

— Rendez-vous vendredi soir dans les chiottes du gymnase. Je te propose un *fight*. Toi contre moi. Ça te va ? Tu peux aussi brancher Bosco si tu veux.

Traval en vacilla et faillit chuter. Il se rattrapa aux épaules d'un de ses copains, faisant mine d'adopter une posture décontractée. Ses acolytes le soutinrent de leurs petits rires narquois, mais Ed perçut très bien leur surprise, ainsi qu'une certaine appréhension. Ils ne menaient pas le jeu et cela les déstabilisait.

— OK. Ça me va. Tu fournis l'alcool. J'espère que tu vas trouver une poire pour parier sur toi.

— HP pariera sur moi.

HP, qui n'avait pas bougé d'un centimètre depuis le début de leur échange, était statufié sur sa chaise. Le regard instable. Balayant l'espace dans un va-et-vient permanent entre Traval, Barzac et son poisson recomposé. Il finit par lever les yeux et par confirmer d'un hochement de tête.

— Encore un truc, ajouta Edward d'une voix haute et intelligible pour que les comparses de Traval l'entendent. Si tu empêches HP de venir ou si tu lui piques son fric avant vendredi, je considérerai cela comme une lâcheté de ta part. Ça voudra dire que tu fais dans ton froc.

— Tu rêves... répondit Traval, le visage tendu.

Cette fois, son sourire s'était complètement effacé au profit d'une série de reniflements nerveux.

Edward proposa à HP de le rejoindre et ils partirent tous deux vers les poubelles pour débarrasser leurs plateaux, sous les têtes médusées de la bande de Traval. Dans le self, pas mal de regards convergèrent vers le duo. La rumeur commençait à se répandre qu'Ed le taré avait provoqué Traval l'invincible. Ça puait l'embrouille.

Au sortir du self, Edward planta HP sans mettre de gants.

— Salut, mec, on se voit en maths !

Il avait besoin de solitude.

Il venait de remettre en place et de provoquer en duel le type qui avait rongé sa scolarité depuis le collège. Il aurait pu se sentir fier, soulagé, ou au contraire en panique. Étrangement, il n'éprouvait rien. Juste une sensation de lourdeur. L'impression que l'air humide de ce jour de novembre pesait des tonnes.

Il sortit du lycée et, sans réfléchir, fonça vers l'épicerie du coin s'acheter une bouteille de vodka. Il ajouta à son panier des gâteaux et un paquet de couches pour nouveau-né. C'était la première fois qu'il s'achetait de l'alcool et il craignait de se faire refouler et ridiculiser à la caisse. Le paquet de couches lui parut une bonne idée pour dissimuler son achat interdit aux mineurs en simples courses familiales. Effectivement, la caissière ne lui fit aucune remarque. Il paya avec sa carte de crédit, jeta le paquet de couches dans une poubelle et se mit en route vers le bois de Saint-Cucufa. C'est là que son père était mort, broyé contre un châtaignier. C'est là qu'il voulait recommencer une nouvelle vie avant d'y mettre fin.

La première rasade le fit tousser, puis il s'habitua peu à peu à cette chaleur amère qui réchauffait son corps engourdi.

13

La pluie le fit sortir de sa torpeur. La boue, plus exactement. Une coulée de terre qui pénétrait ses narines, sa bouche et avait recouvert sa chevelure. Il ouvrit les yeux sur un parterre de feuilles mouillées et réalisa qu'il s'était endormi. Il eut un mal fou à prendre appui sur le sol pour s'asseoir. À ses côtés, son sac de cours trempé et la bouteille de vodka à moitié vide. Il toucha la montre de son père, la réajusta. Il était seize heures trente. Juste le temps pour lui de regagner le lycée où la nouvelle recrue de sa mère allait venir le chercher. Il rangea la bouteille dans son sac et se mit en route dans une forêt floue, opaque. Il était ivre, se rattrapant aux troncs, chutant plusieurs fois sur les branchages. Il manqua de se faire renverser par une voiture. Le klaxon strident lui rappela la sonnerie de téléphone qui avait emporté sa vie d'avant. Il se mit à trembler de tout son corps. Paralysé sous cette pluie et incapable de retourner au lycée. Il sortit son portable et constata que sa mère avait cherché à le joindre plusieurs fois. Ça le fit rire. Ça lui fit plaisir de l'imaginer s'inquiéter pour lui, le fils exemplaire qui n'avait jamais causé de problèmes. *Fini le bon toutou qui accepte tout*, se dit-il. Il appela chez lui.

— Edward ? Mais où étais-tu, bon sang ? Le lycée m'a appelée. Tu n'as pas repris les cours cet après-midi…

— Je suis là où papa est mort. C'est joli. Un joli trou de nature pour crever…

— Quoi ?

— Il était bourré, papa ? Et toi aussi ?

— Quoi ? Mais qu'est-ce que tu racontes ?

— Tu ne m'as même pas dit ce qui s'était passé… Personne ne m'a dit…

— Écoute, Edward, on ne va pas parler de ça au téléphone. Tu n'as pas l'air bien, là. Dis-moi où tu es exactement et Florence va venir…

— Florence, Helena, Mme Hagger… Tu te débrouilles toujours pour que les autres fassent le sale boulot à ta place…

— Où es-tu ?

— Au lac.

— Ne bouge pas. On arrive…

Edward raccrocha et vomit. Seul sous la pluie. Il vomit puis il hurla à la mort :

— Je veux crever, papa ! Pourquoi tu m'as laissé ? Reviens ! Reviens, putain !

Une bête à l'agonie dans cette nature déserte, seul avec l'envie d'en finir et cette impossibilité de quitter la vie. En équilibre entre un monde inconnu et un autre insupportable où il n'avait plus sa place. Il se recroquevilla au pied d'un tronc. Son père ne buvait jamais quand il conduisait, comment avait-il pu percuter de plein fouet un châtaignier ? S'était-il endormi ? Quels avaient été ses derniers mots ? Chez qui étaient-ils allés à cette soirée ? Il voulait savoir. Sa mère lui devait cette vérité et, une fois de plus, elle lui avait tout caché, le mettant à distance comme un enfant malade. Il ressortit sa bouteille de vodka et s'enfila une bonne rasade. Il rit en pensant au *fight* qu'il avait proposé à Traval. Il aurait sa peau, quitte à y laisser la sienne. Face à ceux qui le détestaient, il aurait le courage d'aller plus loin, de boire au-delà de ses limites.

— J'aurai ta peau, connard ! dit-il en levant sa bouteille au ciel pour trinquer à sa destinée.

Il ouvrit un œil au bruit du moteur, n'ayant plus aucune notion du temps. Il crut reconnaître la BMW de son père qui pila devant lui.

— Papa ! Tu es venu me chercher ! dit-il dans un sourire illuminé, avant de réaliser que l'ombre qui courait à sa rencontre avait le visage de sa mère.

— Edward ! lança-t-elle, complètement paniquée de le voir dans cet état. Qu'est-ce qu'il t'est arrivé ?

Il lut la peur dans ses yeux, un certain dégoût. Il se souvint de la boue, du bois, de sa cuite dans le sous-bois. Il devait être ignoble, le visage et les cheveux tachés de terre, les vêtements emplis de vomi et sans doute imbibés de vodka. Il s'en foutait à présent.

— Tu as bu ?

— Eh, oui… Toi aussi t'avais bu le soir de l'accident ? Hein maman, hein ma petite maman… Vous aviez picolé pour arroser ta super-guérison miraculeuse de merde !

Sa mère s'accroupit devant lui, bientôt rejointe par Florence qui avait du mal à suivre, perchée sur ses talons aiguilles. Les deux femmes essayèrent de le relever, mais il les repoussa.

— Laissez-moi ! Je peux me lever tout seul. Je peux tout faire tout seul…

Il tenta de se redresser mais retomba aussi sec, s'écroulant au sol, le visage dans la boue. Les deux femmes revinrent à la charge et il se laissa faire cette fois. Elles l'attrapèrent chacune sous un bras et le hissèrent sous leurs épaules, le traînant du mieux qu'elles le purent jusqu'à l'arrière du véhicule.

— C'est la voiture de papa. Personne ne conduit la voiture de papa ! hurla-t-il encore en se débattant, avant que sa mère ne réussisse à le pousser sur le siège arrière et à claquer la portière sur lui.

Les deux femmes s'ébrouèrent dans le véhicule pour reprendre leur souffle et Florence démarra sans commentaires. Rose se retourna vers lui, le visage tendu.

— Papa est mort, Edward. Tu n'y peux rien et moi non plus. Alors, ne complique pas tout, c'est déjà difficile. Cette voiture m'appartient…

— Tout t'appartient, maman. T'es riche maintenant ! Peut-être que c'est toi qui l'as tué. Tu t'es débarrassée de lui…

Une gifle cinglante le stoppa net dans son insolence alcoolisée. La première de sa courte existence. L'effet de l'alcool diminua la douleur, mais le geste de sa mère le scotcha. Jamais elle ne l'avait frappé. Jamais elle ne l'avait choyé non plus, mais cette gifle en plein visage eut le mérite de le réveiller. Cela n'était pas normal. Sa mère n'était pas dans son état normal. Quelque chose lui échappait. Quelque chose en elle avait changé. Elle lui semblait encore plus mystérieuse et incontrôlable que lorsque son père était vivant.

— Qui es-tu, maman ? lui demanda-t-il froidement, humilié par cette main cinglante sur sa joue.

— Et toi, Edward Barzac, tu sais qui tu es ?

Il eut un mouvement de recul quand elle se retourna nerveusement vers lui. C'est elle qui lui faisait peur à présent. Ancrée dans une colère froide. Vivante, active, réactive. Il se dit qu'elle le détestait sans doute encore plus qu'il ne pouvait la haïr.

— Tu sais qui est cet ado de quinze ans qui va se saouler dans une forêt alors qu'il est censé être au lycée ? poursuivit-elle. Tu sais qui est cet être qui déteste sa mère au point de lui parler comme à une merde ? Tu sais quel genre de personne peut vexer son père au point de le mettre dans un état de nerfs qui peut-être l'aurait poussé à boire le soir de l'accident. Parce qu'il voulait se détendre un peu, oublier ses soucis…

Elle sortit un paquet de cigarettes de son sac et fuma pour se calmer. Jamais il ne l'avait vue allumer une cigarette.

— Papa est mort et je n'y suis pour rien, toi non plus. Il n'y a pas de raison, ni de coupable, Edward. Je voudrais juste que tu arrêtes de tout me mettre sur le dos.

Il se tut, figé dans cette réalité sans repère. Son père aurait-il pu mourir à cause de lui ? Il ne l'avait même pas envisagé, trop aveuglé par sa colère et son sentiment d'injustice. L'insinuation de sa mère était monstrueuse, mais le coup porté à la hauteur de son agressivité. Il se sentit presque apaisé par cette colère maternelle enfin exprimée qui le projeta à sa place : celle d'un adolescent perdu et ivre de chagrin.

14

À LEUR RETOUR À VILLE-D'AVRAY, Rose lui fit couler un bain, mais il refusa de s'y plonger, préférant s'affaler sur son lit. Il voulait dormir et recouvrer ses esprits. Faire le point. Pour une fois, il savait ce qu'il voulait et il refusait que sa mère fasse échouer ses projets. Pourquoi fallait-il toujours qu'elle le déstabilise ? Pourquoi fallait-il qu'elle se mette à exister au moment où plus rien ne le rattachait à la vie ?

— Lève-toi ! Ton bain est prêt, ça te fera du bien, mon chéri, lui dit-elle en s'approchant de son lit.

— Tu sais ce qui me fait du bien maintenant ? Tu ne sais rien. Rien de moi. Rien de papa. Rien de la vie…

— Ça suffit ! J'ai été malade, je ne le suis plus. Point final, Edward. Il va bien falloir que tu t'y fasses. Alors, lève-toi et va prendre ton bain !

Elle savait élever la voix. Elle savait trancher, ordonner, orienter. Il y avait quelques jours, quelques mois, ces nouvelles capacités l'auraient sans doute rassuré. Il se serait attaché à cette maman libérée de ses fantômes et enfin sortie d'un coma de quinze ans. Mais les contes de fées n'existaient pas et la Belle au bois dormant qui s'éveillait dans son monde en lambeaux lui donnait envie de la tuer. De l'éliminer. Ça bouillonnait en lui. Il avait peur. Peur de cet amour qu'elle lui exhibait sous le nez et qu'il ne pouvait pas supporter parce que cet amour aurait pu lui donner envie de vivre, d'espérer, de s'attacher et peut-être d'oublier le visage de son père.

— Sors de ma chambre ! Sors de ma chambre ! répéta-t-il comme un gamin colérique qui ne veut plus rien voir ni entendre.

Rose ne sortit pas. Elle s'approcha doucement et vint s'asseoir au bord de son lit, à la place d'Helena. À la place du bercement, de l'histoire du soir. Cette place de l'adulte aimant qui caresse les cheveux de l'enfant en lui glissant des mots sucrés à l'oreille. *N'aie pas peur, je suis là, tu n'as rien à craindre.* Elle s'assit là où elle n'avait jamais été.

Cette soudaine proximité lui arracha toute résistance. Sa mère gagnait du terrain. Elle l'apprivoisait, déposant sa main sur ses cheveux boueux.

— Tu étais comme ça quand tu es né, tout poisseux, déjà en colère, avec ton regard implacable sur le monde…

Il faillit accepter. Se laisser glisser dans ses bras. Baisser la garde. Il remarqua une tache de naissance sur son cou. Un détail qui lui avait échappé toutes ces années. Elle avait toujours été si distante, si floue. L'image s'éclaircissait. Son regard faisait le point à présent, le laissant face à une vision plus nette et celle qui émergeait de ce brouillard lui était inconnue. Il découvrait une autre femme. Une mère qui pouvait lui mettre une gifle, lui faire couler un bain, lui caresser les cheveux d'un geste tendre. Une femme qui fumait quand elle était énervée et buvait le matin un café noir sans sucre.

— C'est bon, je vais prendre un bain, mais tu peux garder ton baratin pour un autre jour.

Il l'abandonna et partit s'enfermer dans la salle de bain, plongeant son corps fébrile dans l'eau brûlante. *Putain, à quoi elle joue ?* se dit-il. *C'est forcément un jeu. On ne peut pas abandonner son enfant jusqu'à ses quinze ans et se mettre à s'occuper de lui au moment où son père disparaît. Elle cherche quelque chose. Elle veut quelque chose. Me pousser quelque part. M'empêcher de me tuer, peut-être. M'empêcher de lui gâcher la vie.*

Il devenait parano. Ses pensées se précipitaient en désordre dans son cerveau encore imbibé des vapeurs de vodka. Il délirait. Était-il fou ? Incapable d'accepter que sa mère puisse guérir. Incapable de supporter son nouvel amour. Quelque chose en lui l'empêchait encore d'y croire. Quinze années d'attente et d'amertume sans doute. Il entendit la sonnerie de l'interphone et Florence de répondre :

— Il est tard… Très bien, je vous ouvre.

Il s'extirpa du bain pour coller son visage contre la fenêtre. Il repensa à Helena. Un petit espoir puéril qu'il balaya de la main, en essuyant la buée de la fenêtre. Ce n'était pas Helena, mais deux flics postés derrière les hautes grilles du parc. Un en uniforme, l'autre en civil. Un homme et une femme. Il se sécha rapidement, ouvrit la porte, se faufila dans sa chambre pour s'habiller. D'abord les chaussettes, puis le caleçon, le pantalon, le tee-shirt et pour finir, le pull de son père et sa montre. Une mécanique suisse qui avait, elle, survécu au choc d'une tonne de ferraille lancée à plus de quatre-vingts kilomètres à l'heure sur un obstacle immobile. Il se détesta de mettre autant de temps pour s'habiller, de ne pouvoir se libérer de ses TOC.

Des bribes de conversations lui parvenaient du salon.

— Nous avons besoin de sa déposition pour clore notre enquête d'environnement. Cela ne devrait pas être long. Une simple formalité.

— Je comprends, mais mon fils est malade. Il est fragile psychologiquement et la mort de son père l'a anéanti. Pourriez-vous repasser dans une petite semaine ?

Sa mère ne voulait pas qu'il réponde aux questions des flics. Que cherchait-elle à cacher ? Sa maladie ? Un rapport malsain avec son enfant ? Avait-elle honte de lui ?

Il fit un effort surhumain pour laisser tomber ses baskets. *Si je ne mets pas mes baskets, le pire va arriver. Je dois mettre mes baskets. D'abord la gauche puis la droite… Ta gueule !* hurla-t-il à sa propre conscience. *Le pire est déjà arrivé. Je dois aller voir les flics. En savoir plus sur les dernières minutes de vie de mon père.* Ordres et contre-ordres bataillaient dans sa pauvre tête. À force de concentration, il réussit à faire taire ses habitudes obsessionnelles et à débouler dans le couloir en chaussettes. Et, alors que les deux policiers s'apprêtaient à quitter la maison, il les interpella du haut de l'escalier :

— Bonjour ! Je peux répondre à vos questions.

Les deux agents levèrent les yeux vers lui, puis les baissèrent aussitôt sur ses chaussettes rouges. Du haut de l'escalier, son apparition avait quelque chose de surréaliste. Un fantôme blafard sorti de nulle part, les cheveux mouillés dégoulinant sur son visage. Sa mère, surprise elle aussi, finit par tendre sa main valide dans sa direction, esquissant un petit sourire poli aux agents.

— Viens, mon chéri. Ces policiers voudraient te poser quelques questions pour clore leur enquête sur l'accident.

Edward descendit et s'accrocha à la rampe pour ne pas montrer aux flics qu'il était encore ivre. Il s'en voulut d'avoir picolé. Ce n'était pas le moment de passer pour un taré, un malade ou un gosse immature. Il avait besoin de savoir ce qu'ils venaient chercher et, surtout, d'en apprendre davantage sur les conditions de l'accident de son père. Il leur serra la main avec le plus d'entrain possible.

— Nous pouvons remettre cet entretien à la semaine prochaine, si vous le préférez, lança la jeune femme qui se présenta comme le lieutenant Garideau. Nous procédons toujours à une enquête d'environnement des victimes, en cas d'accident…

Elle hésita, avant d'ajouter : "mortel".

— Je suis en état de vous répondre. Nous serons mieux dans le bureau de mon père, n'est-ce pas maman ?

Rose acquiesça et, sur la demande du lieutenant Garideau et au grand soulagement d'Edward, n'assista pas à l'entretien.

Face aux deux agents, Edward tenta de se donner une contenance en prenant place dans le fauteuil de son père. La voix tonique et un peu grave du lieutenant

Garideau tranchait avec son physique fluet. Elle sortit un petit carnet de notes écorné et commença par lui dresser le procès-verbal de l'accident.

Enfin quelqu'un qui va droit au but, pensa-t-il, bien que cette série de faits le replongeât dans cette soirée cauchemardesque.

— Vos parents ont eu un accident de voiture le 16 novembre dernier, les secours sont arrivés sur place à trois heures dix du matin. Votre père était au volant. Il a perdu le contrôle du véhicule, une Fiat rouge, la voiture de votre mère. Le véhicule a fait une sortie de route pour venir percuter un arbre. Le choc fut violent, votre père est mort sur le coup. La survie de votre mère est miraculeuse. On a retrouvé des traces d'alcool dans le sang de votre père, ainsi que la présence de benzodiazépines. Votre mère, elle, n'avait rien bu et ne prenait visiblement aucun médicament.

— Ça m'étonnerait ! opposa Edward, agacé par les charges retenues contre son père. Ma mère est sous traitement psychiatrique depuis des années.

— En tout cas, elle n'avait rien pris ce jour, ni la veille, confirma le lieutenant. De toute façon, elle ne conduisait pas.

— C'est quoi les benzé… ?

— Votre père prenait des somnifères pour dormir. Votre mère l'a confirmé.

— Ça aussi, ça m'étonnerait ! Papa a toujours dormi comme un bébé.

— Pas ces derniers temps, visiblement, il était nerveux à cause d'un nouvel appel d'offres qu'il voulait remporter.

— Papa dormait peu c'est vrai, admit Edward, mais il était tellement fatigué qu'il n'avait pas besoin de somnifères.

— Les enfants ne savent pas toujours ce que vivent leurs parents, lui opposa la jeune femme dans un sourire attendri.

Elle avait raison. Ce procès-verbal le lui prouvait. Le monde des adultes avait ses mystères, ses silences, ses monstrueux mensonges. Il était devant cette porte interdite aux enfants, qui venait de s'entrebâiller, tétanisé par ce qu'il pourrait découvrir de l'autre côté.

— Suite aux analyses des légistes, poursuivit-elle et après confirmation par votre maman d'une soirée bien arrosée chez…

Elle rechercha l'information en feuilletant son carnet.

— … Isabelle Mangin, une amie de la famille qui réside à Chatou, nous avons conclu à un accident.

— Je ne connais pas cette amie de mes parents.

— C'est une amie de votre mère. Elle l'a, d'après elle, aidée à guérir ces derniers mois.

— Ma mère change d'amis comme de chemise ! précisa Edward dans un hoquet sarcastique.

Il avait du mal à encaisser la lecture de ce procès-verbal qui accablait son père et faisait de sa mère une femme irréprochable.

— En tout cas, Isabelle Mangin a confirmé à nos agents la présence de vos parents chez elle jusqu'à environ deux heures trente du matin. Elle a aussi confirmé que votre père avait bu deux, trois verres, mais qu'il se sentait de conduire et avait refusé que votre mère prenne le volant de nuit.

— Ma mère est myope, précisa Edward. Elle est éblouie par les phares la nuit. Mon père a pris le volant pour la protéger, comme toujours…

— Sans doute, poursuivit l'officier Garideau, un peu agacée d'être si souvent interrompue. Je ne fais pas le procès de votre père, Edward, vous savez. Pour moi, seuls les faits comptent, le jugement ne fait pas partie de mon métier, c'est l'affaire des tribunaux ou des journalistes…

Edward lui donna raison dans un petit hochement de tête nerveux. Il voulait connaître la suite. Reconstituer avec précision les derniers instants de la vie de son père.

Elle poursuivit.

— Votre père s'est endormi en conduisant. Une brève absence de vigilance qui lui a été fatale. Nous avons vérifié auprès de ses amis et collègues de son cabinet d'architectes, votre père était un homme honnête et droit. Sans doute jalousé, mais il n'avait reçu aucune menace de mort et ne semblait pas vouloir mettre fin à ses jours. Voilà. Il s'agit donc d'un accident tragique. Votre papa a cumulé ce soir-là les facteurs de risques d'accident de la route : alcool, somnifères et vitesse. Je suis désolée…

L'inspectrice Garideau s'interrompit. Laissant le jeune homme reprendre ses esprits, avant de poursuivre. Edward ne pouvait cacher son trouble, tordant un trombone dans tous les sens, la mâchoire serrée, le regard fuyant. Ce qu'il venait d'apprendre lui laissait un terrible sentiment d'injustice. Son père était un héros, un homme dévoué, un père génial et la vie ne lui avait même pas accordé le droit à un moment d'égarement.

C'est dégueulasse, pensa-t-il. *Papa a toujours roulé prudemment sans picoler. C'est pas juste.* Le visage tendu, les sourcils plissés, enfermé dans ses pensées, il offrait aux enquêteurs une présence fragile qui poussa l'officier de police judiciaire à en revenir aux faits pour abréger l'entretien.

— Bien. Edward, notre enquête va s'arrêter là… Mais auparavant, nous devons savoir si vos parents se sont disputés le soir du drame.

— Et la voiture ? interrogea Edward qui cherchait à éviter de parler de sa dernière soirée avec son père. Vous l'avez analysée ? Je veux dire… Quelqu'un aurait pu la trafiquer. Pour tuer mon père…

La jeune femme lança un coup d'œil à son assistant avant de baisser les yeux, de soupirer et de répondre.

— Nous ne pouvons pas passer au peigne fin tous les véhicules accidentés. Mais oubliez cette idée, personne n'en voulait à votre père, c'est un accident. À moins que vous ayez quelque chose à nous apprendre… Vos parents se sont-ils disputés ?

Edward plia soudain sous le poids de la culpabilité. Il repensa à ce qu'avait insinué sa mère. Son père s'était peut-être enivré ce soir-là à cause de lui. Le seul coupable, c'était lui, et il sentit sa respiration s'accélérer.

— Mon père était contrarié, par ma faute… avoua-t-il.

— Oui ?

— J'avais blessé ma mère et il détestait cela… J'étais allé trop loin c'est vrai.

— Et ?

Edward avalait difficilement sa salive, l'étau autour de sa gorge commençait à l'empêcher de respirer. Il se retrouvait soudain sur le banc de l'accusé et l'entretien prenait une tournure qu'il n'avait pas prévue.

— J'avais… j'avais fait une blague pourrie… On regardait un reportage et ma mère a défendu une femme qui avait tué son bébé. Comme ma mère et moi on ne s'est jamais entendus… j'ai dit que si elle prenait la défense des femmes infanticides, j'étais mal parti. C'était une blague ! Je ne pensais pas…

— Ne vous culpabilisez pas, jeune homme ! tempéra l'inspectrice. Votre père savait qu'il ne devait pas boire en prenant des somnifères à haute dose. N'importe quelle contrariété aurait pu…

Il commença à sentir ses jambes se dérober, sa tête lui tourner, son estomac hurler d'aigreur. Il fit un effort pour cacher son malaise, mais sa respiration de plus en plus sonore et forcée alerta les policiers.

— Ça va, jeune homme ?

Il ferma les yeux et agrippa le fauteuil comme pour se rattacher à la réalité. Il faisait une crise d'angoisse devant les flics. Ne pouvant taire cette pensée qui le dévastait. *Je suis coupable et condamné à mort.*

Le lieutenant Garideau quitta alors son siège pour se poster derrière lui et lui poser sa main sur l'épaule.

— Un accident est par nature la faute de personne, Edward. Il faut vous ôter cette idée de la tête.

Mais Edward ne l'écoutait plus, plaqué à son siège par cette culpabilité qui le projetait définitivement face à une unique issue. Il fallait mourir.

— Très bien, nous n'allons pas insister davantage, conclut Garideau. Je vois que vous êtes encore sous le choc… Cela nous suffit. Je vais prévenir votre mère de votre malaise…

— Je pourrais avoir une copie ? implora-t-il soudain, en relevant le visage vers elle.

— Une copie de quoi, Edward ? interrogea l'inspectrice, circonspecte.

— Du procès-verbal. Je voudrais… garder… cette dernière trace…

Il s'accrocha à cette nouvelle obsession. Il voulait ce procès-verbal. L'insérer dans le cahier qu'il dédiait à son père et écrire le mot "fin". Boucler l'histoire de l'être qu'il avait le plus chéri, avant d'en finir avec la sienne.

— Nous en enverrons une copie à votre mère.

— Elle ne me la donnera pas ! s'exclama-t-il soudain dans un débit de paroles saccadées.

Il voulait que les flics sachent que sa mère n'avait pas toujours été si attentive, que les apparences étaient trompeuses et peut-être, aussi, leur faire part de son sentiment d'insécurité avec elle. Défendre la mémoire de son père qui n'était pas l'homme immature et irresponsable que l'officier de police venait de lui dépeindre.

— Elle veut me protéger, poursuivit-il. Elle veut faire comme si elle était ma mère. Enfin, je veux dire une mère protectrice et tout, mais ma mère n'a jamais été là pour moi avant la mort de mon père. C'est lui qui s'occupait de moi… Il s'occupait de tout. Je pourrais avoir une copie, s'il vous plaît ?

Face à la gêne des deux agents, Edward comprit que la confusion de ses propos ne jouait pas en sa faveur.

Les deux policiers devaient le prendre pour un fou et, en s'entendant déblatérer son histoire dans le désordre, il se dit qu'ils avaient peut-être raison.

— Je vous ferai parvenir une copie personnelle au plus vite, promit-elle. Et je vous laisse ma carte. N'hésitez pas à m'appeler si vous vous souvenez d'un détail… Je reste à votre écoute. Ça va aller ?

Il lui offrit un triste sourire, tout en parcourant sa carte de visite. Officier de police judiciaire des Hauts-de-Seine, Garideau Nathalie. Téléphone. Mail.

— Ça va aller ? s'enquit-elle une dernière fois.

— Oui, pardon. Merci… dit-il en reprenant peu à peu son souffle.

Les deux agents quittèrent le bureau de son père. Il entendit encore sa mère confirmer aux agents qu'effectivement son fils était fragile psychologiquement et très bouleversé par la mort de son père. Elle jouait les bonnes mamans, il avait envie de hurler. De les rattraper. De leur poser des questions à son tour. Pourquoi ses parents étaient-ils rentrés si tard ? Pourquoi avaient-ils pris la Fiat, au lieu de la BMW qu'ils préféraient utiliser la nuit, parce que justement elle était plus sécurisée ? Pourquoi Helena avait-elle disparu du jour au lendemain sans laisser de traces ? Pourquoi n'avait-il plus aucun repère ? Pourquoi perdait-il pied à ce point ?

Il demeura prostré dans le bureau de son père. Incapable de bouger. L'idée d'être considéré comme le seul responsable de sa mort le précipita dans des abysses terrifiants. Des questions à jamais sans réponses qui hurlaient dans son cerveau.

"Je suis fou et criminel. J'ai tué mon père. Je l'ai blessé avec une réflexion idiote et il est parti pour toujours sans m'embrasser. Il est parti en me détestant. C'est ce qui me fait le plus mal. Il a noyé son chagrin dans l'alcool et s'est endormi au volant. Tout est de ma faute. Je suis un criminel. Une vermine dangereuse pour la société. Je ne suis même pas capable de croire en la guérison de ma mère, ni d'accepter sa nouvelle tendresse. Pourtant, elle a parfois l'air sincère. Son changement de réaction me fait peur, je me fais peur. Je suis un être vil, privé de sentiments, de compassion, privé d'humanité. Je dois donc mourir. Le plus tôt sera le mieux. Vendredi me semble un bon jour."

Voilà ce qu'il écrivit le soir même sur le blog "Journal d'un fils" où ses publications restaient sans commentaires.

Edward n'écrivait pour rien ni pour personne.

Il passa ensuite une bonne partie de sa nuit à saboter son avatar. Il commença par changer le *skin* de son personnage. Mangor, le héros au cœur pur, devint plus sombre, plus violent, plus solitaire. Il se battit comme une bête, n'hésitant pas à insulter d'autres joueurs ou à nier les codes d'honneur pour gagner des niveaux. Il commit même la faute suprême de supprimer l'un des membres de son clan.

— *WTF ! Qu'est-ce que tu fous, Mangor ?*

— *T'es malade ou quoi ?*

— *Eh mec, c'est bien toi ?*

Du fond de la toile, les *gamers* s'agitaient sur le réseau, le mitraillant de questions, mais Edward demeura silencieux. Mangor n'existait plus. Il voulait tout supprimer.

Sa mère avait raison pour une fois ; il ne savait plus qui il était. Son unique certitude provenait du reflet que lui renvoyait le miroir de la salle de bain. Un mec sans visage, doté d'une âme pourrie. Un mauvais esprit. Voilà ce qu'il était.

— Étant donné le comportement de Mangor, tu es *ban* pour un mois.

Le message du modérateur du jeu ne tarda pas à tomber. Il était *ban*, autrement dit banni de la toile ludique. Blacklisté, même dans le monde virtuel. Il en ressentit une certaine satisfaction.

Désormais, il n'avait plus qu'une mission en tête : en finir. Faire le ménage, préparer sa sortie et rejoindre son père, si tant est que les morts puissent se rejoindre et se pardonner.

Il se déshabilla dans son rituel. Déposa sa montre sur sa table de nuit, observa la carte du lieutenant Garideau avant de la déchirer en petits morceaux. Personne ne pouvait plus rien pour lui. Il se coucha et termina de boire au goulot le reste de sa bouteille de vodka.

15

Le lendemain, il émergea sur les coups de onze heures. La bouche pâteuse, les yeux collés. Il alluma sa lampe et constata que la bouteille de vodka vide avait disparu, ainsi que le classeur dédié à son père. Il se leva d'un bond, remonta hâtivement les stores et se mit à faire le tour de sa chambre, complètement paniqué. Sa mère était entrée et avait fait le ménage ! Elle avait une fois de plus fouillé dans ses affaires. La disparition de son classeur "papa" déclencha une colère incontrôlable. C'était comme un viol. Elle avait recommencé ! Elle devait être dans une ses phases d'excitation où elle se mettait à tout ranger, voler, à s'agiter jusqu'à l'épuisement.

— Putain ! Rends-moi mon classeur ou je te tue !

Il s'attendait à la trouver en train de faire le ménage, de trier les cartons, de classer et de reclasser les armoires comme elle en avait l'habitude dans ses périodes maniaques, mais celle qu'il découvrit dans le bureau de son père le statufia.

Coiffée, maquillée et habillée d'un tailleur clair, Rose était assise dans le fauteuil en cuir de Paul-Thomas, le téléphone collé à l'oreille. D'un calme froid et distant, elle menait une conversation téléphonique digne d'une femme d'affaires. À son arrivée, elle lui adressa un petit signe lui signifiant de patienter deux minutes, avant de se replonger dans sa conversation téléphonique. Florence Richarte était à ses côtés. Cette dernière se contenta de sortir le nez d'une pile de dossiers et de plaquer son index sur sa bouche pour lui imposer le silence.

— Je suis capable de gérer seule les affaires de mon mari, monsieur ! Je sais que vous travailliez avec Paul-Thomas, mais j'ai embauché quelqu'un d'autre pour notre comptabilité. Je vous demandai de bien vouloir transférer nos dossiers à Florence Richarte…

Edward n'en croyait pas ses yeux. Au téléphone, sa mère jouait aux femmes d'affaires. Elle qui était incapable de résoudre une équation du premier degré, elle qui passait ses matinées à errer de son lit à son piano se donnait à présent des airs de patronne du Cac 40 avec une assurance qu'il jugea indécente. C'était comme si elle avait remplacé son père. Son calme, sa capacité à faire face à la réalité le projetèrent dans une violence extrême.

— Tu es dégueulasse ! hurla-t-il, se plantant face à elle en la fusillant du regard. Tout ce que tu fais est dégueulasse. Tu crois que je vais t'aimer ? Que je vais te laisser effacer notre vie d'avant comme ça ? Effacer papa ? Rends-moi mon classeur ! Et fous le camp de ce bureau, tu n'as rien à faire ici. C'est mon espace.

— Je vous rappelle ! dit sa mère avant de raccrocher et de se lever pour tenter de le maîtriser.

— Edward ! Je fais cela pour toi. Calme-toi.

— Ta gueule !

— Edward, ne parle pas comme ça à ta mère, tenta de s'interposer Florence, en se levant, prête à parer à une agression physique.

— Dégage, toi ! Je ne te connais pas et je ne veux pas que tu te mêles de nos affaires.

Rose s'avança vers lui le plus lentement possible, comme pour maîtriser un animal sauvage.

— Mon chéri, je t'ai confisqué certaines de tes affaires parce qu'elles ne t'aident pas à faire le deuil.

— Je ne ferai jamais le deuil ! Je n'accepterai jamais que papa ne soit plus là. Ça t'arrangerait, hein ? T'aimerais bien qu'on efface tout et qu'on recommence maintenant que tu vas mieux ? Plutôt crever !

— Edward, pourquoi refuses-tu de me laisser une chance ? De te laisser une chance ?

— Quelle chance ? Tu vois une chance dans ma vie ? Tu vois du soleil ? Un espoir ? Il n'y a rien. Rien que de la merde, partout et…

Il s'arrêta net. Se tenant le ventre. Plié en deux par de violents spasmes à l'estomac. Sa mère se précipita vers lui pour lui venir en aide, mais il l'écarta. Il vacilla, se précipita hors du bureau de son père et déversa les résidus de sa nuit alcoolisée sur la moquette blanche du couloir. *Malade à crever*, pensa-t-il. *Malade comme un chien.*

Il sentit la main de sa mère sur sa nuque. Une caresse qui lui brûla la peau.

— Edward, mon chéri…

— Va-t'en s'il te plaît. Appelle Mme Hagger pour me soigner…

— Mme Hagger est partie, Edward, avoua Rose d'une voix douce. Elle ne travaille plus pour nous depuis ce matin. Ce que nous traversons était trop dur pour elle… Elle est âgée, tu sais…

Une lame tranchante venait d'entailler ses entrailles. Un trou béant. Le coup de grâce. Désormais, il ne lui restait plus rien ni personne. Il se releva, en s'agrippant au mur.

— Elle t'a laissé un mot, précisa sa mère, en lui tendant une enveloppe.

— Super ! éructa-t-il dans un éclat de rire désespéré.

— Je suis désolée, conclut sa mère. Je vais te rendre ton classeur si tu y tiens tant. Ne t'inquiète pas, c'est pas grave, je vais nettoyer tout ça. Tu n'aurais pas dû boire. Ça va aller…

— Toi, tu vas nettoyer ?

— Oui, mon chéri. C'est normal. Je vais prendre soin de toi. Je sais que tu n'y es pas habitué… mais les choses peuvent changer entre nous.

Il la dévisagea et eut du mal à soutenir son regard. Cette tendresse maternelle lui était insupportable. Il ne pouvait plus y croire et, plus encore, il redoutait ce lien sentimental qui pourrait lui ôter son libre arbitre. L'empêcher de se tuer.

— Tu as un médicament pour mon ventre ? J'ai vraiment mal, implora-t-il en s'agrippant à une étagère.

— Je t'apporte ça. Va te recoucher, je vais te préparer une tasse de thé.

— Je déteste le thé ! lui rappela-t-il avant de regagner sa chambre et de claquer la porte du pied gauche.

Il s'allongea et ouvrit l'enveloppe. Quelques lignes sur un bristol. Une écriture très soignée au stylo-plume.

"Cher petit,

Je te souhaite de reprendre des forces. Je quitte le service de cette maison qui devient trop difficile. J'espère que les choses vont s'arranger pour ta maman et toi. Je vous souhaite de trouver la paix, mais en attendant l'ambiance de la maison est trop tendue pour mes vieux os. Je t'embrasse affectueusement. Madame Hagger"

Tout le monde fout le camp, depuis que tu es parti, papa. Et moi aussi, je vais m'en aller.

Il ferma les yeux. "Condamné à mort ! Quoi que je fasse, elle est toujours là, cette pensée infernale, comme un spectre de plomb à mes côtés, seule et jalouse, chassant toute distraction..." Le texte de Victor Hugo tournait en boucle dans son esprit. Vendredi serait son dernier jour. Il le fallait.

D'un geste machinal, il se connecta à son blog pour rédiger un nouveau papier. Il voulait laisser une trace de son enfer. Témoigner de cet acharnement du sort. Justifier ce qu'il s'apprêtait à faire. Mais le commentaire qu'il découvrit sur son blog le fit de nouveau douter. Quelqu'un avait pris le temps de le lire. Un inconnu avait atterri dans "Le journal d'un fils" et avait écrit : "Ne fais pas de connerie, Mangor ! Si tu aimes ton père comme il t'aimait, reste en vie. Tu as encore pas mal de choses à comprendre."

Il lut. Relut. Se demandant s'il s'agissait d'un simple promeneur sur la toile ou si la personne en question le connaissait.

Quelqu'un, quelque part voulait qu'il vive.

16

“MERCI À RONIT90 d’avoir réagi à mon papier. Je ne sais pas qui tu es, mais ton attention m’a touché. Ma décision est pourtant prise. Vendredi sera mon dernier jour. Ce sera mémorable. Si je n’ai pas su trouver ma place dans cette vie, je saurai au moins exister par ma mort. J’ignore si ma mère simule son amour ou si elle est réellement guérie. Peu importe. Il est trop tard. Je ne fais plus partie du monde des vivants. Vivre sans mon père m’est impossible. Cette maison m’est devenue odieuse. Je déteste cette femme que ma mère a engagée et qui a pris la place d’Helena dans le petit studio sous les toits. Elle suit ma mère comme un chien. Les gens sont vraiment prêts à toutes les humiliations pour de l’argent. Et je suis sûr que ma mère lui donne un bon paquet de fric ! Ma vie est trop dure, il faut être armé dans ce monde et je ne le suis pas…”

Edward, après sa crise matinale, avait encore dormi et s’était réveillé dans l’obscurité de sa chambre. Il avait mis un peu de temps à reprendre le fil de ses pensées, avant de se souvenir que quelqu’un quelque part lui voulait du bien. Un certain RONIT90. Méfiant, il s’était finalement décidé à lui répondre, à jouer franc jeu pour vérifier que derrière cet inconnu ne se cachait pas sa mère. Si c'était elle, elle ne tarderait pas à l'empêcher de sortir ou à prendre RDV avec son psychologue. Sa rédaction fut interrompue par des suites de Bach. Rose s'était-elle remise au piano ? Il tendit l'oreille. Impossible de jouer si bien avec un bras plâtré. Il posta son billet et quitta son clavier pour en avoir le cœur net. Personne dans le bureau de son père. Personne dans la chambre de sa mère. Il poursuivit et s'arrêta en haut de l'escalier. Il distingua une silhouette de dos. Il crut reconnaître Rose, mais sa dextérité lui semblait impossible, même si elle avait ôté son plâtre. Il descendit les marches sans que cela ne perturbe l'interprète. Il stoppa net. Saisi d'effroi.

Son père était dans le salon. Assis comme à son habitude dans le canapé, il lui souriait. Le visage blafard, mais vivant.

— Allez, fils, un petit quatre mains ? Il est l'heure…

Edward toucha son poignet et s'aperçut avec horreur que sa montre n'y était plus. Son père la portait comme à son habitude, avec ce geste de la faire tournoyer autour de son bras. Tel un zombi, Edward descendit lentement l'escalier du salon, happé par l'apparition de cet homme sur le canapé qui lui souriait. Aspiré vers cette musique d'un autre temps. Une vieille rengaine qui se propageait partout dans la maison. Il avança sans quitter son père des yeux et vint se poster dans le dos de l'interprète. Tout était redevenu comme avant. Un parfait équilibre. Une mère invisible, un père attentif. Tout était rentré dans l'ordre. Il souriait à présent.

La musique s'interrompit brusquement.

— La vache ! Tu m'as foutu la trouille. Je ne t'avais pas entendu... Edward ? T'es sûr que ça va ?

Edward sursauta à la vue du garçon assis sur le tabouret de piano qui le dévisageait avec inquiétude. Il revint à lui comme après un voyage somnambulique, tentant de se raccrocher à la réalité, au risque de passer pour un dément.

HP était assis à ses côtés et attendait une réponse, les yeux exorbités.

— Qu'est-ce que tu fous dans mon salon ? interrogea Edward, le regard figé sur sa montre de nouveau nouée à son poignet.

Pourtant, il était sûr de l'avoir vu. Son père sur le canapé, sa mère au piano. Comment avait-il pu confondre HP avec sa mère ? Le fauteuil était vide, absolument vide. *Je perds totalement la boule*, se dit-il, tout en tentant de faire bonne figure devant ce pauvre HP qui ne savait plus ce qu'il devait faire.

— Je suis venu t'apporter tes devoirs... répondit l'adolescent en se levant pour partir. Mais je peux repasser...

Edward lui barra la route d'un geste de la main.

— Non, reste. Qui t'a ouvert ?

— Ta mère, elle m'a demandé de ne pas te réveiller et d'attendre que tu descendes...

La sonnerie du téléphone retentit sous l'immense plafond cathédrale du salon, ce qui replongea Edward dans un état d'absence totale. Figé, il se contenta de regarder son ami, complètement en panique, se bouchant les oreilles et fermant les yeux comme s'il s'agissait d'ultrasons.

— Qu'est-ce qui se passe encore, Ed ? Qu'est-ce que tu as ? interrogea HP, de plus en plus paniqué par le comportement de son ami.

— Fais taire cette sonnerie, s'il te plaît ! HP, s'il te plaît ! Je ne supporte plus cette sonnerie de téléphone ! S'il te plaît !

Henry-Pierre se précipita alors sur le combiné ; Edward se calma immédiatement.

— Allô ? Allô ?... Non... vous voulez que je vous le passe ? Oui, je suis un ami...

HP blêmit un bref instant avant de raccrocher.

— Excuse-moi. Depuis que mon père est... Je ne peux plus supporter ce putain de téléphone... Je suis désolé. C'était qui ?

— Un mec. Il m'a demandé si j'étais Edward puis...

— Puis quoi ? demanda Edward.

— Rien, mentit HP. Il a raccroché.

Impossible de transmettre à son ami ce que l'homme au téléphone lui avait dit. Un conseil ou un avertissement. Henry-Pierre avait du mal à garder la tête froide dans cette maison qui, en quelques secondes, l'avait plongé dans une impression de malaise et d'angoisse.

— Putain, quelle maison de dingues ici ! C'est Traval qui a raison ! tenta de plaisanter Edward qui, face au visage épouvanté de son camarade, devinait ses pensées.

Il adopta une attitude à peu près normale, tout en se demandant qui pouvait bien chercher à le joindre.

— Tu joues bien du piano, mieux que moi en tout cas. Tu veux boire une bière ?

HP le suivit dans la cuisine, d'un pas mal assuré. HP flippait. Il avait envie de foutre les voiles, ça se voyait, mais Edward, encore sous le choc de ses hallucinations, souhaitait qu'il reste. Besoin d'être rassuré, de parler à quelqu'un de son âge aussi.

— Ah, au fait, j'ai gerbé sur tes cours de maths. Je suis désolé. On a essayé de nettoyer, mais l'odeur est imprégnée.

— C'est pas grave, laisse tomber ! répondit HP, en refusant la canette de bière d'un geste qui signifiait : "Je ne touche pas à ça merci ! Surtout pas en pleine journée."

Edward décapsula une canette qu'il but d'un trait.

— Je m'entraîne pour le *fight* de vendredi !

— Justement. C'est pour ça que je suis venu. Ce n'est pas une bonne idée. Tu devrais laisser tomber.

— Pas question, HP. Tu as trouvé du fric ?

— Oui, mais…

— Écoute, lui avoua Edward en se rapprochant de lui nerveusement, on en a rêvé toi et moi, de cette petite vengeance. Ne me dis pas le contraire.

— C'est vrai, mais t'as pas l'air bien, Ed. T'as pas l'air bien du tout…

Edward se leva et saisit une autre bière dans le frigo.

— C'est pour ça que je vais gagner, mon pote ! Quand on n'a plus rien à perdre, la force est décuplée. Et la force est avec moi ! hurla-t-il en se tapant la poitrine d'un geste viril.

HP fut touché. Edward était barré, mais il l'avait appelé "mon pote" et, de souvenir de gamin, ça ne lui était pas arrivé souvent. Il était de la race de ceux qu'on utilise, de ceux dont on rit, mais pas de ceux qui se font des copains. D'ailleurs, lui-même se trouvait transparent et complètement nul. Il accepta une bière pour marquer le coup.

— Ah, tu deviens cool, mec ! C'est bien. Tu verras, on va les exploser. Traval va faire dans sa culotte et je compte sur toi pour prendre quelques photos qu'on se fera une joie de poster à ses… Combien d'amis a cet enfoiré déjà sur sa page Facebook ?

— Deux mille cinq cent quatre-vingt-neuf ! s'esclaffa HP.

Les deux adolescents éclatèrent de rire. Cet aveu marquait leur ressemblance. Leur proximité dans le mal-être. Leur sale vie d'adolescent. Ils étaient de ceux qui vont visiter les réseaux sociaux le soir après les cours, non pas pour alimenter leur page, mais pour baver devant celle des autres. Enviant les amis, les photos de ceux qui, même sur internet, réussissaient à avoir une existence fascinante. Ils trinquèrent à leur revanche et à ce qu'Edward nomma : la fin de leur vie pourrie.

— Tu apportes cinq cents euros. Si tout va bien, tu devrais repartir avec deux mille. C'est une bonne opération, non ?

— Et si tu flanches ? osa opposer Henry-Pierre, déjà un peu désinhibé par les gorgées de bière dont il n'avait pas l'habitude.

— Je ne flancherai pas, trancha Edward en s'ouvrant une troisième canette.

HP ne releva pas, se contentant de finir la sienne sans vomir.

— C'est toi qui as posté un commentaire ce matin ? tenta Edward, soudain persuadé qu'un mec comme

HP pouvait le pister sur la toile et se mettre en tête de lui sauver la peau anonymement.

— Quel commentaire ?

— T'as posté un commentaire ou pas ce matin sur un blog ?

— Non, je ne vois pas de quoi tu parles… Quel blog ?

Le bruit du moteur de la BMW dans le jardin permit à Edward de s'extraire de cette fausse piste. HP n'était pas le commentateur anonyme de son billet.

— Tu ne jettes pas les canettes ? s'inquiéta Henry-Pierre, paniqué à l'idée que sa mère s'aperçoive de leur beuverie de plein jour.

Edward lui offrit pour toute réponse un étrange sourire. Un sourire qui disait : "Mec, si tu savais où tu viens de mettre les pieds, tu regretterais déjà ta présence dans cette baraque…" Et HP le regrettait déjà. Cette maison sans chaleur, cette femme aussi élégante qu'impressionnante, le coup de fil anonyme et le comportement déboussolé d'Edward n'avaient rien de normal.

— Ah, Henry… est encore là ! lança nerveusement Rose en pénétrant dans la cuisine aux côtés de Florence, des sacs de courses plein les bras. Edward a besoin de repos, c'est gentil de lui avoir apporté ses devoirs, mais…

Elle s'interrompit net en apercevant les trois canettes de bière sur la table.

— Vous avez bu ?

— Oui, maman ! avoua Edward dans un grand sourire provocateur.

HP eut envie de disparaître. Il sentit la honte lui rougir le corps au chalumeau.

— Si tu continues… commença-t-elle, semblant chercher une punition à la hauteur.

— Oui ? renchérit Edward avec insolence. Si je continue…

— On verra cela plus tard. Cela ne concerne pas ton ami. Je suis désolée, jeune homme, s'excusa Rose auprès de HP, avant d'allumer nerveusement une cigarette. Mon fils est une provocation ambulante. J'espère que ta mère s'en sort mieux que moi…

Il n'échappa pas à Henry-Pierre que le visage de son camarade s'était métamorphosé à l'arrivée de sa mère. Un petit rictus nerveux lui barrait maintenant le visage. Lui aussi connaissait ce sentiment. Sa mère le gonflait en permanence, mais pourtant il ne se serait jamais permis de lui parler de la sorte. De la provoquer à ce point dans ses retranchements. Ces deux-là avaient visiblement dépassé les limites du conflit adolescent. Ils étaient dans la sauvagerie pure. Complètement flippant ! Une tension insupportable et violente qui l'encouragea à quitter cette cuisine au plus vite.

— Bon, j'y vais ! se contenta d'avertir Henry-Pierre, avant d'offrir poliment sa main à Mme Barzac.

— Reviens quand tu veux ! répondit-elle dans un entrain forcé qui fut aussitôt broyé par son fils.

— Tu rigoles ? HP ne refoutra jamais les pieds ici. Il a cette chance, lui.

HP s'éclipsa en se faisant plus bas que terre, s'accrochant à ce sourire poli que lui avait appris sa propre mère et qui lui permettait de rester digne en toutes situations. Il avait honte d'avoir assisté à un tel échange et l'air frais du parc remit un peu de vie dans ses artères viciées. *Putride.* C'est le mot qui lui vint en quittant l'immense demeure.

— Salut, mec ! À vendredi ! Merci pour les cours, remercia Edward en lui serrant la main.

— De rien. Tu peux toujours m'appeler si tu veux annuler le *fight.* Je suis ton ami, tu sais, se crut obligé d'ajouter Henry-Pierre.

— C'est gentil de penser ça, mais je ne crois pas en l'amitié, déclara Edward. On est seul, mec. Toujours seul. On peut boire des coups ensemble, faire des conneries, rigoler, mais quand on a mal à en crever, tout cela ne vaut pas un clou.

HP voulut répondre et s'opposer à cette accablante assertion sur l'amitié, mais Edward ne lui en laissa pas le temps. Il le salua de nouveau et se détourna d'un mouvement vif, pour regagner l'immense maison d'architecte qui surplombait les étangs. La grille s'ouvrit mécaniquement devant Henry-Pierre qui s'échappa d'un pas rapide.

Putride, pensa-t-il encore. Jamais il n'avait perçu autant de violence contenue que dans le regard qu'Edward avait offert à sa mère. *Il la hait*, pensa-t-il. *Il hait le monde entier et plus rien ne le retient à la vie.*

De retour chez lui, il fila dans sa chambre et s'agenouilla devant le crucifix accroché au-dessus de son lit. Henry-Pierre d'Archambaud pria le Seigneur pour qu'Edward ne vienne pas en cours vendredi. C'est ce que lui avait demandé le mystérieux homme au téléphone. "Si tu es son ami, ne le laisse pas aller en cours vendredi, car il pense au suicide." La situation le dépassait. Alors, il pria. Incapable de confier sa peur à une autre personne qu'à Dieu.

"Je vous en prie, Seigneur, c'est une question de vie ou de mort. Sauvez l'âme d'Edward Barzac. Aidez-le. Ne le laissez pas franchir les portes du lycée vendredi."

17

Le vendredi 6 décembre, Edward prit le bus à l'aube, quittant à pas de loup la maison de Ville-d'Avray pour ne pas réveiller les deux femmes. Son sac sur les épaules, il fendit le matin brumeux d'un pas assuré. La ville, qui s'éveillait doucement, lui semblait étrangère. Le bruit du camion à poubelles, les lumières éparses des appartements, les odeurs de café et de croissants chauds ; il ne reconnaissait rien. N'éprouvait rien. Il colla son visage sur la vitre glaciale du bus et se laissa emporter vers sa destinée. À ses côtés, un homme dormait, tentant de se raccorder à sa nuit trop courte. Un ouvrier sans doute à cette heure matinale. Edward, en l'observant, se souvint de ce vieil adage que son grand-père lui répétait chaque fois qu'il ne voulait pas se lever. "L'avenir appartient à ceux qui se lèvent tôt." Cette pensée le fit sourire. Une grimace sarcastique. Car, entre lui qui voulait se buter, le chauffeur du bus aux yeux cernés et l'ouvrier exténué, l'avenir avait vraiment une sale gueule dans ce bus matinal. *Encore une expression débile*, pensa-t-il. *L'avenir appartient à ceux qui peuvent se réveiller quand ils le veulent.*

Le bus le laissa devant un autre arrêt désert où il attendit de nouveau un second bus. Puis un troisième, pour arriver enfin devant la grille de l'Institut Saint-Nicolas. La tête enfouie dans sa capuche, il passa devant le pion à l'entrée, sans lui adresser le moindre signe de politesse. Il entendit "Bonjour monsieur Barzac", mais ne répondit pas. Dans une autre vie, dans un autre temps, le pion l'aurait incendié et obligé à répondre, le menaçant d'une heure de colle. Dans une autre vie, on aurait fouillé son sac comme tous les matins pour vérifier que les élèves n'avaient ni cigarettes, ni alcool, ni objets tranchants. C'était le règlement de l'Institut. Ce qui rassurait les parents qui payaient cher pour cette haute sécurité éducative. Mais tout avait changé. On le laissait passer comme un fantôme, un intouchable au-dessus du règlement, au-dessus de la vie. Une ombre.

Il traça directement vers la salle de cours et s'assit au dernier rang. Les autres baissèrent la tête en l'apercevant. Il se contenta de les éviter. De ne pas les entendre non plus. Rien ne pouvait plus le toucher. Il fut cependant inquiet à huit heures dix, quand le professeur de maths inscrivit Henry-Pierre absent sur le cahier de classe. Il n'avait pas prévu cette option. Son plan était sans faille, parfaitement huilé, mais il avait oublié un détail. L'élément défaillant : l'humain. HP faisait dans son froc et le lâchait. Il se mit alors à envisager le *fight* sans lui. Traval n'accepterait pas de boire sans pari. Il lui fallait une aide, un acolyte. Il pianota sur son téléphone sous le bureau.

"Mec, t'es un lâche. J'ai besoin de toi et tu as besoin de moi. Ramène-toi !"

Quelques secondes plus tard, il reçut la réponse de HP.

“Je fais ça pour toi. Laisse tomber. C’est trop dangereux.”

Il renchérit.

“Je le ferai, HP. Que tu sois là ou pas.”

Puis, plus rien.

À la pause de dix heures, il traîna dans la cour. Balayant discrètement cette foule bavarde à la recherche d’un allié. Personne. Tous baissaient la tête à son passage, ou le dévisageaient avec un triste sourire. Il commença à paniquer, sentant une nouvelle fois son rythme respiratoire se précipiter dans sa cage thoracique. Traval lui posa la main sur l’épaule.

— Alors, Ed, en forme ?

— Lâche-moi ! On peut se parler seul à seul ?

Traval était entouré de sa bande, se donnant des airs de mafieux dans une cour de prison. C’était ridicule. Edward lui fit signe de le suivre, se dirigeant vers le self, un coin plus tranquille. À leur arrivée, deux élèves déguerpirent sur-le-champ, préférant ne rien voir, ne rien savoir des saloperies dont était capable Sébastien Traval à l’égard des plus faibles. Ils étaient comme les autres, des complices, se persuadant dans leur for intérieur qu’ils ne jouaient aucun rôle dans le harcèlement dont Barzac était la principale victime.

— C’est con, j’aurai adoré te battre, commença Traval, mais il paraît que HP nous a lâchés. On ne peut vraiment compter sur personne…

— Je parierai à sa place.

— T’as pris du fric ?

— Cinq cents.

— Joli, mais pas réglo. Il faut un parieur en chair et en os.

— J'en ai rien à foutre de ton règlement à la con, Traval. Tu acceptes ou tu fais dans ton froc ?

— Si tu crois que tu me fais peur, Barzac... se défendit l'adolescent, en se passant la main dans sa tignasse de surfeur.

Puis, face au regard obstiné et provocateur d'Edward, il lâcha :

— OK, mec. Ça le fait. J'espère que tu tiendras mieux l'alcool que ton père !

Edward ne réfléchit pas, il se jeta à la gorge de son adversaire, l'enserrant fermement de ses deux mains. Traval se défendit d'un coup de pied puissant dans les testicules. Ed fut plié en deux.

— Qu'est-ce qui te fait dire que mon père avait bu ?

— Sors de l'enfance, mec ! Les adultes ne boivent jamais du soda en soirée et quand ils se prennent un arbre... C'est évident. À ce soir, Ed le taré ! T'es vraiment taré ! conclut Traval, s'éloignant en roulant des mécaniques.

Edward reprit son souffle, avant d'envoyer un message à HP.

"Plus besoin de toi. Tu peux rester couché."

18

Il avait prétexté un mal de tête pour sortir des cours avant la sonnerie. Il lui fallait un peu de temps pour se préparer. Si bien que quand Traval, Bosco et les autres débarquèrent en groupe vers dix-sept heures vingt dans les toilettes du gymnase, il les accueillit d'un visage froid et impassible. Il était prêt. Stoïque, blafard et sans doute effrayant à en juger aux visages défaits des adolescents. Même Traval avait peur. Edward le sentait dans sa façon de parler. Plus nerveux. Moins bavard. Trois bouteilles de vodka étaient posées sur le lavabo, avec une vingtaine de *shooters* qu'Edward avait apportés et parfaitement disposés en ligne. Tout était prévu. C'était lui ce soir qui allait mener la danse.

— C'est quoi ce décor d'église ? ironisa Bosco à la vue des deux bougies qui se consumaient à côté des verres.

— J'étais sûr que ça te plairait, répondit Edward dans un petit sourire.

Il savourait.

— Et pourquoi trois bouteilles, Ed le taré ? lança Traval sur un ton faussement détaché.

— Au cas où on en casserait une. Ça serait trop bête…

— Moi, je joue sur une bouteille, pas sur deux, opposa Bosco.

— Oui, mais d'habitude, vous êtes deux à boire. J'ai prévu un peu plus grand…

— OK ! admit Traval. Sors la tune.

Edward déposa ses cinq billets de cent euros sous l'une des bouteilles. Quelques mecs sifflèrent en rigolant. Traval fit le tour de ses troupes, Bosco aussi, récoltant à leur tour la mise. Une dizaine d'adolescents s'étaient entassés dans les toilettes, faisant cercle autour des trois joueurs. Traval fit signe à Hugo d'aller fermer la porte du gymnase dont ils avaient piqué les clés à l'administration avant d'en faire un double. Les *fights* étaient selon eux “sécurisés”. Pas d'entrées ni de sorties avant la fin des paris.

Tout le monde était là. Le combat d'ivresse rapide pouvait commencer. Edward fit tourner sa montre à son poignet. Un silence de plomb régna dans les toilettes avant que Hugo ne revienne en courant, accompagné d'un dernier arrivant.

— HP, quelle bonne surprise ! ironisa Bosco. Je croyais que tu avais la colique !

Quelques rires fusèrent. HP entra, blanc comme un linge.

— Une tête de cul ! se crut obligé de faire remarquer Bosco.

Mais HP n'écoutait plus les moqueries. Toute son âme était concentrée sur celle d'Edward Barzac et, en l'observant statufié, les mâchoires serrées et le regard insondable, il sut immédiatement que les choses allaient mal tourner. Même si Dieu n'avait pas exaucé sa prière, il l'implora à nouveau de l'aider à le sauver. Il ne pouvait abandonner son camarade à la sauvagerie des adolescents. Quelque chose en lui l'avait poussé à venir, à mentir à ses parents, à s'introduire en douce dans l'établissement et à soutenir Edward dans ce qu'il envisageait déjà comme un combat à mort.

Il s'avança d'une faible voix et tenta de tout arrêter.

— Je pense que c'est pas une bonne idée... Ed n'est pas dans son état normal... Putain, mais vous n'avez pas de cœur ?

— Ta gueule, HP ! l'interrompit Edward dans un regard vide et glacial.

— Très touchant, commenta Traval. Le père Palmer serait très content de ta bravoure sacrificielle, HP, tout à fait catholique ! Mais c'est dommage, tu vois, ton copain Ed n'est plus ton copain !

— Bon, on y va ? trancha Edward qui ne voulait pas se laisser déconcentrer.

HP ne lisait plus rien sur le visage ni dans les gestes de son camarade. Plus de conscience ni de sentiment. Aucun reflet d'humanité. Edward était passé dans un autre monde. Un monde barbare, et il ne pouvait rien faire pour l'empêcher d'y cheminer, et sans doute de s'y perdre. Il se contenta donc de se poster aux côtés des autres et d'attendre la suite.

Bosco, Traval et Edward se tenaient debout face à vingt verres de vodka. Hugo comme d'habitude fut préposé à l'arbitrage et rappela les règles du *fight*.

— La partie se joue en plusieurs manches. Celui qui a bu le plus de verres gagne dix points, le second cinq, le dernier aucun. Il faut obtenir un total de minimum trente points pour empocher la mise. Tout homme à terre est éliminé. La partie s'arrête quand un des deux derniers candidats lève la main pour stopper. OK pour tous ?

Les trois participants acquiescèrent. La partie fut lancée. Edward enchaîna les verres les uns après les autres, avec un terrifiant détachement. Bosco et Traval l'imitèrent. Ça dégoulinait de partout dans leur cou, dans leurs vêtements, sauf pour Edward qui lampait les verres avec un flegme anglais. Il s'était entraîné. Mise en bouche. Déglutition. Mise en bouche. Déglutition. Il termina le premier. Droit comme un I, avalant les verres en un temps record. Traval fut deuxième. Les adolescents encouragèrent leurs candidats pour la seconde manche. Hugo remit les verres à niveau. Et le second départ fut donné. Traval eut du mal à aller au bout. Bosco se mit à rire, à faire des pauses. Edward poursuivit, impassible. Mise en bouche, déglutition… Une machine. Il posa simplement une main sur le lavabo, afin de reprendre son souffle. Hugo annonça les scores : vingt points pour Edward. Dix pour Traval, zéro pour Bosco. Ce dernier, qui avait du mal à tenir sur ses jambes, commença à se rebiffer.

— Putain ! Il boit trop vite… L'enfoiré de taré !

Hugo remit les verres à niveau. La deuxième bouteille fut ouverte pour la troisième manche. Traval réclama un temps de pause.

— Deux secondes, Hugo ! dit-il en se tenant le ventre. Il n'y a pas le feu, mec.

— Tu veux aller faire la sieste ? ironisa Edward. Tu peux lever la main si tu veux abandonner, moi, je continue.

— Connard ! répondit Traval en se mouchant dans ses doigts. OK, on repart.

À la troisième manche, Bosco voulut remonter la pente et se précipita sur les verres avec un appétit d'ogre. En sueur, rouge, haletant, crachant, il obtint la première place cette fois. Il leva le poing, accueilli par les cris de soutien de son petit comité, avant de s'écrouler au sol de tout son poids.

— Stéphane ! crièrent ses copains en se précipitant à son secours.

— Les mecs, il ne répond plus ! Il risque un coma, là. On devrait arrêter… prévint l'un des garçons.

— Pas question ! opposa Edward, qui resservit les vingt *shooters* à la place d'Hugo.

HP tenta de nouveau une approche bienveillante.

— Ed, c'est dangereux… Tu as gagné, c'est bon !

Mais Edward était déjà trop loin. Il n'entendait plus rien. Pourtant, autour de lui, les esprits commençaient à s'échauffer. Certains voulaient appeler les secours pour vérifier que Bosco n'était pas en train de crever. D'autres désiraient rentrer chez eux et tout arrêter. Traval, lui, blessé dans son orgueil, leur gueula de se taire. Il exigeait une dernière manche pour qu'on puisse démarquer le gagnant. Une affaire de réputation.

— Cinq minutes, les mecs ! hurla-t-il. La dernière manche !

Les autres finirent par obtempérer. La quatrième manche fut lancée. D'un côté du lavabo, Traval qui avait déjà du mal à garder les yeux ouverts et à tenir sur ses deux jambes. De l'autre, Edward, le regard absent, s'accrochant à sa montre comme à une bouée, ne cessant de la faire tourner à son poignet dans un tic nerveux.

La manche fut lancée. Le rythme fut plus lent. Chaque gorgée semblait être une souffrance pour les deux garçons qui ne se quittaient pas du regard. Traval eut un haut-le-cœur qu'il ravala. Leurs yeux pleuraient. Leurs souffles s'accéléraient. Edward chancela et se rattrapa au robinet. Il restait dix verres quand Traval finit par lever la main, avant de s'écrouler dans les bras d'Hugo.

— Putain ! pesta Hugo en observant l'état dans lequel était son ami. T'as gagné, connard. Filez-lui son fric et qu'on se casse.

— Tu me le paieras ! beugla encore Traval, relevant difficilement vers Edward son visage fondu. Tu meeeee, leeeee…

Edward reprit son souffle. HP en profita pour se précipiter vers lui, afin de le soutenir. C'est alors qu'Edward lui murmura à l'oreille une phrase que HP ne comprit pas immédiatement :

— C'est maintenant que la fête commence mon pote… Reste en retrait et ne te mêle de rien. T'es cool, t'es vraiment cool…

HP, dans un premier temps, mit ces incohérences sur le compte de l'alcool. Il proposa à son ami de l'aider et se mit à empocher l'argent, alors que les autres commençaient à mettre les voiles et à paniquer.

— Putain ! Bosco est dans les vapes totales ! constata l'un des garçons. On appelle les secours ? C'est grave, les mecs ! Il est *over*.

— On ne bouge plus ! ordonna Edward, sortant de sa poche intérieure un pistolet.

— Putain, il a un flingue, les mecs ! hurlèrent plusieurs ados, prenant leurs jambes à leur cou pour se sauver de ce mauvais trip.

— On ne bouge plus, j'ai dit ! hurla cette fois Edward, balayant l'espace avec son arme.

— Mec, déconne pas ! le mit en garde Hugo, tout en agitant les mains pour le dissuader de tirer.

— Edward, pose cette arme ! Ça ne servira à rien ! implora encore HP.

Mais Edward n'était plus avec eux. Dans un petit sourire, il pointa son arme sur Traval et l'obligea à se tenir debout.

— Relève toi, connard ! On n'a pas terminé, toi et moi. Les règles ont changé, mec. Le gagnant ce soir sera le survivant.

Quelques garçons réussirent à partir en courant dans le gymnase, se répandant comme des traînées de poudre vers les portes vitrées. Mais toutes étaient closes, et le seul à avoir les clés avait un flingue braqué dans sa direction.

"Merde, on est coincés" entendit HP qui, stoïque, se tenait aux côtés de son camarade. Tétanisé, il ne savait plus quoi faire. Même si Bosco et Traval méritaient cette leçon, le jeu allait trop loin et il savait aussi qu'Edward n'allait pas s'arrêter là.

— Tu aimes boire, Séb ? Je peux t'appeler Séb ? ironisa Edward en resservant les verres.

— Je ne…

Sébastien Traval n'arrivait plus à aligner deux mots. Soutenu par Hugo, il avait l'impression de vivre un cauchemar. Une hallucination. Le visage d'Edward Barzac n'avait plus rien d'humain. Un vampire ou un zombi, qui pointait son flingue vers lui dans un sourire sadique.

— Je ne peux plus… marmonna-t-il, avant de s'écrouler, la tête dans le lavabo.

Dans le gymnase, les autres adolescents s'étaient cachés dans une panique générale. Impossible de fuir. Ils avaient tous en mémoire les images de massacres au flingue dans les lycées américains. Ça s'était déjà vu. Edward Barzac avait le profil d'un taré qui bute tout ce qui bouge dans l'établissement avant de mettre fin à sa vie. Ces images ne les quittaient plus.

— Putain, les mecs, on est dans *Elephant* ! On va tous crever. Ce mec est taré !

La peur dégoulinait sur les tapis de gymnastique, pendant que dans les toilettes tremblaient Traval, Hugo, HP. Quant à Bosco, il était peut-être déjà mort.

— Bois, Séb ! Finis ces verres ! ordonna Edward, en empoignant le corps avachi de Traval pour le hisser sous le robinet et le réveiller d'un jet d'eau glaciale.

Traval ouvrit un œil en beuglant, avant qu'Edward ne lui coince la tête sous son bras comme un vulgaire ballon de foot et ne lui enfonce l'arme sur la tempe.

— Bois, espèce d'enfoiré ! Bois pour tout ce que j'ai vomi le matin, parce que je faisais dans mon froc de venir en cours. Bois pour tout le fric que tu m'as pris. Bois pour la honte que j'ai accumulée dans mes tripes toutes ces années et qui m'a empoisonné au point que j'en devienne barge, mon pote. Oui, barge ! Bois à la santé de HP à qui tu as mis le visage dans les toilettes pendant une année entière, afin qu'il accepte de participer à tes putains de *fights* de merde ! Tu vois, on a pas mal de choses à fêter, HP et moi, ce soir, on est vraiment contents que tu sois de la fête. Pas comme cette merde de Bosco qui est parti trop vite.

Edward mit un coup de pied dans le dos de l'adolescent qui gisait à terre et qui ne donnait plus signe de vie. HP voulut lui porter secours, mais Edward l'en découragea.

— Laisse tomber, ce type n'en vaut pas la peine…

— Ed, tu dois te calmer… tenta encore de le raisonner HP. Je crois qu'ils ont compris la leçon… N'est-ce pas, Traval ?

Traval voulut marmonner un oui, mais n'y parvint même pas. Hugo le fit à sa place, complètement tétanisé.

— C'est bon, Edward, on a compris. On le refera plus. Ne nous fais pas de mal, s'il te plaît, supplia-t-il en se mettant à sangloter. Laisse-moi aller ouvrir la porte…

Pour toute réponse, Edward arma son pistolet sous les yeux épouvantés d'Hugo, de HP et de Traval qui se redressa d'un coup, les mains en l'air.

— Je t'en supplie… C'était pour rire… c'était…

— Moi aussi c'est pour rire ! Bois ou je te bute !

HP ferma les yeux. Tentant de trouver une réponse au fond de son être. Ses pensées cavalèrent jusqu'à l'extrémité de sa conscience. Il fallait agir. Faire quelque chose. Tenter de mettre fin à ce cauchemar.

Quelques minutes plus tard, le coup partit. Une déflagration qui fit trembler les longs couloirs glacials de l'Institut Saint-Nicolas, établissement privé pour garçons de bonne famille.

19

Le père Jacques Palmer fut dérangé dans son moment de pause préféré. Il devait être un peu plus de dix-huit heures quand une déflagration vint massacrer l'air "*Vieni t'affretta*", de *Macbeth* de Verdi, interprété par la Callas dans un enregistrement de 1952 à l'opéra de Turin. Un gâchis. D'habitude, le prêtre et directeur de l'Institut ne se laissait jamais perturber par les bruits avoisinants quand il avait terminé sa journée de travail et que les portes de l'établissement étaient closes. Un péché mignon, l'opéra, qui lui permettait de s'évader de sa vie monacale entièrement dédiée à l'amour de Dieu et à l'éducation. Il sursauta et coupa le son, à l'affût d'une réponse. Qu'est-ce qui avait pu faire un tel bruit ? Il pensa aussitôt à une explosion. Le silence qui s'ensuivit ne laissa pourtant rien présager de grave. Pas d'agitation, aucun cri. Il jeta un coup d'œil par la fenêtre. Tout semblait normal. Une fin de journée de décembre. *Sans doute un avion qui aura dépassé le mur du son*, pensa-t-il, avant de se rasseoir dans son fauteuil. Il alluma une petite lampe et était sur le point de réenclencher son lecteur CD quand quelqu'un frappa à sa porte avec agitation.

— Père Palmer !

C'était le père Jare, un petit gros, en charge des quatrièmes, qui tremblait des pieds à la tête.

— Vous avez entendu la déflagration ? J'ai aussi entendu des cris dans le gymnase. J'allais ramasser quelques châtaignes pour le dessert de ce soir quand…

Le père Palmer enfila son manteau, attrapa les clés et, sans hésiter, suivit le père Jare. Ils débarquèrent en courant quelques minutes plus tard dans un gymnase obscur et glacial qui ne donnait aucun signe de vie.

— La lumière a été coupée, constata le père Jare en appuyant sur l'interrupteur.

C'est alors qu'ils perçurent les premiers souffles, puis des ombres émergeant à toute vitesse de derrière les chevaux d'arçons, espaliers et autres agrès de gymnastique. Ça jaillissait de partout comme les morts-vivants des tombes d'un cimetière. *Des revenants*, pensa le prêtre.

— Il est armé !

— Il a voulu nous tuer !

— Il est fou…

Une poignée d'adolescents se précipita sur eux dans une cacophonie totale et un désordre sauvage, si peu habituel dans un tel établissement.

— Là-bas ! C'est là-bas ! cria un jeune en pointant son index vers les toilettes. Il a une arme !

Les deux adultes, saisis d'effroi, sentirent leurs jambes chanceler.

— Sortez d'ici ! ordonna le plus calmement possible le directeur de l'école avant de s'appuyer sur le regard de l'autre prêtre, qui ne lui fut d'aucun soutien.

— Et vous, Jare, appelez les secours ! Faites vite ! Je ne sais pas ce que je vais trouver là-bas.

Les deux hommes se firent face, se signèrent avant de se séparer.

Le père Palmer se dirigea vers les toilettes, se récitant mentalement quelques prières pour se donner du courage. Plus que jamais, il réclamait la protection divine. En vingt ans de métier, il en avait connu des crises, des renvois, des conseils de discipline, des blagues estudiantines, des violences de cours de récréation, mais jamais, non jamais il n'avait eu aussi peur. Il longea le couloir à tâtons dans un silence inquiétant avant de parvenir à la porte des toilettes entrouverte d'où émergeait un timide rai de lumière. Il poussa prudemment la porte et fut d'abord saisi par la puanteur. Un mélange soutenu d'alcool, de vomi et d'ammoniaque qui lui fit porter la main à ses narines. Il s'approcha davantage et distingua une ombre à la lueur timide des bougies. Une ombre vacillante qui menaçait une autre ombre, avec ce qui pouvait ressembler à une arme à feu.

— Tire, tire ! S'il te plaît, implorait le jeune mis en joue.

Le prêtre balaya des yeux la pièce exiguë pour dresser un rapide état des lieux. Il aperçut deux corps inertes.

— Qu'est-ce que vous faites ici ? Que se passe-t-il ? interrogea-t-il d'une voix grave, mais complètement atone.

L'ombre tremblante se retourna aussitôt vers lui, pointant son arme en sa direction.

— Lâchez cette arme, qui que vous soyez ! s'entendit commander le prêtre dans une réplique digne des vieux westerns dont il était féru dans sa jeunesse.

Et instinctivement, il mit les mains en l'air.

Le garçon tourna sur lui-même et, tel un fantôme, se dirigea droit sur le père Palmer, l'arme à la main. Le vieil homme recula d'un pas.

— Ce n'est pas ce que vous pensez, se défendit aussitôt le coupable. Ce n'est pas moi… j'ai voulu le sauver…

— Baissez cette arme, jeune homme ! ordonna le prêtre, réunissant ce qui lui restait d'autorité pour tenter de raisonner le garçon.

L'adolescent ne se fit pas prier, portant le revolver des deux mains pour le remettre telle une hostie dans les mains du religieux. Palmer se saisit délicatement et avec répugnance de l'arme à feu et, ne sachant trop quoi en faire, finit par la glisser dans la poche à l'intérieur de sa veste. Derrière l'une des portes des toilettes, quelqu'un gémissait ou agonisait. Impossible dans cette semi-obscurité d'obtenir une vision limpide de la situation.

— Qu'est-ce qui se passe ici ? répéta-t-il, pour se laisser le temps de reprendre ses esprits.

Il n'obtint aucune réponse. Plus rien ne bougeait. Juste des gémissements fébriles.

— Très bien, dit-il. Nous allons sortir bien sagement du gymnase…

— Père Palmer ? Tout va bien ? Père Palmer ?

— Par ici ! Réenclenchez le courant !

C'était Jare qui revenait, une lampe torche à la main, et qui fila aussitôt vers le boîtier électrique afin de réarmer le réseau. Dans un grésillement strident, les néons du couloir s'allumèrent aussitôt et mirent au jour un état des lieux terrifiant.

Devant lui, Henry-Pierre d'Archambaud, l'un des meilleurs éléments de l'établissement, tremblait des pieds à la tête, le regard épouvanté. C'était lui qui avait eu l'arme en main. À terre gisaient les corps de Sébastien Traval et de Stéphane Bosco dans un bain d'urine, d'alcool, de verre brisé et de sang. Un peu plus loin, prostré sur le carrelage, les genoux dans les mains, se balançait d'avant en arrière Edward Barzac, le visage complètement livide, les yeux mi-clos. C'était lui qui avait supplié Henry-Pierre de lui tirer dessus. Quant aux gémissements, ils provenaient d'un cabinet de toilette où le père Jare découvrit Hugo, recroquevillé en position fœtale, les poings enfoncés dans les yeux.

— Qu'est-ce que c'est que ce bordel ? laissa échapper le père Jare qui, après une seconde d'hésitation, fonça sur les deux adolescents à terre pour leur porter secours.

Aucune réponse. Plus personne dans cette pièce n'était en état de parler ni de réagir. Henry-Pierre se mit à éclater en sanglots, agité de spasmes violents qui le précipitèrent dans les bras du directeur.

— Qui est responsable ? insista le père Palmer avant que les secours n'arrivent.

— Eux, répondit HP, pointant son regard vers les deux corps à terre. C'est eux qui ont commencé… depuis la sixième.

À cet instant, le religieux sentit toutes ses certitudes s'effondrer. Sa foi vacillait et il s'en voulut immédiatement, implorant le Seigneur Jésus de lui pardonner. Mais il avait devant lui une réalité qui lui avait complètement échappé et jamais il n'aurait pu imaginer être un jour confronté à une telle violence juvénile.

— Qu'est-ce qui a commencé depuis la sixième, Henry-Pierre ? questionna-t-il encore, le plus calmement possible, afin de ne pas effrayer davantage l'adolescent traumatisé.

— L'enfer, mon père, l'enfer… murmura HP.

20

La plupart des parents des victimes débarquèrent trois quarts d'heure plus tard dans le gymnase de l'établissement, qui avait des allures de camp de réfugiés. Les pompiers, les secouristes, les flics avaient envahi l'espace et allaient et venaient au milieu des adolescents dans une cacophonie incroyable. Les ordres médicaux contredisaient ceux des policiers au milieu de la panique des parents.

— Mon fils vient avec moi ! Et immédiatement ! hurla la mère d'Hugo, scandalisée par le refus des officiers de police de laisser sortir les jeunes avant de les avoir interrogés. Je suis la femme du PDG du Groupe Atis, l'une des plus grosses fortunes de France, je vous conseille…

— Écoutez, madame, l'interrompit l'officier de police judiciaire sur un ton péremptoire, quinze adolescents ont été retrouvés tétanisés et une arme à feu a été utilisée. L'un d'entre eux est dans un coma éthylique, un autre s'est ouvert l'artère brachiale en s'écroulant ivre mort sur des bris de verre, un troisième a carrément perdu l'usage de la parole, peut-être même la raison.

Les gosses avaient une alcoolémie de presque quatre grammes par litre dans le sang ! Ça vous dit quelque chose, madame ? Quatre grammes à six heures du soir au sein même de leur lycée ? Alors, femme de ministre, d'avocat ou de président de la République, je n'en ai rien à fiche ! Mon métier est de comprendre. Votre fils rentrera chez vous quand je le déciderai, c'est clair ?

— Pas du tout ! C'est scandaleux...

— On emporte l'artère sectionnée ! alerta un secouriste, courant aux côtés d'une civière sur roulettes. On manque de matériel ici ! Le gamin risquerait de perdre son bras ! Il est en hypothermie...

— Son nom ? interrogea l'inspectrice.

— Sébastien Traval ! Ses parents ne sont pas encore arrivés.

— OK, admit l'officier Nathalie Garideau en jetant un coup d'œil alentour.

Des gamins pleuraient dans les bras de leurs parents, eux-mêmes terrifiés, d'autres tentaient d'expliquer par bribes incompréhensibles ce qui s'était passé. Tout cela derrière les allers et retours bienveillants des bénévoles de la Croix-Rouge qui venaient d'arriver et leur distribuaient des boissons chaudes et des couvertures isothermes. Au milieu de cette panique, elle ne réussissait pas à percevoir lesquels étaient les plus choqués. Impossible de repérer les coupables parmi les victimes, même si le nom d'Edward Barzac émergeait de temps à autre du brouhaha ambiant. Elle était habituée à se fier à son instinct et quelque chose, un je-ne-sais-quoi de malaise général lui laissait penser que dans ce gymnase tous les gamins avaient quelque chose à se reprocher.

Ça puait le mensonge. Le petit arrangement avec sa conscience. Elle attrapa son carnet de notes et se dirigea vers le seul qu'elle connaissait. Celui qui avait apporté l'arme à feu, le jeune orphelin de l'architecte Barzac. Une couverture isotherme sur le dos, Edward avait les genoux repliés dans ses mains et se balançait sur lui-même comme le font parfois les enfants autistes. La psychologue à ses côtés tentait de le rassurer, en vain.

— Edward ? interpella le lieutenant Garideau sur un ton rassurant.

D'un signe de tête, elle informa la psychologue qu'elle souhaitait lui parler seule à seul.

— Il n'est pas en état d'être interrogé, s'opposa la soignante.

— Je le connais un peu, précisa-t-elle. Je n'en ai pas pour longtemps.

— Bien. Je vous laisse prendre soin de lui… s'il vomit de nouveau… Vous avez une cuvette.

Elle acquiesça.

— C'est cette famille de tarés qui est responsable ! hurla un homme, surgissant de derrière un paravent.

Le visage inondé de colère et d'incompréhension, le parent d'élève pointait son index accusateur sur Edward.

— Cet enfant est dangereux ! Mon fils m'en a déjà parlé ! Sa mère a fait des séjours en hôpital psychiatrique. Une famille de dingues, je vous dis !

— Calmez-vous ! ordonna Garideau, se plantant devant l'homme.

— Je suis le père de Stéphane… Mon fils est dans le coma par sa faute ! cria encore l'homme avant de s'effondrer en sanglots, la tête dans les mains.

Il fut aussitôt pris en charge par deux policiers, venus prêter main-forte à leur supérieure. Ils l'emportèrent un peu à l'écart dans un des vestiaires du gymnase qui avait été aménagé en cellule psychologique.

— Edward, reprit l'inspectrice tout en s'agenouillant à ses côtés. Est-ce que ça va ?

Edward ne lui répondit pas. Il grelottait de la tête aux pieds. Elle lui déposa une seconde couverture sur les épaules.

— Est-ce que tout cela a à voir avec la mort de ton père ?

Aucune réaction. Juste des balancements d'avant en arrière.

— Edward, l'arme que nous avons retrouvée appartient à ta famille. Votre nom est gravé sur le pontet. Tu dois répondre à mes questions, sinon tu risques d'être mis en examen pour pas mal de chefs d'accusation. Les parents des élèves sont des gens puissants… Ils ne te feront pas de cadeau.

Rien de vivant. À part un jet de vomi qu'elle récupéra *in extremis* dans la cuvette.

Elle lui tendit un mouchoir, lui tapota la main et s'apprêtait à reporter l'entretien quand le garçon murmura quelque chose.

— Quoi ? Je n'ai pas entendu…

— Henry-Pierre, répéta Edward, avant de s'écrouler en boule sur un des tapis de gymnastique.

L'officier Garideau fit signe au médecin de s'occuper du jeune Barzac, avant de retourner vers ses collègues.

— Henry-Pierre ? Ça te dit quelque chose ? demanda-t-elle à l'agent qui tentait d'établir des fiches signalétiques de tous les adolescents.

— C'est le gamin, là-bas… Celui qui avait l'arme en main quand le directeur de l'école est arrivé.

Elle se gratta la tempe et se dirigea aussitôt vers l'adolescent malingre aux cheveux frisés, jetant un coup d'œil rapide à la fiche le concernant. Henry-Pierre d'Archambaud, fils de Maxence d'Archambaud, conseiller du garde des Sceaux.

— Et merde ! pesta-t-elle.

Tous les gamins de cette école étaient issus des grandes fortunes de France, fils de personnalités politiques ou de la presse. Des puissants. Sa marche de manœuvre risquait d'être compliquée. Elle craignait qu'ils usent de leur pouvoir pour faire pression sur son enquête, afin de protéger leurs marmots. Elle détestait avoir les mains liées.

Garideau salua la femme qui s'occupait d'Henry-Pierre et qui se présenta comme sa mère. Son époux, lui, n'était pas encore arrivé.

— Je dois, pour les besoins de l'enquête, interroger votre enfant, prévint-elle aussitôt.

— Il est mineur, je demande à assister à son interrogatoire, répondit Mme d'Archambaud. De toute façon, Henry-Pierre vient de m'avouer ce qui s'était passé…

— Et que s'est-il passé, madame ? releva Garideau qui avait bien besoin d'être éclairée dans cette mélasse puant le règlement de comptes juvénile.

— Cinq ans de harcèlement, ça vous dit quelque chose ?

La femme au brushing impeccable avait le visage livide. Une haine contenue faisait craqueler son rouge à lèvres. Elle s'exprimait à voix basse et atone, complètement sous le choc :

— Tous les jeunes qui sont dans ce gymnase sont coupables, madame, poursuivit-elle, en balayant le hall d'une mine écœurée. Tous sauf deux. Edward Barzac et mon fils. Dans cette affaire, les coupables présumés sont en fait les victimes.

— Pourrions-nous en discuter dans un endroit plus calme ? proposa l'officier, après un bref silence de réflexion.

La mère et son fils, enlacés, suivirent l'inspectrice dans le vestiaire des professeurs de sport, aménagé en bureau d'interrogatoire. D'un coup d'œil, Garideau fit signe à son collègue de la suivre et passa encore quelques ordres à son équipe avant de refermer la porte.

— Pas de presse ! Ne laissez entrer aucun journaliste pour le moment ! Et tentez de maintenir l'ordre.

Les policiers s'exécutèrent, se postant à la sortie du gymnase pour filtrer les arrivées des derniers parents qui débarquaient sur les lieux.

Une quinzaine de minutes plus tard, Nathalie Garideau quitta les Archambaud mère et fils pour retrouver l'atmosphère suintante du gymnase. Un grondement de révolte menaçait. Elle le sentit immédiatement. Ça allait péter. Les parents ne tenaient plus. Ils voulaient rentrer chez eux. Fuir cette réalité poisseuse qui les dépassait complètement. Emporter leur enfant dans le cocon familial qu'ils avaient construit pour les protéger de ce genre de situation. Ils perdaient patience et raison, et l'officier de police judiciaire dut reculer pour repousser la délégation de parents qui fonçait vers elle.

— C'est intolérable, madame ! Il est tard, les enfants sont choqués…

— Qu'on emporte les coupables et qu'on laisse les autres rentrer chez eux !

Alors, d'un bond, l'inspectrice monta sur une table et ordonna le silence, tapant dans ses mains comme une institutrice pour réunir ses élèves.

— Mesdames, messieurs, s'il vous plaît ! Je vous demande de m'écouter !

Ses collègues la dévisagèrent avec incompréhension, redoutant une fois de plus les méthodes d'investigation parfois déroutantes de leur supérieure. Nathalie Garideau était une sacrée nana qui cachait bien son jeu. Et, dans la brigade, plus d'un macho s'était déjà piqué à son apparence de jeune fille qui, derrière son petit mètre soixante, cachait une force morale de championne. Un vrai cow-boy qui n'hésitait pas à enfreindre certaines règles d'usage pour mener à bien son enquête et assurer la sécurité de son équipe.

— Bon, je vais faire court, poursuivit-elle, après avoir obtenu l'attention générale. La plupart des adolescents présents ce soir sont impliqués dans ce qui semble être un harcèlement psychologique et physique de deux élèves. Le jeu pervers durerait depuis cinq ans, débouchant sur la vengeance de ce soir : une des victimes a décidé de se rebeller.

Un courant d'opposition traversa le gymnase à la vitesse d'un astéroïde, des réactions plus ou moins sonores, des rires sarcastiques. Personne ne voulait y croire.

— C'est tout ce que vous avez trouvé ? N'importe quoi ! On aura tout entendu ! Le malheur de perdre son père ne donne pas tous les droits à Edward Barzac !

— Il était armé, il aurait pu tirer, entendit-on encore. Nous ne sommes pas au Far West !

Ça pestait. Ça crevait de peur. Mais très rapidement, les regards qu'échangèrent les parents avec leurs enfants firent taire les plus revendicatifs. Les gosses cachaient quelque chose. Et le mot "harcèlement", même s'il leur semblait démesuré, avait déclenché quelques réactions chez les élèves. On entendit un adolescent glisser à son père dans un murmure sonore : "C'était pour rire", ce qui plongea la salle dans un silence de plomb.

— Une enquête serrée aura lieu, poursuivit Garideau, car il y aurait eu violence physique, humiliation et diffamation dans ce club très privé que vos enfants ont nommé les "Border Line de Saint-Nicolas". Un club dont j'imagine qu'aucun des adultes ici présents n'a entendu parler ?

À cette annonce, les regards se baissèrent, sauf celui du père Palmer qui implorait le ciel. Comment tout cela avait-il pu lui échapper ? Comment une telle violence avait-elle pu s'immiscer sans qu'il en soit alerté ? Il repensa à son péché mignon et joignit aussitôt ses mains pour se faire pardonner.

— Pour l'instant, je vais vous laisser rentrer chez vous. Je voulais simplement vous faire passer le message suivant : je vous conseille le calme et la raison, car s'il s'agit de harcèlement scolaire, tous vos enfants sont coupables, qu'ils soient harceleurs ou simples témoins des agissements. Cela signifie aussi qu'ils sont tous psychologiquement en danger, et qu'ils ont besoin d'une prise en charge médicale.

À cet instant, Rose Barzac pénétra dans le gymnase dans un long grincement de porte. Tous les regards convergèrent vers elle dans un silence gêné. L'officier lui jeta un rapide coup d'œil et lui adressa un signe de la main, avant de conclure :

— Bien. Vous recevrez une convocation au commissariat dans les jours qui viennent. Un numéro vert d'aide psychologique va vous être transmis par la psychologue, ici présente, qui restera dans l'établissement pendant quelques jours. C'est tout.

Garideau descendit de son piédestal et observa les parents vider les lieux dans un courant d'air glacial. Elle vit aussi Rose Barzac, complètement à contre-courant, se diriger vers elle, le visage ébahi.

— Votre fils a forcé des élèves à boire en les menaçant d'une arme, l'informa-t-elle quelques minutes plus tard. Une arme sur laquelle est gravé votre nom de famille, madame. Où a-t-il trouvé ce pistolet ?

— À la cave, je suppose… J'ignorais que cette arme était encore dans la maison…

Garideau lui fit ensuite part du témoignage de l'élève Henry-Pierre d'Archambaud et lui demanda si son fils lui avait parlé de harcèlement.

— Mon fils parle peu, c'est un enfant fragile, s'excusa Rose, la mine défaite.

— Madame Barzac, je vais être claire, reprit l'OPJ Garideau d'un ton ferme et définitif. J'imagine la peine que vous traversez, mais ce qui s'est passé ce soir ne vous laisse plus le choix. Soit vous pouvez vous occuper d'Edward et faire en sorte qu'il soit suivi psychologiquement et ne mette plus jamais en danger sa vie ni celle d'autrui. Soit le préfet le placera dans un établissement psychiatrique. Est-ce clair ?

Rose hocha la tête plusieurs fois, tentant de rester de marbre face à cette femme qui remettait sérieusement en cause sa responsabilité parentale.

— Edward sera suivi, je vous le promets, dit-elle. Ça ne se reproduira plus. Risque-t-il une condamnation ?

— Je l'ignore, madame. Si les parents s'acharnent, certainement. Mais étant donné le niveau social élevé dans cet Institut et la responsabilité de tous dans ce qui s'est passé ce soir, je crois qu'aucun parent n'aura intérêt à charger votre enfant.

— Puis-je le voir ? s'enquit alors Rose d'une voix implorante.

Et l'officier accompagna Rose Barzac vers la petite pièce où son fils, depuis des heures, s'était enfermé dans une bulle impénétrable.

— Je crois que nous pouvons les laisser, précisa l'inspectrice à la soignante qui veillait sur Edward. Cet enfant a besoin de sa mère maintenant…

Et Rose pénétra prudemment dans la salle, pour demeurer seule avec son fils.

21

QUAND EDWARD RELEVA LA TÊTE, il perçut la douceur dans le regard de sa mère et il décida de s'y accrocher. Dans son corps à lui, dans son esprit aussi, c'était Hiroshima. Une explosion venait de tout détruire et il errait depuis des heures dans une poussière bistre qui l'isolait du reste du monde. Alors, l'histoire que lui conta sa mère ce soir-là d'une voix calme et posée, il voulut s'y agripper. C'était tout ce qui lui restait. Cette possibilité d'amour. Cette guérison. Découvrir celle qui était sortie de l'ombre pour passer dans la lumière. Celle qui mettait des claques, celle qui faisait couler des bains, celle qui fumait, celle qui buvait un petit cognac en douce certaines nuits d'insomnie et qui ne prenait plus de neuroleptiques. Une mère guérie. Une maman presque comme les autres. Fragile, inquiète, maladroite, tremblante, mais aimante. Elle s'approcha de lui avec précaution, dans un sourire qui ne faisait plus peur. Elle s'agenouilla à sa hauteur et il laissa ses yeux flirter dans son regard bleu. Elle avait l'air de l'aimer. Et c'était beau, l'amour, même de loin, même des terres détruites d'Hiroshima. Elle l'appela doucement par son prénom. Edward. Edward, mon chéri. Et puis, elle lui dit qu'elle était là. Que tout allait bien se passer. Qu'il aurait dû lui en parler avant. Qu'il fallait qu'ils apprennent l'un et l'autre à se faire confiance. Elle posa sa main sur les siennes et il ne les ôta pas. Il sentit une douce chaleur l'envelopper. Cette chaleur que les couvertures de survie n'avaient pas réussi à lui procurer. Les nausées avaient disparu, se changeant en un simple vertige. Celui de l'inconnu. Celui de l'attraction terrestre en haut d'un sommet avant le grand saut. Elle lui dit encore de lui pardonner, elle lui promit de ne plus jamais l'abandonner. Et ce dernier mot lava son cœur de toutes les colères, de toutes les rancœurs. Ce mot fit s'écouler des années de tristesse dans une larme. Une seule larme. Un seul mot. Abandon.

— Si je t'ai abandonné, Edward, c'est parce que moi-même je l'ai été, lui confessa-t-elle, les mains dans les siennes.

Il aima sentir ses phalanges agripper le pli de ses doigts. Une intimité qui ne le fit pas rougir. Il glissait. Il s'écoulait lui aussi comme cette unique larme sur son visage et les chuchotements de sa mère.

— Ma mère biologique m'a abandonnée, dit Rose.

C'est ainsi qu'elle commença son récit et, dans un vestiaire de lycée, après quinze ans de souffrance, les mots affluèrent comme un soulagement. Rose lui raconta ce qu'on lui avait caché pendant des années et qu'elle avait découvert quelques mois auparavant. Elle avait été une enfant née sous X, abandonnée à la naissance et adoptée trois mois plus tard. Ses parents adoptifs avaient préféré lui cacher la vérité, et elle les détestait pour cela. Pour ce silence qui avait pourri sa vie. Pour ce chaos à la naissance de son fils qu'elle avait mis quinze ans à comprendre. Tout s'expliquait à présent, tout s'éclairait dans la pénombre de ce vestiaire scolaire.

— Quand tu es né, lui confessa-t-elle, je pensais être la plus heureuse des femmes et je me suis découvert un visage de haine. C'était comme si une pourriture remontait. C'était mon propre abandon, l'absence de ma mère et le mensonge de mes parents adoptifs. Ces souvenirs enfouis m'ont m'empêchée de t'accueillir comme une mère. Je souffrais et je me sentais coupable. J'ai été en morceaux à partir de ce jour, m'en voulant, me détestant de ne pas réussir à t'adorer. Maintenant je sais, Edward, j'ai compris… Mon chéri, pardonne-moi ! Pardonne-moi ! Maintenant, je peux t'aimer, tu dois me croire. C'est ce que nous voulions t'annoncer avec ton père avant l'accident. J'aurais aimé partager cela avec lui.

Il écouta tout ce qu'elle disait avec une attention de survivant. Chacun de ses mots lui faisait l'effet d'une eau vive. Il sentit son corps se rapprocher du sien. Son visage, son cou, sa poitrine, son ventre. Il s'abandonna dans ses bras. Son balancement d'enfant perdu se changea en un bercement tendre. Une petite comptine qui défilait dans la tête, encore et encore, pour arrêter le temps. Chasser les fantômes, les loups, les monstres, et faire taire le long cri de son enfance. Se laisser bercer par sa mère et croire en son histoire. Il était une fois, mon chéri, une mère et un fils qui n'avaient pas pu s'aimer à cause de leur passé. Il était une fois une seconde chance, une renaissance, une brise de printemps dans un ciel de décembre. Il redevint un tout petit enfant. Celui qui demande de l'aide sans craindre le jugement. Celui qui crie "maman !" quand il se blesse, remettant son destin dans les bras de celle qui lui a donné vie. Il la serra de toutes ses forces, enfouissant son visage dans ses cheveux défaits, respirant cette odeur chaleureuse qu'il connaissait si peu.

— Je ne vais pas bien… Je crois que j'ai besoin d'aide, lui avoua-t-il dans un soupir.

Ses mots dévalaient le long des cheveux de sa mère, galopant vers ce cœur aimant qu'elle lui offrait.

— Maman est là maintenant, elle va s'occuper de toi.

Il crut à cette histoire. À ce beau conte de fées qui allait l'emporter pour toujours loin de cette vie moche, triste et blafarde. Il s'accrocha à ses épaules et sortit du gymnase avec le désir fou de tourner la page, de tourner des dizaines d'autres pages, pour accéder enfin à un destin paisible. Une vie dans laquelle on ne crève pas chaque jour. Une vie sans combat, sans honte ni haine. Une vie calme et réjouissante où chaque matin se fait léger comme un nuage de crème fouettée. Une vie qui donne envie de vivre.

Edward et Rose Barzac, après avoir passé une bonne demi-heure enfermés en tête-à-tête, finirent par sortir bras dessus bras dessous, tels des survivants d'un tsunami. L'OPJ Garideau fut rassurée de voir la mère et le fils si proches. Elle observa l'adolescent, qui n'avait plus donné de signe de vie depuis qu'ils étaient intervenus, sortir en marchant, lui offrant même un petit sourire. Il se laissait envelopper par les bras de sa mère, et Rose Barzac parut à l'inspectrice solide, fiable, pleine de remords, mais aussi de force. *Ils vont s'en sortir*, pensa Garideau en les observant quitter le gymnase pour s'engouffrer dans cette nuit glaciale. Elle éprouvait une certaine pitié envers cette famille broyée par la mort. Une compassion personnelle à l'endroit du jeune Barzac. Elle aussi avait perdu un père en pleine adolescence. Elle aussi avait eu envie de tuer et de se tuer, et puis, au fil des années, ce désir de vengeance s'était transformé en un engagement. Arrêter les criminels, empêcher peut-être qu'une autre jeune fille apprenne un matin que son père a été assassiné à la sortie d'un bar uniquement parce qu'il avait bousculé un homme. Un sale mec, au mauvais moment : le destin de son père. Elle ne put que s'accrocher à cette dernière image d'Edward entouré par les bras de sa mère, se promettant de faire son possible pour que les autres parents leur foutent la paix, passent l'éponge, et que le jeune garçon puisse se reconstruire.

C'est donc en confiance qu'elle accepta la demande de Rose Barzac de les laisser quitter Paris, pour s'établir dans leur chalet de Courchevel. Ils devaient simplement se rendre disponibles aux convocations de la police locale.

Une sale soirée pour Garideau. Mais elle en avait connu de pires. Et cette possibilité de paix chez ce jeune adolescent lui donna le courage de poursuivre sa nuit de garde.

Malheureusement, les apparences pouvaient être trompeuses et ce que n'entendit pas l'OPJ, c'est la promesse que Rose fit à son fils, une fois qu'ils s'étaient engouffrés dans le taxi.

— Je n'ai plus besoin de psychiatre et toi non plus, mon chéri. Nous sommes deux maintenant. Et tu vas guérir comme j'ai guéri. Je vais prendre soin de toi et désormais plus personne ne nous séparera.

Une phrase qui les emporta le lendemain même vers leur chalet de Courchevel.

II

À LA FOLIE

22

L'HORIZON. UN VOL DE RAPACES. Le crissement sourd de la neige dans un matin glacial. La solitude. Le vent dans le visage et le froid vivifiant qui pénètre la bouche, les narines, les yeux, les cheveux. L'impression, en fendant cette fraîcheur givrée, de voler au-dessus de la vie, de se laver de toutes les blessures. Edward dévalait à toute vitesse une des pistes menant au tremplin de ski olympique. Il aimait le silence de la montagne. Cette paix que lui offrait une nature sauvegardée, celle que son père lui avait fait découvrir et qu'ils parcouraient ensemble lors de leurs virées hivernales à Courchevel. C'est là que son père était né et avait grandi. C'est là que sa mère l'avait conduit pour le protéger et s'occuper de lui. Il stoppa net et se retourna. Il l'avait encore semée. Une débutante. Une femme qui avait toujours détesté cet environnement rude et sauvage, préférant demeurer à Paris quand son mari et son fils séjournaient à la montagne. Pourtant, c'est elle qui avait eu cette idée. C'est elle qui avait pris quelques leçons pour l'accompagner sur les pistes. N'hésitant pas à chuter, à se ridiculiser, à se faire des bleus sur le corps pour être avec lui et le suivre de près, même sur les pistes noires. Depuis cette terrible soirée à l'Institut Saint-Nicolas, sa mère avait été exemplaire. Un modèle. Prenant soin de lui comme d'un oiseau blessé que l'on nourrit, réchauffe, protège des éléments extérieurs. Des prédateurs. Peu à peu, Edward avait réussi à quitter l'opacité d'une nuit qui l'avait mené au bord du précipice. À quelques mètres d'un acte irréparable. C'était effrayant quand il y repensait. Comment avait-il pu être si violent ? La frontière était étroite entre le statut de victime et celui de coupable. Il aurait pu tuer ce soir-là. Tirer. Faire exploser la tête de cette saloperie de Traval, piétiner Bosco et lui écraser le crâne, broyer ses os sous ses pieds et l'écouter gémir jusqu'à son dernier souffle. Ce soir-là, il aurait pu devenir un monstre. Le sale type à la une des journaux. Le criminel sans circonstances atténuantes que les mères redoutent dans les jardins d'enfants. Le terroriste que les clients de bar démolissent à coups de sentences sans appel. Il aurait pu mal tourner. Il s'en était tenu à un fil. À une main levée dans cette nuit d'hiver. Au courage d'un garçon qui avait refusé le carnage au péril de sa propre vie. Ce résistant s'appelait Henry-Pierre d'Archambaud. Un premier de la classe à la santé fragile. Un être transparent dont tout le monde s'était toujours moqué. Un figurant des matins lycéens qui, en une fraction de seconde, s'était métamorphosé en premier rôle.

— Je ne suis pas un héros, Ed, juste un ami.

Voilà ce que lui avait répondu HP quand Edward lui avait téléphoné quelques jours après le drame. Un ami. Un garçon qu'on pouvait appeler à n'importe quel moment. Un être prêt à se jeter sur toi pour te désarmer, te mettre une gifle et te gueuler que tu déconnes, que tu n'es pas ce salaud qui prend des vies, que tu dois te réveiller, mec, te réveiller. Depuis, ils se téléphonaient tous les jours. Cette nuit de terreur leur avait offert la possibilité d'un lien indestructible. Ils s'aimaient et partageaient une confiance absolue l'un envers l'autre. Quelque chose s'était ancré en eux dans le chaos du gymnase et leurs deux fragilités réunies avaient eu raison de la loi du plus fort. La compassion n'était pas forcément de la pitié, c'est ce que HP lui avait appris.

Il observa au loin le tremplin olympique de sauts à ski et se promit d'essayer de reprendre cette activité qu'il partageait autrefois avec son père. Il était encore un peu tôt, mais bientôt, il le savait, il pourrait s'élancer sans lui. S'asseoir sur la barre d'élan, attendre le feu vert, le signal de départ du coach, avant de se laisser glisser à plus de quatre-vingts kilomètres à l'heure et de voler le plus loin possible. Bien sûr il n'entendrait plus les encouragements de son père devant la zone de réception, mais désormais il pouvait imaginer s'en passer. Trouver un autre soutien. Celui d'un ami, peut-être celui d'une mère, et sauter.

Rose n'était toujours pas arrivée ; il décida de poursuivre sa route vers le tremplin olympique et de glisser encore un peu sur cette légère poudreuse. Cela faisait presque un mois qu'il n'était plus allé au lycée. Un mois de convalescence où sa mère s'était métamorphosée en une infirmière chaleureuse. Une femme qui porte des laits chauds au miel, qui se glisse à tes côtés pour partager une de ces séries policières qui te font oublier le quotidien. Une mère attentionnée qui te force à te lever, à te laver, à sortir dans le jardin pour faire quelques mètres, t'offrant ses frêles épaules en guise de béquilles. Une mère qui t'emmène en balade, t'aide à chausser tes skis et prend des cours pour ne jamais te laisser seul. Une mère attentive et aimante.

C'est aussi ce que lui avait dit le flic du commissariat local qui les avait convoqués quinze jours après le drame, pour le suivi de l'affaire "Saint-Nicolas de Rueil-Malmaison".

— Heureusement que tu as une maman si attentionnée ! Tout le monde n'a pas ta chance, Edward, et certains délinquants juvéniles s'enlisent par manque de tendresse. J'espère ne plus te revoir, il n'y a aucune raison. Tu as les cartes en main, maintenant, jeune homme. Il ne te reste plus qu'à reprendre le chemin des études…

Edward allait s'en sortir. Il risquait un simple avertissement rien de plus. Une mise en examen pour port d'armes mais, finalement, aucun des parents n'avait porté plainte, préférant étouffer cette sale affaire de harcèlement.

Tout était à recommencer. Il se sentait mieux, et sa mère était guérie.

Rose avait compris combien son passé l'avait empêchée d'aimer son enfant, elle était remontée à la source de son histoire familiale et son mal s'était évaporé. Rose avait été abandonnée. Rose n'avait jamais su que celle qui l'avait élevée n'était pas sa mère biologique.

Que celle qui lui avait donné la vie était une inconnue et Rose avait senti cette blessure dans son ventre à la naissance de son enfant. Un mensonge qui les avait tous deux empoisonnés pendant quinze ans. Elle avait enquêté et retrouvé un nom, une date, une fiche d'identité. Celle d'une femme aujourd'hui décédée, mais dont la preuve de l'existence avait apaisé ses souffrances. Edward avait compris que les individus ne naissent pas vierges d'histoire et que les nouveau-nés portent en leur sang le passé de leurs parents, parfois même de leurs aïeux. Un manteau de soie, de fer ou de sang qu'il est bon de revêtir ou de brûler pour se libérer des blessures des autres. Edward pensait que tout cela était derrière eux désormais, qu'ils avaient fait peau neuve là-haut, dans le chalet de Courchevel qui surplombait la station. Un havre de paix, isolé, conçu par son père avec une vue imprenable sur la vallée.

Il se planta en bas du tremplin olympique, déchaussa ses skis et s'assit dans la neige pour regarder les skieurs sauter. Un jour, il saurait s'asseoir de nouveau sur la barre d'élan, attendre le feu vert et voler.

23

“Où es-tu ?” “Réponds-moi !” “Donne des nouvelles.” “Edward, appelle-moi tout de suite !” Les quatre SMS de sa mère vibraient dans la poche de son pantalon et, pour la première fois depuis son arrivée à Courchevel, cette attention exagérée le dérangea. Se sentant guéri, il avait envie qu’elle lui foute la paix maintenant. Envie de traîner tout seul. De peut-être parler à l’entraîneur pour s’inscrire aux cours de saut à ski. L’envie de vivre une vie d’ado normale avec des soirées, des virées ciné et puis une belle histoire d’amour. Il lui tardait de reprendre les cours.

Il appela HP.

— T’es où ?

— Sur les pistes. Je crois que je vais reprendre le saut.

— Enfoiré ! Moi je suis sur un DM de maths.

— Ma maman poule commence à me gonfler, *man*. Tu crois que c’est signe de guérison ?

— Carrément ! Je suis content de te l’entendre dire, parce que le lolo du soir à quinze ans, ça craint. Moi, je viens de me prendre la tête avec la mienne. Tu reprends toujours le lycée demain ?

— Yep ! J'ai la trouille. J'ai peur de foirer. De ne plus savoir vivre avec les autres. Je suis un vrai ours polaire ici, tu sais.

— On est tous les deux des ours, *man*. À la montagne ou ailleurs. Des exilés permanents. Il paraît que les filles adorent ça. Enfin, il paraît, je n'ai pas encore vraiment pu le vérifier. Au lycée, j'ai la paix depuis que Traval et Bosco se sont fait virer, mais c'est pas pour autant que les filles s'évanouissent sur mon passage dans la rue.

— Je t'appellerai à la récré de dix heures demain.

— OK. Donne des news. Au fait, t'as reçu ta convocation judiciaire à Paris ?

— Non, toujours pas. Aucune nouvelle depuis que je suis allé au commissariat du coin.

— Mon père dit qu'on ne risque rien de toute façon, étant donné les circonstances de l'usage de l'arme à feu. Un rappel à la loi, un truc du genre. Et puis, mon père travaille auprès du garde des Sceaux, il nous aidera.

— Ouais, on s'en sort bien.

Un véritable ami. En raccrochant, Edward se demanda comment il avait pu se priver d'une telle relation si longtemps. Un père c'était bien, des nounous aussi, mais rien ne remplaçait un pote quand on avait quinze ans. Il regrettait simplement que HP soit aussi loin. Il aurait aimé le retrouver dans son lycée. S'accrocher à cette présence rassurante. La vie les avait séparés au moment où ils commençaient leur amitié. Il savait pourtant que son sentiment dépassait les distances kilométriques. Dans quelques mois, il était probable qu'ils reviennent vivre à Ville-d'Avray. Cette séparation était provisoire.

Il rechaussa ses skis et appela sa mère qui s'époumona au téléphone. Elle s'était fait un sang d'encre et l'exhortait à la rejoindre au plus vite en bas des pistes pour aller prendre un chocolat chaud. Un sang d'encre, comme le lecteur anonyme de son blog qui durant sa convalescence lui avait posté de nombreux messages, s'inquiétant pour sa santé. “J'ai changé”, avait-il fini par poster sur son blog afin de rassurer cet étrange protecteur. Il avait mis du temps à lui répondre. Sa mère ne lui autorisant désormais que deux heures par jour sur l'ordinateur, il avait décroché. Abandonnant au fil des jours les jeux en ligne, les avatars, les super-héros de pacotille et son blog. “Je ne suis plus Ed le taré, je ne veux plus l'être. Dans quelques jours, je vais reprendre le chemin du lycée et je suis bien décidé à me fondre dans la masse. Je veux être un ado comme les autres. Ma mère est présente, je ne peux pas dire que je me sens bien avec elle, mais je sais qu'elle tient à moi. Elle en fait trop, veut rattraper le temps perdu et veille sur moi comme si j'avais quatre ans, mais je préfère ça. Mon père me manque toujours autant ; j'apprends à vivre sans lui et sans avoir envie de tuer ou de me tuer. C'était vraiment un homme génial et habiter dans le chalet me rapproche de lui. Voilà, cher lecteur inconnu, je ne sais pas comment tu as atterri sur mon blog, mais je te remercie de m'avoir soutenu dans un moment difficile. J'ignore encore si je vais continuer ce journal. Sache en tout cas que tes messages m'ont été précieux. Merci RONIT90.”

Edward rejoignit le parking de bas de pistes et fut accueilli par la colère maternelle devant le 4 x 4 flambant neuf.

— Tu te rends compte du souci que je me suis fait ? Déchausse tes skis et ôte tes chaussettes, je vais t'en donner une paire de sèches.

— Qu'est-ce que tu voulais qui m'arrive ?

— Edward, j'ai appris à skier pour te suivre, pour que tu reprennes confiance en toi et tu me laisses à la traîne sur cette horrible piste noire que j'ai mis une heure à descendre sur le cul…

Sa mère usait rarement de mots vulgaires et, dans sa bouche, ça sonnait faux. Il éclata de rire. Elle retira son bonnet de laine, ses lunettes et l'observa d'un air décontenancé.

— Quoi ? Pourquoi tu ris, gros bêta, tu m'as fait peur !

— Parce que je vais mieux, c'est tout. Je crois que je peux skier tout seul maintenant. Tu me ralentis.

— C'est ce qu'on verra ! Ce n'est pas à toi d'en juger. Allez grimpe ! On va se réchauffer !

Sa mère avait parfois un air buté depuis qu'elle était guérie. Ce visage d'enfant appliqué qui fait son possible pour ressembler à l'image idéale de la bonne élève. Rose voulait être à la hauteur des autres mamans, ressembler à cette femme des séries américaines qui fait des pancakes à six heures du matin et qui greffe entièrement sa vie sur celle de ses enfants. C'était plutôt amusant, même s'il espérait sincèrement qu'elle lâche un peu la corde maintenant qu'il se sentait mieux.

Il s'apprêtait à monter dans la voiture, lorsqu'il entendit son prénom. Haut et fort. Une voix masculine, une voix d'un passé pourtant proche, mais qu'il avait complètement oublié. C'était Jean, le meilleur ami de son père. Son pote d'enfance, celui des quatre cents coups, des boules de neige, des dragues sur les remonte-pentes et, plus tard, celui des soirées raclette et blagues de potaches quand ils séjournaient à Courchevel.

— Edward, j'ai appris que vous vous étiez installés au chalet !

L'homme à la carrure de bûcheron fonça droit vers lui avant de stopper net. Arrivé à sa hauteur, son sourire se changea en une mine de circonstance qui projeta Edward dans le décor de la morgue. Devant le visage cadavérique et tuméfié de son père. Celui qu'il avait été incapable d'embrasser. Jean avait les larmes aux yeux.

— Je suis désolé, je suis si désolé… lui avoua Jean d'une voix caverneuse, avant de se jeter dans ses bras comme un gamin qui a fait une connerie.

Edward redoutait ces épanchements de tristesse. La peine des autres, parfois complètement décalée, ne l'aidait pas à faire le deuil. Les gens ne savaient pas se retenir. Impudiques, ils arrivaient avec leurs bras chargés de tristesse, lui transmettant leurs sincères condoléances ou autres conneries d'usage. C'était normal, c'était humain, mais cela ne faisait jamais de bien. Surtout quand on n'avait plus de larmes à leur offrir. Plus rien à partager. Il se dégagea poliment des bras de Jean et opposa à son désarroi un large sourire.

— Ça va mieux maintenant que je vis ici.

Un peu gêné, Jean ravala ses pleurs et posa virilement la main sur l'épaule du garçon.

— Tu as grandi, tu as… bonne mine… Ta mère est…

On aurait dit un mauvais dialogue de théâtre. Ça sonnait faux, composé, maladroit. Edward ressentit de la gêne, une distance. *Rien ne sera jamais plus comme avant*, se dit-il. *Et ma mère a peut-être raison d'avoir coupé les ponts.*

— Maman ! Jean est là, avertit-il, en tapotant la vitre fumée du véhicule.

Rose ne sortit pas. Gêné, Edward finit par ouvrir la portière.

— Jean est là ! T'es sourde ou quoi ?

Elle le regarda d'un air paniqué, écrasa une cigarette dans un petit sourire nerveux puis, devant l'insistance de son fils, elle finit par sortir mollement de la voiture. Lui aussi aurait préféré fuir, laisser Jean là où il était, et s'extraire de cette peine insupportable qui les ramenait inévitablement vers leur statut de veuve et d'orphelin. Mais Jean avait été le meilleur ami de son père, le témoin du mariage de ses parents, et Edward se dit que cela valait bien un effort. Comme les autres, il n'avait pas été convié aux obsèques, mais lui, plus que les autres, avait le droit de s'épancher.

— Bonjour Jean, dit Rose en s'approchant doucement de lui, avant de l'embrasser furtivement.

— Rose, je ne savais pas que vous étiez là. Je l'ai appris cette semaine… J'allais vous appeler… C'est bien que tu l'aies amené ici. Paul-Thomas aurait apprécié…

À l'évocation de son vieil ami, Jean faillit de nouveau s'effondrer, mais Rose ne lui en laissa pas le temps.

— Merci Jean. Excuse-moi, mais… il faut qu'on file là… On peut s'appeler… lança-t-elle, avant de s'engouffrer dans le véhicule tel un furet dans son terrier.

Sa mère avait fait table rase avec une histoire qui n'était plus et ne pouvait plus s'écrire avec les mêmes protagonistes. Elle avait rayé leurs amitiés, refusé les visites, brûlé les lettres. Et là, devant Jean, mal à l'aise, ne sachant plus quoi dire, Edward pensa qu'elle avait bien fait. Il valait mieux parfois se retrouver seul avec son mal de vivre que broyé par le chagrin des autres. Il embrassa de nouveau l'ami de la famille et lui promit sans trop y croire de passer le voir un de ces quatre pour manger une raclette comme au bon vieux temps. Ce bon temps, à jamais révolu. Il claqua la portière sur la silhouette du géant, qui les salua de la main comme un enfant sur un quai de gare.

— Il a vieilli, conclut simplement sa mère en quittant le parking des pistes.

— Nous aussi, maman, répondit Edward, avant d'éclater de nouveau de rire devant la mine vexée de sa mère.

24

C'ÉTAIT LA PREMIÈRE FOIS que sa mère le conduisait à l'école. Du haut de son mètre quatre-vingts, Edward avait l'impression de rentrer en maternelle. Ça foutait le vertige. Il lui trouva pourtant une certaine allure, avec ses gants en cuir fourrés. Ses mains la faisaient encore souffrir et l'empêchaient de jouer du piano, mais elle avait retrouvé assez de dextérité pour conduire la voiture et accompagner son enfant au lycée. Il la sentait fière, responsable, glissant à faible allure sur la route verglacée, les deux mains posées à dix heures dix sur le volant.

Le matin même pourtant, elle avait tenté de le retenir à la maison comme si cette nouvelle séparation pouvait briser leur lien naissant.

— Tu es sûr que cela va aller, mon chéri ? lui avait-elle demandé, en venant le réveiller. Autrement on peut encore attendre, je te trouve tout pâle.

— C'est bon ! Je n'en peux plus de rester cloîtré dans cette baraque ! Et puis, j'ai envie d'aller en cours.

Rose avait acquiescé, lui préparant un déjeuner digne d'un sportif de haut niveau, qu'il avait repoussé.

— Je ne peux rien avaler les matins de cours, tu le sais, maman.

— Prends au moins un gâteau pour la récréation…

Il avait quinze ans, et il se rendait au lycée accompagné par sa mère, avec un quatre-heures dans la poche. Vu de l'extérieur, cela aurait pu paraître ridicule, mais pourtant cette présence maternelle un matin de rentrée lui fit du bien. Même à quinze ans. Les yeux collés à la vitre, il revit les images de son enfance. Des pleurs, des cris et puis des silences. Des nounous en panique, son père parfois, et Helena, enfin. La seule qui avait su le faire rire devant les grilles monumentales de l'Institut Saint-Nicolas. Il se demandait encore pourquoi elle avait refusé de garder le contact. Qu'était devenue la belle Helena ?

— Tu as le numéro de téléphone fixe d'Helena en Italie ? lança-t-il sans détour.

— Non. Et pour quoi faire ? demanda sa mère, sans quitter la route du regard.

— J'aimerais savoir ce qu'elle devient, c'est tout. Elle me manque.

— Écoute, Edward, elle est partie, elle n'a répondu à aucun de tes messages. Il faut l'oublier.

Elle avait raison. Helena l'avait balayé.

Faire table rase. Se lancer dans une nouvelle vie. Ne plus jamais ressembler au gamin timoré qu'il avait été. Sa mère se gara comme il le lui avait demandé à quelques mètres du lycée.

— Ça va aller ?

Il répondit que oui, ça irait. Il accepta son baiser, accrocha son sac à son épaule gauche avant de claquer la portière.

Devant lui, une masse grouillante de jeunes attendait que les portes de l'établissement s'ouvrent. Il se mit machinalement à compter ses pas, les mains dans les poches, le regard en berne. Vingt-deux, vingt-trois, vingt-quatre… Quarante-six, sept… Il voulait se mêler. Ne pas se faire remarquer. Cinquante-six… Rester naturel. Celui qu'il était. Timide, sauvage, angoissé, mais aussi drôle. Il avait de l'humour, merde ! Pourquoi n'en usait-il jamais avec les gens de son âge. Soixante-treize…

— T'es nouveau ? lui demanda une fille en se postant devant lui.

Il ne l'avait pas vue arriver. Elle le prit au dépourvu. Brune. Yeux bleus. Deux nattes sous un bonnet de laine bariolé. Elle était proche, trop proche. Elle sentait bon pourtant. Il recula d'un pas. Sa respiration se mit à tambouriner contre sa poitrine, il sentit ses joues s'empourprer, l'envie de disparaître reprendre le dessus. Il vit le 4 x 4 s'éloigner avec une pointe de panique. Sa mère avait peut-être raison. Il n'était pas prêt. Il était trop tôt.

— T'es nouveau et sourd ? poursuivit la fille dans un tendre sourire.

Un sourire avec des bagues, mais sur elle ça faisait joli. Dans sa tête, un début de malaise. Une mécanique enrayée, un vide total et puis, grâce à une profonde inspiration, le courage de répondre.

— Non. Enfin, je veux dire, je ne suis pas sourd… et pas du tout aveugle. Sympa de venir vers moi. T'as un joli… bonnet.

Son malaise la fit rire et la fille l'invita à rejoindre un groupe de lycéens.

— Comment tu t'appelles ?

Elle trouva son prénom "bourge" mais, ça aussi, ça la fit rire. Elle s'appelait Tina et elle avait des yeux aussi beaux que ceux d'Helena. Sa petite bande d'amis l'accueillit chaleureusement, mais leur myriade de questions le mit mal à l'aise, au point qu'il commença à paniquer. "Tu viens d'où ?" "T'as été viré ?" "T'es bon en cours ?" "Ta famille est du coin ?" "Barzac ? Ça me dit quelque chose…" Il sentit la crise d'angoisse pointer, alors il profita de la sonnerie de son téléphone pour s'excuser et aller lire son message un peu à l'écart.

"Ça va ? Tout va bien ?"

C'était un SMS de sa mère. Il lui répondit par un simple : "OK."

Ensuite, il hésita à retourner vers les autres. Il ne voulait pas les décevoir, ni gâcher ses chances de s'insérer. Il redoutait de foirer. La mémoire ne s'effaçait pas aussi facilement qu'il l'avait imaginé. *Ne panique pas, Ed, tu es un mec bien, ne te laisse pas piétiner cette fois.* Les conseils que HP lui avait prodigués martelaient sa cervelle. Il faisait un froid de canard mais il étouffait sous sa doudoune. Heureusement, la sonnerie du lycée retentit, le petit groupe se disloqua et il se retrouva poussé vers la salle de cours. Une nouvelle classe. Une nouvelle vie. Il voulut éviter le dernier rang mais se retrouva au premier, à côté d'une fille un peu froide. Une boulette, sans doute jugea-t-il avec tendresse en repensant à ce vieil HP. Il évitait désormais les jugements hâtifs. Après tout, miss première de la classe était peut-être sympa. Le professeur entra dans un courant d'air et commença l'appel sans même lever les yeux jusqu'à ce qu'il prononce son nom, ajouté en fin de liste.

— Edward Barzac... Vous êtes le nouveau ? Soyez le bienvenu.

— Merci, se contenta de répondre Edward, qui redoutait une quelconque pitié.

— Je vous demanderai de me remplir une petite fiche, afin que j'apprenne à mieux vous connaître. Écrivez-moi, les noms de vos parents, leur profession, vos loisirs et votre moyenne de mathématiques dans votre dernier établissement.

Alors que le professeur rendait les copies de la dernière interrogation, Edward sortit les stylos de sa trousse et sans pouvoir s'en empêcher les aligna devant lui. *Rouge, orange, jaune, vert, bleu, indigo et violet. Rouge...* Ensuite, il prit une feuille de papier vierge et nota.

Père : Paul-Thomas Barzac, architecte. Mort.

Mère : Rose Barzac, ancienne concertiste, gère la fortune de mon père.

Note de maths : 9

Mes loisirs : le ski.

Il hésita sur les jeux vidéo et le piano. Il s'en tint au ski. À la montagne, ce hobby devait être banal et c'est ce qu'il souhaitait : passer le plus inaperçu possible. En relisant son papier, il se demanda en quoi ces éléments pouvaient aider une personne à le connaître. Il repensa machinalement au procès-verbal de la mort de son père que le lieutenant Garideau lui avait envoyé et qu'il conservait dans son classeur "papa". Ça, non plus, ne l'avait pas aidé à comprendre et ne lui avait rien appris sur les dernières pensées de son père, ses derniers mots, son ultime regard dans cette nuit opaque. La société étiquetait, classait, archivait quantité de documents sur la vie des gens, leurs actes de naissance, de mort, le début et la fin, mais tout cela ne dévoilait en rien leurs émotions, leurs pensées, la beauté de leurs âmes. Il rendit sa fiche et se concentra du mieux qu'il put sur le cours, adoptant une posture d'élève sérieux. Pourtant, très vite, le cours de mathématiques avec vue sur un paysage enneigé se déroula comme tous les autres cours de mathématiques ; il décrocha en dix minutes et se mit rêvasser. Il vit Tina et rien d'autre. La photo de Tina en poster sur le tableau. Il avait envie d'amour et cette fille venue à sa rencontre lui apparut comme un bon présage.

Malheureusement deux heures plus tard, il se retrouva seul dans la cour du lycée. Plus de traces de Tina ni de ses amis. Sur son portable, quinze SMS de sa mère qui lui demandait de la tenir au courant. Il ne lui répondit pas, préférant dans un cas si désespérant, appeler son pote.

— Alors ? répondit HP.

— Alors, je stresse à fond, *man* ! Je me sens dans une jungle, entouré d'animaux sauvages et j'ai une putain de trouille d'être bouffé.

— Je connais ça. Reste cool ! Ils ne vont pas te bouffer, Ed. C'est ce que tu dois te répéter. Essaie d'être naturel. T'as parlé à quelqu'un ce matin ?

— Ouais. Une fille. Tina. Jolie.

— Impec ! Accroche-toi à cette Tina.

C'est ce qu'il fit deux heures plus tard. S'accrochant aux manches du vieux pull de son père pour se diriger à toute vitesse vers Tina et son groupe d'amis qu'il avait repérés dans la queue du self.

— Hey, Edward ! Tu manges avec nous ? l'interrogea Tina dès qu'elle l'aperçut.

Tout avait l'air plus simple avec cette fille. Il n'avait jamais rencontré une personne aussi naturelle et si peu dans le jugement. Et puis, elle l'appelait par son prénom. Entièrement. Sans coupe. Pendant le repas, un garçon revint sur sa vie passée, mais il réussit à esquiver cette incursion en blaguant. La présence de Tina lui donnait des ailes.

— Je suis un délinquant qui s'est fait virer de partout pour racket, répondit-il dans un petit sourire ironique. J'aime particulièrement m'en prendre aux mecs de ton genre qui posent des tonnes de questions sans jamais écouter les réponses. Mais, rassure-toi, je suis venu me mettre au vert. Je me range. J'ai décidé d'être un mec bien…

Tina éclata à nouveau de rire, dénouant ses nattes, pour libérer sa lourde chevelure sur sa nuque. On aurait dit un mustang. Un animal indomptable. Edward était sous le charme et le rire de cette fille lui donnait un courage inouï.

— T'es un marrant, toi, conclut le garçon un peu vexé d'avoir été ainsi mouché par un inconnu devant ses camarades.

— C'est nouveau, avant je ne faisais jamais rire, ponctua sincèrement Edward dans un visage impassible qui déclencha un fou rire général.

Ça faisait longtemps qu'il ne s'était pas marré. Il fut même surpris d'entendre son rire, une impression que quelque chose dans son ventre se libérait. Un volet brusquement ouvert sur un lever de soleil.

Après le repas, ils allèrent fumer en douce devant le lycée. Son téléphone sonna plusieurs fois, mais il se contenta de regarder l'écran et de refuser l'appel.

— Elle est accro on dirait, observa Tina avec un regard plein de sous-entendus. Ça fait quinze fois qu'elle t'appelle.

— Oh... C'est ma mère, se justifia-t-il, le plus discrètement possible. J'ai été malade dernièrement... Elle est inquiète.

— Tu devrais lui répondre dans ce cas, conseilla Tina, peu convaincue par sa réponse.

— Non, c'est bon...

Il eut envie de tout lui dire. De lui raconter sa vie. Pas aux autres, juste à elle, mais au lieu de cela, il se contenta de parler de tout, de rien et d'esquiver chaque question trop personnelle.

Toutefois, à la fin des cours, en rangeant ses stylos, Edward se félicita de cette journée. Il faisait partie d'une bande d'adolescents et avait même le projet, dès le mercredi suivant, de skier avec eux. Une vraie vie d'adolescent s'ouvrait à lui et, dans sa tête, le poster géant de Tina.

25

À DIX-HUIT HEURES, il rejoignit la voiture de sa mère qui était garée juste devant le lycée. Il s'y engouffra, avant d'avoir pris soin de jeter un coup d'œil alentour pour vérifier que Tina n'assistait pas à cette scène honteuse.

— Qu'est-ce que tu fais devant le lycée ? Je t'avais demandé de te garer plus loin !

— Et toi ? Pourquoi tu ne réponds pas à mes messages, je me suis fait un sang d'encre toute la journée.

— J'ai quinze ans, je ne sais pas si t'es au courant ! Je ne vais pas appeler môman toutes les deux minutes.

— Tu es fragile, Ed ! Ta santé est fragile et je dois m'en inquiéter.

— Très bien ! Dans ce cas, prends-moi un rendez-vous chez le psy. Pourquoi tu refuses de m'amener chez un psy ? Soit je vais mieux, soit je suis malade, il va falloir trancher, maman. C'est ce que t'a demandé la police, non ? Me soigner ou me faire soigner.

Rose se tut et démarra en trombe. Le visage fermé. Un silence pesant les sépara. Elle alluma une cigarette qu'elle fuma par saccades.

— Sinon, ta journée ?

— Bien. Mais il faut que tu me lâches un peu. Franchement, ça fout la honte. Mon portable a sonné toutes les deux…

— OK. J'ai compris !

Rose écrasa sa cendre nerveusement, posa ses mains gantées à dix heures dix sur le volant et effectua quelques larges respirations pour se calmer.

— Et toi ? Ta journée… Tu as repris le piano ? demanda Edward, un peu distraitement.

— Non.

— Ça ne te manque pas ? Avant tu ne pouvais pas vivre sans…

— Je ne peux pas ! Je ne jouerai plus jamais ! Plus jamais ! Ce n'est pas la peine de me reparler de cela. D'ailleurs, je vais le vendre, ce piano, il prend toute la place… Je vais tout vendre, tout changer, refaire la décoration…

Edward la regarda s'énerver en gardant une certaine distance. Elle partait en vrille. Dans un pur délire. C'était la première fois depuis la mort de son père qu'elle semblait perdre pied. Sa mère avait toujours eu du mal à maîtriser ses sautes d'humeur, cela faisait partie de sa maladie mais, autrefois, cela se traduisait par une agitation, jamais par la colère, ni la moindre violence verbale. Elle continua à parler seule, à palabrer autour de sa passion de la musique qui lui avait finalement gâché sa vie, l'enfermant dans son petit univers. Elle voulait vivre autrement, respirer, s'amuser. Il ne répondit pas, tentant de se protéger de cet accès de colère et se promettant de fuir de chez lui si sa mère retombait dans ses crises bipolaires. Il ne le supporterait plus. Cette scène ridicule venait gâcher sa belle journée ; il lui en voulut.

— Et que comptes-tu faire ? l'interrompit-il, comme pour la punir de ne pas savoir partager sa joie naissante.

— Je vais m'occuper de toi, mon chéri, répondit-elle dans un sourire lumineux qui le fit frissonner.

Il coupa le chauffage et ôta son écharpe.

— Je ne suis pas "un temps plein", maman. Je n'ai plus besoin d'être nourri, ni qu'on change ma couche.

— Je sais, Ed ! Mais tu as besoin d'attention, je veux être là. Je veux être là… répéta-t-elle plusieurs fois le regard tendu vers le rétroviseur, comme si elle craignait soudain d'être suivie.

Sa nervosité, son insistance firent se retourner Edward, mais personne n'était derrière eux. Pas une voiture. Aucun véhicule ni camion collé à leurs trousses. Juste la route sinueuse et le précipice blanc qui filaient de plus en plus vite dans le rétroviseur. Il ôta son blouson et se força à sourire pour la calmer. Elle roulait à plus de quatre-vingts.

— OK, conclut-il. Calme-toi. C'est juste que ça craint devant les autres de recevoir des messages de sa mère toute la journée.

Rose ne se calma pas. Elle poursuivit sa route à une vitesse excessive qui effraya Edward. *Je ne le supporterai plus*, se dit-il encore, en s'accrochant à la poignée de portière. *Si elle retombe malade, je préfère l'internat.*

Le véhicule parvint enfin à destination dans un silence de plomb. Rose tira sur le frein à main comme pour déterrer une hache de guerre et, sans un mot, coupa le moteur, attrapa son sac et claqua la portière.

Edward l'observa foncer sur le chalet d'un pas rapide, le sac sous le bras, le manteau tombant de ses épaules. Elle lui échappait encore. Insaisissable. Imprévisible. Il sortit avec lassitude du véhicule. La nuit était déjà là, encerclant le chalet d'une carapace de glace. Pas un bruit. Pas une lumière environnante à part celles qui étincelaient de toutes parts de la maison. Florence Richarte avait peur de la solitude. À leur arrivée dans le salon, elle rabattit son écran d'ordinateur et rajusta sa tenue.

— J'ai préparé un couscous ! claironna-t-elle, en se levant pour les accueillir.

— Je déteste le couscous ! pesta Rose, se mettant soudain à aller et venir dans le salon, engoncée dans son manteau, comme si elle cherchait une issue de secours pour calmer sa nervosité. C'est pas possible, ça pouvait être simple, ça aurait pu être simple… ajouta-t-elle.

Edward ne comprenait pas ce qui l'avait tant agacée. Il avait passé une super-journée, il reprenait confiance en lui, sa mère aurait dû s'en réjouir.

— De quoi tu parles ? Rien n'est jamais simple dans la vie et surtout pas la nôtre…

— Ed ! Ça suffit ! trancha-t-elle.

Elle vint se poster devant lui, l'index menaçant, le regard noir de reproches, et il se dit aussitôt qu'elle n'était pas guérie. Que sa maladie avait même peut-être empiré. Il prit conscience à ce moment précis qu'il était seul avec une mère malade et que sa belle journée d'adolescent n'allait peut-être pas se reproduire aussi souvent qu'il avait pu le croire. Il était lié. Enchevêtré à cette femme qui était sa mère et qui visiblement ne supportait pas de le voir heureux.

— Je vais faire un tour ! finit-elle par lâcher. J'ai besoin de prendre l'air. Ne m'attendez pas pour dîner.

À sa sortie, Florence se servit un verre de vin pour se remettre de ses émotions. Edward posa son sac sur le canapé et s'assit instinctivement devant le piano. Une vieille habitude d'après les cours. Comme lorsque son père les observait. Il n'arrivait pas à croire que Rose puisse définitivement abandonner le piano. Il n'arrivait pas à imaginer qu'ils ne puissent jamais être heureux ensemble sans son père. Il se sentait épuisé et éprouva un certain soulagement quand il entendit le moteur du 4 x 4 démarrer et sa mère s'éloigner du chalet. À peine guéri et de nouveau elle lui prenait la tête.

— Qu'est-ce qui s'est passé ? interrogea Florence, s'accoudant au couvercle du piano comme une groupie de cabaret.

— Ma mère pense que j'ai cinq ans et je crois qu'elle n'est pas aussi guérie qu'elle veut bien le dire… Je suis sûr qu'elle va revenir les bras chargés de courses, preuve qu'elle est en phase maniaque !

— Mais non, Edward. Ta mère est juste agacée. Tu confonds maladie et énervement. Elle se fait du souci pour toi, c'est tout. Tu sais jouer ?

Edward n'aimait pas rester seul avec Florence Richarte. Il n'arrivait pas à cerner cette femme qui les suivait partout comme un toutou, se pliant à tous les bons vouloirs de sa mère uniquement parce que cette dernière lui offrait en échange un salaire mensuel de sept mille euros. *Les gens font vraiment n'importe quoi pour du fric*, pensait-il quand il observait Florence faire la cuisine, nettoyer la salle de bain ou passer sa journée sur des relevés de compte. Une boniche, voilà ce qu'elle était à ses yeux, et elle avait beau se donner des grands airs, porter des talons aiguilles et des jupes sous les fesses, elle n'était rien d'autre que le jouet et le souffre-douleur de sa mère.

— Vous avez des enfants ? lui demanda-t-il en caressant les noires et les blanches du piano.

— Non, Dieu merci ! répondit-elle dans un éclat de rire vulgaire. Je tiens à garder ma liberté.

Tu parles d'une liberté, pensa-t-il en appuyant sur trois touches. Un accord en *la* mineur. Florence détestait le froid et en un mois n'avait pas mis un pied à la station.

— Pourquoi vous restez avec nous ? Vous détestez la montagne, vous êtes loin de vos amis, je veux dire, vous êtes encore jeune...

— Merci, lui répondit-elle en se lissant sa chevelure frisée dans un geste de séduction. Je suis là pour l'argent et aussi parce que j'avais besoin de changer de vie. Un amour malheureux... Tu nous joues quelque chose ?

Pour la première fois depuis qu'elle était à leur service, il décela chez elle une pointe d'authenticité. Une fragilité qu'elle cachait habituellement derrière une allure d'hôtesse de l'air. Toujours souriante, toujours tirée à quatre épingles, toujours dynamique et enjouée. Un comportement qu'il exécrait et qu'il trouvait aussi agaçant que suspect. La vie n'était pas une balade dominicale en bord de rivière, mais plutôt une foutue traversée de la Manche à la rame, et Edward ne supportait pas les gens qui cachaient leurs failles. Peut-être parce que lui en était incapable. Il commença à jouer. Une valse de Brahms. Elle se détendit, lampant son verre de vin par petites gorgées. Edward n'avait plus joué depuis la mort de son père. La musique s'était tue depuis plus de deux mois. Il buta plusieurs fois, se reprenant sous le regard admiratif de cette femme au décolleté plongeant. Une inconnue dans sa maison, qui se mit à l'applaudir exagérément dès qu'il eut terminé.

— Bravo Edward ! Tu joues très bien, mais tu ne connais rien de plus entraînant ? C'est à se tuer, ta musique ! Des chansons ? Du jazz ?

Rose détestait la variété, le jazz, tout ce qui s'éloignait de la musique classique et, face à la demande de Florence, il prit conscience que son éducation l'avait complètement formaté et qu'il ne s'y était jamais vraiment opposé. Comment s'opposer à une mère malade ? Florence posa son verre et s'approcha de lui dans une démarche chaloupée.

— *New York, New York*, tu connais ? Je chante, tu sais. J'ai même fait des concerts.

Et Florence se lança dans un solo *a capella* qui le laissa statufié. Plus elle chantait, plus son visage s'éclairait, son corps vibrait, elle était presque belle, presque jeune, et Edward, assis sur son tabouret de piano, se surprit à ressentir du désir pour cette femme qui chantait dans son salon. Avait-il vraiment envie d'embrasser cette femme ou simplement besoin de tendresse ? En tout cas, un mot qui n'avait pas martelé son entrejambe depuis le départ d'Helena vint de nouveau le hanter. Sexy. Florence Richarte était sexy quand elle chantait et l'adolescent en croisa les jambes. *Merde, je bande ! Je bande pour une vieille*, constata-t-il honteusement, affichant un sourire poli pour cacher son trouble. Il l'applaudit à son tour et ne put retenir un petit rire gêné, alors qu'elle le regardait droit dans les yeux.

— Tu devrais t'amuser un peu plus, lui dit-elle en replongeant son nez dans son verre. La vie ne t'a pas fait de cadeau. Il est temps que tu apprennes à rire, Edward.

Elle avait raison. Il pensa à Tina. Il avait envie de rire avec elle. De fuguer avec elle. De vivre loin de ce chalet, loin de cet argent familial qui pourrissait les relations humaines. Florence Richarte en était la preuve vivante, là devant lui, le complimentant peut-être uniquement pour l'apprivoiser, se faire bien voir du fils de son employeuse et mériter une petite prime. L'argent pourrissait la sincérité, la beauté des sentiments.

— Ma mère vous paye pour être gentille avec moi, lui répondit-il, tentant de la blesser pour repousser le désir qui montait en lui.

Il voulait qu'elle recule, qu'elle le laisse en paix avec ses valses de Brahms et son envie d'amour romanesque.

— Erreur, Edward ! Ta mère ne veut surtout pas que je sois trop proche de toi. Elle te veut pour elle toute seule, ta petite maman. Une vraie maman poule. Alors, tu saurais improviser ?

Il hésita avant de se lancer. Après tout. Pourquoi pas ? Il tenta de retrouver les accords de sa chanson ; elle le suivit. Il joua d'abord sans conviction, puis happé par l'enthousiasme de Florence, ses mains se mirent à chevaucher le piano de bas en haut avec une dextérité étonnante. Ça venait tout seul. Une impression de désobéissance d'abord, et puis peu à peu un sentiment de liberté. Il sut jouer sans partition, suivre la voix d'une inconnue, vibrer avec elle dans une étonnante complicité.

"Je repartirai de zéro
Dans la vieille New York
Si je peux réussir là-bas, je réussirai partout
Ça dépend de toi, New York, New York."

Ce vieil air de comédie musicale donnait envie de vivre, d'aimer, de foutre les voiles, de tout oublier et de partir à l'aventure. Ils rirent, swinguèrent, rêvèrent ensemble le temps d'une chanson, le temps d'une improvisation, d'une échappée belle dans cette immense demeure isolée des humains. Ils finirent par s'applaudir mutuellement, heureux de ce moment partagé.

— Si tu joues ça aux filles, elles vont tomber raides ! lança Florence en se servant un troisième ou quatrième verre de vin.

La secrétaire avait une bonne descente, Edward l'avait déjà remarqué, mais c'était la première fois qu'elle semblait si décontractée.

— Tu crois que je peux plaire à une fille ? lui demanda-t-il franchement.

Florence sembla un instant déstabilisée par cette soudaine intimité. Edward était un être étrange ; il le savait. La plupart du temps, il ne parlait jamais de lui, ne posait pas de questions, et puis cela sortait. Il ouvrait les vannes et ses questions tombaient toujours comme un cheveu sur la soupe. Elle vint s'asseoir avec lui sur le tabouret de piano ; il lui fit une place.

— Évidemment que tu es séduisant. Elle s'appelle comment ?

Il hésita.

— Allez ! Je te fais remarquer que tu me tutoies maintenant, on est un peu amis…

— Tina, lâcha-t-il.

Il avait une furieuse envie de lui parler d'elle. De se confier sans que cela provoque un esclandre ou une crise de panique. Dire ce qu'il ressentait. Hurler au monde que, oui, il se sentait attiré par cette fille, pas parce qu'elle était jolie, enfin, pas uniquement, mais parce qu'elle s'était intéressée à lui. Qu'elle l'avait surpris dans ses pensées, qu'elle l'avait accepté sans poser de questions. Il aurait voulu se confier à Florence, qu'il s'était effectivement mis à tutoyer sans s'en rendre compte. Il lâchait prise, il s'épanouissait, il s'ouvrait et était sur le point de se confier quand la porte s'ouvrit dans une bourrasque enneigée.

— Tu t'es remis au piano ?

Ils ne l'avaient pas entendue arriver. Aucun bruit de moteur. Edward, en observant sa mère grelottant des pieds à la tête, le visage et les cheveux givrés, ne put s'empêcher de penser qu'elle devait les avoir observés depuis un bout de temps. Peut-être même qu'elle n'avait pas quitté le pâté de maisons. Elle les avait épiés. Elle les jaugeait. Les jugeait. Tentant de les surprendre par surprise, comme pour les accuser de faire quelque chose d'interdit. De mal. De sale. *Elle est jalouse*, pensa-t-il. *Malade de jalousie.* Un instant de malaise fugace que Rose écarta d'un éclat de rire avant d'ôter son manteau et de courir vers le poêle se réchauffer.

— J'ai faim. On le mange, ce couscous ?

Florence se leva et réajusta sa jupe sous son fessier pour filer vers la cuisine.

— Je vais le faire réchauffer ! On jouait un peu de musique en t'attendant pour manger… se crut-elle obligé de justifier.

— C'est bien, c'est une bonne idée. Edward est un formidable pianiste !

Les deux femmes reprirent aussitôt leur rôle respectif comme si de rien n'était. La bonne mère attentive et son toutou à son service, mais Edward, lui, avait vu. Lui avait lu dans les yeux de sa mère qu'elle ne l'aimait pas pour le protéger, ni pour qu'il soit heureux, ni pour qu'il prenne confiance en lui et vole un jour de ses propres ailes. Non. Il avait lu la jalousie, la possession et son égoïsme. Elle ne voulait pas qu'il soit heureux, qu'il ait des copains, des amours, des éclats de rire. Florence avait raison, la seule chose qu'elle souhaitait était de le garder pour elle. L'étouffer sous ses bras. Il avait quinze ans et elle l'aimait comme un nourrisson dans une relation fusionnelle, loin des autres et du reste du monde.

Il fallait qu'il se libère.

26

— PUTAIN, MEC, J'AI BANDÉ pour Florence Richarte, la honte ! Je te jure ! commença-t-il par plaisanter avec HP, qu'il avait aussitôt appelé après le repas pour lui raconter son improvisation au piano avec la secrétaire.

— Freud dit que c'est signe de bonne santé de bander. Ça veut dire que tu es guéri, *man*. Rien de plus ! en conclut Henry-Pierre mort de rire.

— Tu connais Freud, toi ?

— Ouais, je m'intéresse à la psychanalyse. Surtout depuis que je te connais, mec. T'es un sacré numéro, mais pas plus taré que moi, je te rassure.

Edward lâcha un petit rire. Il se sentait mal, alors que sa journée avait si bien commencé. Il profita de cette incursion dans le monde du docteur Freud pour ouvrir le débat sur ce qui le tracassait.

— Et les mères possessives, qu'est-ce qu'il en dit, papy Freud ?

— Qu'elles sont dangereuses. Qu'elles étouffent leurs enfants. Qu'elles en font des êtres angoissés et fragiles. Freud est sans pitié pour elles, faut dire qu'il était le chouchou de sa maman et qu'il a bouffé avec elle tous les dimanches de sa vie. Le mec n'a jamais vraiment coupé le cordon, si tu vois ce que je veux dire. Alors quand il parle des mères possessives, il raconte sa vie en fait… On dit qu'il est né avec le placenta sur la tête, bonjour le symbole…

HP était le genre de garçon qui pouvait palabrer des heures sur un sujet. Sa soif de connaissance le poussait à lire des montagnes de textes jusqu'à ce qu'il se sente assez chargé intellectuellement pour passer à autre chose. Edward finit quand même par le couper, pour aborder le sujet plus frontalement.

— Je ne suis pas sûre que ma mère soit vraiment guérie. Elle me fout la trouille parfois. Elle… Putain, c'est comme si elle ne supportait pas que je sois heureux. Et puis, il y a toujours un truc bizarre entre nous. Un malaise…

Henry-Pierre quitta le ton de la plaisanterie, comprenant à mi-voix qu'Edward était de nouveau en souffrance et lui demandait de l'aide. Il voulut savoir ce qui s'était passé, mais Edward eut du mal à expliquer son sentiment. C'était diffus, insidieux. Comment traduire le regard qu'elle avait jeté à Florence quand elle s'était pointée dans le salon avec une tête de revenante ? Était-ce exagéré de parler de haine ? D'envie de tuer la secrétaire pour la punir d'avoir ri avec son bébé chéri ? Incapable d'exposer clairement ses appréhensions, il finit par rebrousser chemin et laisser tomber sa mère pour passer à un sujet plus heureux.

— Bon, demain, je revois Tina, c'est ce qui compte.

— Alors ? Cette Tina ?

Et à son ami, il put enfin se confier. Raconter sans retenue cette journée de bien-être. Les rires. Les blagues. La complicité qu'il sentait naître avec cette fille. Sa beauté. Son odeur. Les mots de son récit furent délicieux à prononcer et il ressentit un plaisir inouï à revenir sur certains détails, à répéter les phrases de Tina, le visage de Tina, son sourire, ses nattes et son bonnet, sa chevelure de mustang dans la lumière de midi. Tout cela dans sa bouche avait un goût sucré, délicieux comme une belle pomme rouge de fête foraine. Plus il échangeait avec Henry-Pierre, plus il se sentait en confiance avec ce garçon à l'esprit vif, qui, loin de l'image prétentieuse et pédante qu'on lui avait collée au lycée, était un être qui savait écouter. Écouter vraiment comme peu de gens le savent.

— Putain, c'est cool de parler avec toi ! Ça fait du bien de partager ça ! conclut Edward.

— Ouais, répondit HP, mais ce serait encore plus cool qu'on se voie. Pour les vacances d'hiver alors, t'en as touché un mot à ta mère ?

La question de son ami le ramena vers le problème de la soirée. Il se sentait coincé, enfermé dans ce giron maternel qui commençait franchement à l'étouffer et dont il fallait qu'il se libère au plus vite, au risque de basculer à nouveau dans la violence. Il se souvint de la réponse de sa mère quand il lui avait demandé d'inviter son ami à venir passer les vacances d'hiver au chalet. "Il est trop tôt, mon chéri. Tu es encore fragile. Je ne préfère pas. Pas maintenant. À Pâques, peut-être." Et là, accroché à son téléphone portable dans l'obscurité de sa chambre adolescente, il eut honte de cette réponse qui l'infantilisait. Il se sentit incapable de l'accepter. HP avait raison, Freud avait raison ! Il reprenait des forces de vie et il n'était plus temps de rester au lit, cajolé par sa mère. Il fallait qu'il s'oppose à elle, qu'il lui fasse comprendre qu'il avait besoin de liberté, d'autonomie, de voir son ami. Il espéra simplement que cela puisse se passer sans cris, sans haine, sans drame. Qu'elle ne pique pas de crise et qu'elle cesse de le considérer en enfant malade. Il faudrait qu'elle l'écoute, et il s'en fit la promesse en mentant à son ami. Ce mensonge, c'était un gain de temps, rien de plus. La possibilité de refaire sa demande, d'insister et d'obtenir la venue de HP à Courchevel. Ce n'était pas si difficile de comprendre qu'il avait besoin d'un pote à ses côtés !

— Non, je n'ai pas encore pu lui en parler vraiment, finit-il par lui répondre.

Il ne voulait pas le décevoir, alors il lui mentit, sentant son ventre se déchirer, comprenant aussitôt que le mensonge et l'amitié ne faisaient pas bon ménage. Il espéra sincèrement ne plus jamais avoir à le faire.

— Magne-toi, sinon mes parents vont m'inscrire au camp de scouts des Pyrénées. *A priori*, mes parents sont d'ac, mais il faut que ta mère les appelle. Pour les rassurer, tu vois.

— OK, t'inquiète, je lui en parlerai très vite.

Edward raccrocha avec la certitude de pouvoir s'opposer à sa mère sans agressivité. Rasséréné par sa journée au lycée et sa rencontre avec Tina, il se sentait plus mature, sûr de lui. Il prit le temps de se déshabiller, hésita et se mit à ôter ses vêtements dans un ordre anarchique, se rattachant à cette promesse de vie lycéenne, pleine d'éclats de rire, de chaleur et de complicité. Il fut heureux d'y parvenir. De chasser de sa tête, les "il faut que, sinon...", les "tu dois, Ed, parce que...". Il se libéra de ses vieux oripeaux. De ses habitudes rassurantes qui l'emprisonnaient plus qu'elles ne le soulageaient. Pour aller plus loin, il attrapa délicatement la chemise bleue de son père qu'il gardait sous son oreiller depuis son décès. Il la respira, l'embrassa et la déposa délicatement dans le panier de linge sale. Voilà. Il faisait le deuil. Il guérissait. Il était capable de bander, même pour une vieille ! Il avait la vie en lui, ses quinze ans en lui, sa frustration de gamin timoré en lui, et il souhaitait ressembler davantage à ce garçon, capable de faire rire une bande d'adolescents, capable de s'élancer sur un tremplin de saut et de voler à plus de quatre-vingts kilomètres à l'heure.

Il enfila son pyjama et se glissa dans son lit glacé avec l'envie d'écrire sur son blog. Ça aussi, il allait falloir que cela change ! Que sa mère cesse de lui réquisitionner son ordinateur comme on le fait pour les gosses de dix ans. À son âge, on facebookait, on tchatait, on écoutait sa musique en ligne, on piratait des films et des séries pourries en se foutant éperdument des problèmes de droits. À quinze ans, on se moquait des lois, de sa santé, du bien-penser, du qu'en-dira-t-on. À quinze ans, merde, on frissonnait et c'était tout. Il allait falloir que ça change. Avec elle, il était passé de l'indifférence à l'étouffement et il en était à se demander si, à son âge, il ne préférait pas l'indifférence. Il avait la désagréable impression de tout vivre en décalé, de ne rien éprouver comme les autres. Il resta un long moment allongé sur le dos, les mains croisées derrière la nuque, bien décidé à s'imposer.

Pourtant, quand il entendit sa mère grimper les marches en bois, son estomac se noua de nouveau. Devant elle, ses bonnes résolutions risquaient de s'effacer. Devant elle, il n'arrivait pas à être fort, puissant, adulte. Devant elle, il n'était jamais lui-même. Elle frappa à la porte et, sans attendre sa réponse, s'engouffra dans son intimité, une tisane fumante à la main.

— Voilà, mon chéri. Une bonne petite tisane au miel pour une bonne nuit.

Il repensa à Freud, né avec le placenta de sa mère sur la tête. Alors, sans hésiter, il réitéra sa demande :

— Je voudrais qu'Henry-Pierre vienne à la maison fin février.

— On a déjà parlé de ça, Ed...

— Oui, mais j'insiste, maman. J'ai besoin de lui, et lui de moi. Tu peux comprendre ça ?

Sa mère resta immobile, le bol d'eau chaude à la main. Immobile et distante face à lui, avec un sourire qui s'efface. Elle lui offrit une tête d'adulte. Un visage enfermé dans ses certitudes, incapable de se laisser surprendre, de plier, de faire preuve de bonté. Incapable d'intégrer les désirs de son enfant. Ses mains se mirent à trembler, faisant dangereusement vibrer l'eau bouillante au-dessus du lit.

— J'ai dit, non. Je ne reviendrai pas sur cette décision.

— Papa, lui, aurait dit oui. Papa, lui, savait me comprendre...

Edward s'en voulut immédiatement d'invoquer son père. Il ne s'agissait plus de cela. Son père était mort.

Et il parlait encore de lui comme un gamin capricieux, offrant à sa mère l'image d'un petit garçon fragile, exactement l'inverse de ce qu'il avait souhaité. Il se sentait piégé dans cette relation. Elle avec sa tisane. Lui sous les draps, pleurnichant, implorant, se ridiculisant pour obtenir ce qu'il voulait. Ce n'était pas ça. Ce n'était jamais ça avec elle. Tout était dissonant, arythmique entre eux, sauf leurs quatre mains qu'ils ne partageaient même plus. Il stoppa net la conversation. C'était inutile.

— Edward… soupira-t-elle, en posant enfin la tasse brûlante sur la table de nuit. Tu veux un calmant ?

C'était tout ce qu'elle avait à lui proposer. Un médicament délivré sur ordonnance et remboursé par la Caisse d'assurance-maladie. C'était donc ça l'amour d'une mère ? Il se contenta de baisser les yeux. Il abdiqua. Se glissant un peu plus sous sa couverture de rancœurs. Elle le quitta, après l'avoir embrassé affectueusement sur la joue, le priant de boire sa tisane bien chaude. Un médicament. Une tisane. De bons remèdes maternels qui à présent lui empoisonnaient la vie.

27

À SEPT HEURES DU MATIN, il était sous la douche. Prenant plaisir à augmenter la température de l'eau, jusqu'à la frontière de la tolérance. Il se lava longtemps dans cette douce torpeur brûlante qui peu à peu vint recouvrir de buée les vitres givrées. Il enfila un épais peignoir et fit couiner la vapeur d'eau sur le miroir dans un geste d'essuie-glace. Pas de mère. Pas de Florence. Juste lui et ce nouveau matin. Un garçon avec un visage. Un visage émacié et cerné de noir. Un portrait qu'il aima. Il ouvrit un placard et en sortit le nécessaire de rasage de son père. Blaireau, savon, rasoir à main. Il l'avait souvent observé faire. D'abord mouiller le savon, puis faire mousser avec le pommeau, appliquer la mousse et raser. Du haut vers le bas dans des gestes nets et précis comme des déchirures de papier peint. C'était la première fois qu'il se rasait. Il trouva cela agréable. Un mélange de crainte et de plaisir. La peur de la coupure et l'attention pour l'éviter. Il termina avec un après-rasage. *Un homme net, propre, prêt à affronter sa journée*, pensa-t-il en souriant, tant cette phrase de son père ressemblait à un slogan publicitaire. Ensuite, il s'habilla, sans ordre. Concentré sur les sensations qu'il éprouvait en glissant ses vêtements sur sa peau. Pas ceux de son père, les siens, un sweat neuf. Voilà. Un homme. C'est ce qu'il voulait devenir. Un homme prêt à séduire une fille, prêt à s'opposer à sa mère. Il hésita pour la montre, mais finit par la nouer à son poignet. C'était un héritage. Le souvenir de celui qui n'arrivait jamais en retard. C'est à ce moment qu'il commença à entendre de l'agitation dans la cuisine. Sa mère et Florence devaient être réveillées. Il jeta un dernier coup d'œil dans le miroir. Il se trouva presque séduisant. Il ajouta un sourire pour jauger de l'effet, mais préféra tout compte fait sa gueule de garçon dépressif. Il fila dans sa chambre afin de récupérer son sac de cours et constata que la tasse de tisane avait disparu. Sa mère était passée par là. Il décida de s'en moquer. De la laisser dire, faire, fouiller, pourvu qu'il puisse s'évader au lycée et rejoindre Tina.

— Hello, maman, ça va ? lança-t-il sur un ton enjoué, avant de venir l'embrasser.

— Oh ! Mais quelle pêche ! Qu'est-ce qui nous vaut une telle joie ce matin ? répondit-elle dans un enthousiasme forcé.

Il lui trouva une mine épouvantable.

— Rien, je vais mieux, c'est tout. Et toi ? Bien dormi ?

— Tu n'as pas bu ta tisane, alors ?

— Non, mais ce n'était pas ma question, maman. T'as une sale tête.

— Merci. Je t'ai préparé un chocolat chaud.

Une conversation ridicule. Au lieu d'évoquer l'avenir, l'amour, le sens de la vie, ils parlaient de breuvages.

Thé ou café ? Chocolat ou vanille ? C'était absurde, mais au moins, elle ne s'emportait pas. Il la trouva moche et vieille dans son peignoir trop grand. Après lui avoir servi son chocolat, elle le quitta pour aller se laver. Il faisait encore nuit. Il alluma la radio. La météo annonçait de la neige. Il pensa à son rendez-vous du lendemain. Quatorze heures en bas des pistes. Un après-midi de ski avec la bande de Tina. Il pourrait briller. Il avait un très bon niveau. Il espéra qu'elle pourrait le suivre et puis en fin de compte, il se ravisa, il se dit qu'il l'attendrait. Quel que soit son niveau, il skierait avec elle.

Sa mère débarqua une demi-heure plus tard, coiffée, maquillée, le sac à l'épaule.

— Bon, on y va ? Tu as bu ton chocolat ?

— Oui, maman, répondit-il, singeant le bon petit garçon, qui enfile blouson, gants et écharpe sous le regard attentif de sa mère. Florence n'est pas encore levée ?

— Non, elle est fatiguée ce matin. Peut-être un rhume. Avec ses tenues affriolantes aussi...

Dehors, il neigeait. La météo ne s'était pas trompée et il avait hâte que le soleil pointe le bout de son nez gelé pour découvrir cette nature sauvage qu'il aimait tant voir s'éveiller. Il aida sa mère à dégager le pare-brise avec la raclette et ressentit un léger étourdissement qui lui fit porter ses gants trempés au visage.

— Qu'est-ce qu'il y a, mon chéri ? Tu ne te sens pas bien ?

Sa mère se précipita vers lui, ôtant ses gants pour toucher son front.

— Tu es chaud. Tu as de la fièvre. Tu ferais mieux de rester à la maison ce matin...

— Maman, c'est bon ! Je vais bien, répondit-il sèchement, en ouvrant la portière pour se glisser sur le siège passager.

À l'intérieur du véhicule, il se sentit ramollir. Lourd. Une soudaine envie de dormir. Il commença à angoisser à l'idée d'être malade et de passer une journée de plus enfermé au chalet. Il n'en pouvait plus de cette vie d'enfant fébrile. De ces journées passées entre les deux femmes qui l'empêchaient de respirer. *Putain, pourvu que je n'aie pas attrapé la grippe. Il manquerait plus que ça*, pensa-t-il avant de poser sa tête sur la portière glacée et de s'endormir comme une souche.

28

Il s'éveilla la bouche pâteuse. La langue lourde. Il savait exactement le genre de cachet que sa mère lui avait donné à son insu. Un somnifère. Un cachet sans doute glissé dans son chocolat. Elle l'avait drogué. Il alluma sa lampe de chevet, tourna la tête vers le réveil. Midi vingt. Dans sa tête une envie de s'extraire à toute vitesse de son lit, d'enfiler ses fringues et de filer au lycée. Dans son corps, un engourdissement total qui le plaquait inerte sur son matelas. Il avait manqué les cours. Manqué Tina, sa nouvelle vie. Il allait encore être l'absent, le mec bizarre qui ne vient pas au lycée le lendemain de sa rentrée. Il essaya à nouveau de se relever, mais ne parvint qu'à s'asseoir sur son lit. Sa tête bourdonnait. Il avait la nausée.

— Maman ! Maman ! Bordel ! Viens ici ! Qu'est-ce que tu m'as donné ?

Personne. Aucune réponse. Pas un bruit dans ce foutu chalet, à part les hurlements lointains d'un chien enchaîné. Il appuya sur le bouton de commande des stores. Le volet électrique mit à jour une lumière radieuse ; une belle journée allait encore se dérouler sans lui. Pas de 4 x 4. Sa mère était sans doute partie faire des courses. Il appela encore plusieurs fois Florence dans l'espoir qu'elle puisse lui expliquer ce qui se passait. Mais rien, pas un souffle, la maison avait été désertée. Instinctivement, Edward saisit son téléphone et appela HP, mais quand ce dernier décrocha, il se sentit désarmé. Qu'avait-il à lui raconter ? Qu'il avait loupé les cours ? Qu'il était malade ? Qu'il ne comprenait pas pourquoi il s'était réveillé avec un goût de somnifère en bouche ? Sa mère avait-elle pu le droguer ? Il se sentit minable, fautif et surtout incapable de raconter à son meilleur ami cette impression d'être devenu le jouet de sa mère, un otage qu'on garde au lit de gré ou de force pour l'empêcher de vivre parmi les autres. Comment expliquer cette peur paralysante ? C'était puéril. Improbable. Une mère, même malade, ne souhaitait pas faire de son enfant son objet. Il hallucinait. Il divaguait et il se détestait d'avoir de telles pensées. Alors, il mentit une deuxième fois à HP. Incapable d'envisager une autre solution. La seule façon à ses yeux de ne pas perdre un ami. Et peut-être la seule façon de cacher "Ed, le taré".

— Alors, *man*, ça va mieux aujourd'hui. T'es au self ? s'informa aussitôt HP.

— Non, je vais y aller là…

— Moi aussi, je suis devant le lycée avec Joshua et Victor. Tu te souviens d'eux ? J'ai osé leur parler ce matin, et je sens qu'on va devenir potes. Tu vois, Ed, tout ça, c'est grâce à toi. À deux, on est plus fort pour dépasser ses appréhensions… Ça va toi ? T'es sûr ? On dirait que t'es bourré. T'as pas replongé ?

— Non… Tu déconnes ou quoi ? Je touche plus à l'alcool. Juste un début de rhume. Ça va. Je déjeune avec Tina ce midi…

Il se vautra dans le mensonge, sentant son ventre se déchirer un peu plus à chaque parole prononcée. Il était tout simplement en train de piétiner l'amitié qui les liait. Il raccrocha avec un profond dégoût de lui-même. Il sentit l'angoisse pointer, alors il décida de se lever. De ne pas se laisser engluer dans l'immobilité. Il fallait agir ! Il réussit à regagner tant bien que mal la verticalité, se raccrochant à son bureau, avant d'atterrir sur sa chaise. C'est là qu'il découvrit son ordinateur, recouvert d'un mot de sa mère.

"Mon chéri, Florence rentre à Paris, une urgence familiale. Je l'accompagne à la gare. Ne sors pas de ta chambre, tu as attrapé la grippe. J'ai dû te donner un calmant, tu délirais tant la fièvre était forte. Je te laisse ton ordinateur pour t'occuper avant mon retour. Je ne serai pas longue. Je t'embrasse fort. Maman qui t'aime."

Il avait du mal à penser, tant le médicament lui embrouillait les neurones. Il se contenta d'allumer son ordinateur et de se connecter à son blog. Si l'inconnu RONIT90 le connaissait, il était probable qu'il connaisse aussi sa mère. Il se dit que c'était peut-être le moment de lui faire part de son angoisse. Il n'était pas malade. Il n'avait pas de fièvre. Il n'était pas dingue. Sa mère l'avait tout simplement drogué pour l'empêcher d'aller au lycée. Quel genre de mère à part une timbrée profonde pouvait faire ce genre de chose ? Il sentit l'angoisse monter au fur et à mesure qu'il recouvrait ses capacités mentales. Florence partait, elle aussi. Comme par hasard, juste au moment où il commençait à bien s'entendre avec elle. Il ne s'était pas trompé. Il avait vu juste dans le regard de sa mère. Elle était jalouse, folle de jalousie, folle tout court. Elle était en train de le séquestrer.

Il ouvrit son blog et découvrit le message de RONIT90, qui commentait son précédent post. "Je suis heureuse pour toi. Soulagée de vous savoir enfin raccordée toi et ta mère. *La vita e dolce*, Edward, tu dois y croire".

Il comprit immédiatement. Tout s'éclaira brusquement. C'était Helena. Elle s'était dévoilée – sans doute volontairement – en rédigeant son post en italien et au féminin. Le pseudo lui hurla son nom. R pour Romarggi, son patronyme. 90 : l'année de sa naissance, et Tino, l'île où elle était née. C'était simple. Comment n'avait-il pas reconnu cette signature plus tôt ?

"Je sais que c'est toi, Helena. Reste avec moi, je t'en supplie. La situation a évolué depuis ma dernière publication. J'ai senti hier dans le regard de ma mère quelque chose d'effrayant, comme si elle voulait me détruire, me garder pour elle, m'empêcher de grandir. Elle m'a drogué ce matin. Je crois qu'elle veut m'empêcher de retourner au lycée. J'ai peur. Je ne sais pas si c'est moi qui suis fou ou elle. Aide-moi, je t'en supplie. Il n'y a que toi qui puisses me guider. Tu nous connais mieux que quiconque. Dis-moi ce qu'il faut faire. Si tu es en ligne, appelle-moi, je t'en supplie."

Il posta sa publication, pria pour que Helena soit connectée, jeta un coup d'œil par la fenêtre dans la crainte du retour de sa mère. Il patienta encore nerveusement une quinzaine de minutes avant que son téléphone ne sonne.

— *Ciao*, Edward. C'est bon de t'entendre. Je viens de lire ton blog. Que se passe-t-il ?

Edward ne répondit pas tout de suite, tant la voix douce et chaleureuse d'Helena le bouleversa. Cette fille avait le don de l'apaiser, même à distance.

— Merci de me répondre, dit-il, simplement, heureux de trouver un soutien dans un tel moment d'angoisse. Merci d'être là…

Mais le ton d'Helena changea brutalement, il sentit de nouveau le danger se répandre dans sa chambre et faire vibrer chaque parcelle de son corps.

— Ta mère est dans les parages ? s'informa nerveusement la jeune femme. Elle ne doit pas savoir que nous communiquons.

— Tu as peur d'elle, toi aussi ? Je ne suis pas taré, alors ?

Elle ne répondit pas. Seul son souffle précipité lui parvenait. Un souffle qui cachait la vérité, un souffle paniqué, pressé, fuyant comme celui de la nuit où le téléphone avait sonné dans la maison de Ville-d'Avray. Elle savait quelque chose.

— Helena ? Ma mère est absente, tu peux parler… la rassura-t-il, effrayé à l'idée qu'elle puisse raccrocher et le laisser seul dans cette nouvelle épreuve.

— Rose a changé, avoua Helena. Elle n'est plus la femme douce et effacée qu'elle a été, Ed. Je ne sais pas si c'est à cause de la mort de ton père ou à cause de ce qu'elle a découvert avec cette amie qui l'a aidée, mais je comprends que tu puisses avoir peur. Ta mère cache quelque chose. Quelque chose de beaucoup plus horrible qu'un secret de naissance… Je veux te protéger… Mais… J'ai signé un contrat… ta mère ne doit pas savoir que nous communiquons.

— Elle t'a payée ? Elle t'a achetée, toi aussi ?

— Oui, avoua Helena d'une voix d'outre-tombe. J'avais besoin de cet argent. Je suis enceinte, Ed… Je n'ai pas de famille riche, moi. Tu ne dois pas me juger. À la mort de ton père, je lui ai promis de ne plus te contacter contre une somme d'argent.

— Combien ? demanda Edward.

— Trente mille euros.

Edward avala la nouvelle avec amertume. L'argent avait vraiment tous les pouvoirs. Les informations se bousculaient dans sa tête. La peur d'Helena ne faisait qu'accroître son sentiment d'insécurité. Il ne comprenait pas ce que pouvait craindre sa mère de sa relation avec Helena au point de lui offrir une telle somme pour débarrasser le plancher. Était-ce uniquement à cause de cette jalousie maladive ? De cet amour possessif ? Helena poursuivit ses confidences sur un ton précipité comme pour lester un fardeau trop lourd à porter.

— Je ne sais pas ce que cache ta mère, Ed, ni pourquoi elle a souhaité nous éloigner l'un de l'autre, mais sa réaction glaciale et blessante à la mort de ton père… sa façon de s'adresser à moi comme à un chien, de me virer comme une malpropre et d'acheter ma disparition me fait penser que son comportement est dangereux. Pour toi surtout, pour ton équilibre psychologique. C'est pour cela que je t'ai recherché sur le net et ton pseudo Mangor m'a menée jusqu'à ton blog. C'est pour ça que je me connecte à ton blog matin, midi et soir depuis deux mois.

Edward réfléchit.

— Le coup de fil le vendredi où j'avais décidé de me tuer ? C'était toi ?

— C'était Marc, mon conjoint. Nous avions si peur que tu fasses une bêtise...

Il vacillait de nouveau, happé par la peur de celle qui autrefois le protégeait, le rassurait et qui elle aussi avait changé. Elle était loin, enceinte, bientôt mère. Il eut cette impression d'être lâché en pleine jungle sans avoir appris à se défendre. Il comprit que plus rien ni personne ne pouvait l'épauler et que, désormais, il était réellement seul. Entre la raison et la folie. Entre le mensonge et la vérité. Quelque chose en lui voulait comprendre ce qu'il lui arrivait et surtout ce qui avait déclenché chez sa mère une telle métamorphose. Ce qui avait provoqué une telle peur chez Helena. Une pensée froide, monstrueuse s'imposa alors à lui. Sa mère avait peut-être tué son père.

— Est-ce que tu crois que l'accident... était un...

Ça ne sortait pas. Il n'y parvenait pas. L'idée même de penser que sa mère puisse être une criminelle lui était insupportable. Helena comprit et vint à son secours.

— Je ne sais pas, Edward. Je sais juste que depuis la mort de ton père, ta mère me fait peur et que pour cette raison, et parce que j'attends un enfant, je ne prendrai pas le risque de rompre mon contrat. Continuons à communiquer sur le blog et efface ton dernier post. Elle ne doit rien savoir.

— Qu'est-ce que je dois faire ? Aide-moi ! Je suis perdu, là...

Il s'arrêta au bruit du moteur du 4 x 4, jeta un coup d'œil, aperçut la voiture se diriger vers le garage. Il paniqua.

— Ma mère revient, Helena !

— Écoute, Edward, reste avec elle, fais ce qu'elle te demande... J'ai connu ta mère, elle t'aime plus que tout au monde, je ne crois pas qu'elle puisse te faire du mal, en tout cas pas volontairement... Mais elle est peut-être encore très malade...

Il aperçut sa mère descendre de la voiture, les bras chargés de courses, se diriger vers le chalet. Il s'éloigna de la fenêtre pour ne pas qu'elle le voie.

— Si je t'appelle Helena, tu me jures que tu décrocheras ?

Helena hésita longuement avant de répondre. Il crut qu'ils avaient été coupés.

— Helena ! Je t'en prie !

— Recherche des informations sur Isabelle Mangin, lui dit-elle avec pragmatisme. C'est la femme qu'elle voyait le plus avant la mort de ton père. Elle sait peut-être quelque chose sur cette transformation. En attendant, sois prudent et si tu es vraiment en danger, appelle-moi.

Ils se quittèrent sur cette promesse et Edward se précipita sur son blog pour effacer son dernier post. Il ne voulait pas inquiéter Helena et puis aussi, il commençait à imaginer que sa mère pouvait être capable de lire ses publications derrière son dos. Il l'entendit ranger les courses dans la cuisine, il en profita pour ouvrir le classeur dédié à la vie de son père et parcourir le procès-verbal de l'accident collé sur la dernière page. Il lut. "Paul-Thomas et Rose Barzac ont passé la soirée chez leur amie Isabelle Mangin, aide-soignante et domiciliée au 25 avenue des Pins à Chatou. Cette dernière a confirmé avoir reçu le couple jusqu'à deux heures trente du matin. Elle a aussi confirmé que Paul-Thomas Barzac avait bu plusieurs verres d'alcool, mais qu'il ne semblait ni dépressif ni inquiet."

Sa mère entra dans sa chambre, il referma aussitôt le classeur et lui sourit.

— Mon chéri, tu sembles aller beaucoup mieux !

Elle était là, les cheveux détachés, éblouissante dans son pull en laine, les joues rosies par le froid. Elle était aimante, tendre, et pourtant Edward eut un mouvement de recul. Quand elle s'approcha pour l'embrasser, il eut du mal à faire bonne figure. Elle était sa mère et elle lui faisait peur. Plus que ça encore ; il était horrifié. Terrassé à l'idée qu'elle ait pu tuer son père. Il imagina un complot avec cette Isabelle Mangin. Trafiquer sa voiture, le droguer peut-être pour qu'il ait un malaise. Le laisser rentrer seul. Se tuer seul et se glisser ensuite dans le véhicule. Simuler des blessures. Mais dans ce cas, pourquoi ne gardait-elle aucun lien avec cette Isabelle ? Quel était le mobile ? Il fit son possible pour contrer cette foule d'idées démentielles et rester le plus décontracté possible. Une chose était certaine, sa mère et son amour étouffant cachaient quelque chose. Une volonté de le détruire de lui nuire, de le rendre dingue, peut-être même de le pousser au suicide. C'est pourquoi il fit semblant de rien, lui offrant un sourire aimable, le temps de trouver une solution. Il voulait agir. Helena l'avait convaincu qu'il n'était pas fou, mais bien le jouet de celle qui se tenait devant lui avec un faux regard aimant. Il fallait faire attention et trouver un plan.

— Tu es encore avec ce vieux classeur, remarqua Rose avant de se saisir du dossier "papa".

Edward le lui arracha des mains pour le plaquer sur sa poitrine, comme si de ce classeur dépendait sa survie.

— Je préfère le garder, maman.

— Tout cela te fait du mal, mon amour. Allez, confie-le-moi !

— Je préfère le garder, répéta-t-il en baissant les yeux pour éviter de croiser son regard.

Il sentit son corps craqueler, la sueur suinter sur ses joues.

— Tu as de la fièvre. Tu es si pâle. Il faut te recoucher.

Il vit dans cette invitation une issue à son cauchemar. Il voulait rester seul, réfléchir, préparer un stratagème de survie pour éviter de devenir complètement dingue. Soit sa mère avait tué son père et il allait devoir en apporter la preuve. Soit elle était simplement givrée et il fallait qu'il réussisse à le prouver aussi, afin qu'elle soit internée. Dans tous les cas, il était seul face à elle et ce classeur contre sa poitrine lui parut le seul soutien au calvaire qui l'attendait. Il la laissa passer un gant de toilette humide sur son front, confisquer son ordinateur, baisser les stores, éteindre la lumière, et l'inviter au repos, mais il ne lâcha pas son classeur.

29

— ALLÔ, C'EST MOI.

— Pourquoi tu parles tout bas ? T'es au lycée ?

— Non. T'es mon ami ou pas ?

— Oui, *man*.

— OK, alors note. Tu notes ?

Et HP nota ce qu'Edward lui murmura, caché sous ses draps dans son immense chambre du chalet de Courchevel. Privé d'ordinateur et avec pour seul lien avec le monde extérieur son téléphone portable, Edward n'eut pas d'autre choix que de mettre son copain sur le coup pour l'aider dans ses recherches.

— HP, je veux que tu te rendes à cette adresse et que tu trouves des informations sur Isabelle Mangin. Téléphone, métier, amis, famille. Mais sois prudent, elle est peut-être dangereuse. C'est sérieux, fais gaffe !

— C'est qui ? Qu'est-ce qui se passe ? interrogea HP, flippé à l'idée qu'Edward se soit encore mis dans de sales draps.

— C'est au sujet de la mort de mon père. Je ne veux pas t'en dire plus, mec. Je ne veux pas t'inquiéter.

— Edward, tu déconnes... ton père a eu un accident de bagnole... Il faut que tu arrêtes...

— Henry-Pierre, je t'en supplie. J'ai des soucis, de gros soucis...

— Du genre ?

— Je crois que ma mère veut me pousser à bout... Elle me drogue pour que je reste à la maison... elle m'empêche d'aller en cours...

— Je croyais que tu étais au lycée ce matin... que tout allait bien, que tu déjeunais avec Tina... Tu es où là ?

Edward avait menti, mais il n'avait plus le temps de s'expliquer, alors il poursuivit, complètement paniqué à l'idée que sa mère puisse le surprendre et lui enlever son téléphone. Le seul lien qui le rattachait à son ami.

— Écoute, elle a peut-être tué mon père. Je ne peux pas tout t'expliquer. Mais j'ai eu des nouvelles par le lecteur de mon blog. Je sais enfin qui c'est...

Il ne put en dire davantage, stoppé par le bruit des pas de sa mère faisant craquer le bois de l'escalier.

— C'est, elle !

— Qui elle ? Qu'est-ce que tu racontes, Ed ? T'as l'air flippé ! Tu es sûr que ça va ?

— Il faut que je raccroche, ne m'appelle pas, c'est moi qui te contacterai...

La conversation fut interrompue, laissant Henry-Pierre plongé dans un malaise angoissant. Il glissa dans sa poche de pantalon, le morceau de papier où il avait noté le nom et l'adresse de la personne à rechercher, se demandant pendant tout le déjeuner ce qu'il allait en faire. Edward était fragile. Capable de s'inventer des dangers. Capable d'entendre des voix, de voir le fantôme de son père, d'emmener un flingue au lycée avec la ferme intention de tuer ses anciens harceleurs. Il était imprévisible, et sans doute en proie à une nouvelle crise psychologique aiguë.

Alors, après le déjeuner, Henry-Pierre fila au CDI du collège pour se documenter sur les chocs post-traumatiques à la suite d'un décès d'un parent et ce qu'il lut ne le rassura pas. Edward avait tous les symptômes d'un mec qui perd pied, incapable d'accepter le deuil et qui se met en état de veille et de défense permanente. L'article disait : "Le sujet peut s'attendre sans raison à ce que les autres lui nuisent, le trompent, lui veulent du mal. Des névroses, des phobies, des délires paranoïaques peuvent apparaître, plusieurs mois après le choc. Le sujet peut se sentir en permanence en danger, attaquer et répondre par la colère ou la contre-attaque." *Merde*, pensa HP, dépité devant une foule de pages internet consacrées à ce genre de blessures psychologiques. Il lut encore un chapitre sur les risques aggravés chez les sujets ayant des antécédents de dépression, une personnalité fragile, un environnement familial peu sécurisé et des troubles psychiatriques familiaux. Exactement le profil de son ami ! Henry-Pierre se sentait déchiré. La conscience écartelée entre le bien et le mal. Il aimait Edward et ne lui souhaitait que du bien, mais la définition du bien lui posait problème dans cette situation. Comment savoir du haut de ses quinze ans ce qui était réellement le mieux pour aider son ami ? Comment croire que Rose Barzac pourrait avoir éliminé son mari, alors que la police avait conclu à un accident ? Comment penser qu'une mère puisse vouloir nuire à son propre enfant ? Et pour quelles raisons ? Tout cela ne tenait pas debout et HP passa la journée à gamberger. Était-ce trahir un ami que de ne pas l'aider à s'enfoncer dans une phobie ? Une démence ? Une impression de persécution qui ne pouvait être qu'une impression puisque sa mère n'avait cessé de prendre soin de lui à Courchevel. D'un autre côté, il pouvait très bien se rendre à Chatou, poser quelques questions au voisinage de cette Isabelle Mangin et respecter la confiance de son ami, même si les propos qu'il avait tenus semblaient incohérents.

À la fin de la journée, Henry-Pierre ne savait plus où il en était, ni ce qu'il devait faire pour agir correctement. Alors, une fois de plus, il s'en remit à Dieu et passa à la chapelle de l'Institut Saint-Nicolas avant de rejoindre son bus. Il fit brûler un cierge en priant le Seigneur de lui indiquer le bon chemin. Il remit son choix dans les mains de Dieu en récitant cinq fois son "Notre Père". Mais Dieu ne lui souffla rien d'autre que son amour pour cet être un peu barge qui avait croisé son chemin et auquel il avait juré une confiance et une amitié immortelles. Alors, Henry-Pierre téléphona à sa mère pour l'avertir de son retard. Il avait un exposé. Il allait travailler chez un ami et ne rentrerait pas directement. Sa mère approuva son sérieux et lui proposa de venir le chercher chez cet ami, dès qu'il aurait terminé.

— À quelle adresse ? lui demanda-t-elle.

— 25, avenue des Pins à Chatou.

30

ROSE ENTRA SANS FRAPPER, alluma la lumière, remonta les volets et déposa un plateau-repas sur le lit, avec un sourire d'infirmière. Une sorte de dynamisme forcé et impersonnel.

— Je t'ai fait une soupe de légumes.

— C'est bon, maman, je vais mieux. Je voudrais aller prendre l'air cet après-midi. Je crois que je peux retourner au lycée.

— Hors de question, Ed ! D'ailleurs, tout est arrangé pour le lycée.

Elle avait dit cela, en s'emparant discrètement du classeur "papa" qu'elle fit mine de déposer sur le bureau comme si de rien n'était. Edward s'en voulut de l'avoir laissé échapper.

— Qu'est-ce qui est arrangé, maman ?

— Tes cours par correspondance ! répondit-elle dans un sourire illuminé qui le glaça d'effroi.

— Je ne veux pas de cours à la maison. Je veux sortir…

— Pas maintenant ! Le lycée te fait trop de mal, poursuivit-elle en époussetant le bureau dans un geste nerveux. Tu vois dans quel état tu es après un jour d'école ? Tu es beaucoup trop fragile. C'est très simple, tu recevras tes cours par mail et j'ai engagé un percepteur qui arrivera en fin de semaine. Il est aussi doué en comptabilité, il remplacera Florence qui nous a quittés ce matin. Je ne t'ai pas dit ? Sa mère a fait un AVC, elle est partie pour Paris et va probablement rester auprès d'elle à présent. J'ai donc aussitôt contacté une autre personne. Il s'appelle Stéphane Nobécourt. Je me suis dit qu'une présence masculine te ferait du bien.

Edward avait l'impression de se trouver dans un cauchemar. Chaque nouvelle énoncée par sa mère le poussait peu à peu dans une caverne sans fond et sans issue. À la regarder si calme, si parfaite, déblatérer les preuves criantes de l'isolement dément qu'elle lui faisait subir, Edward comprit qu'elle était vraiment dangereuse. Complètement tarée. *Je n'aurai pas le temps de trouver les preuves avant de devenir dingue, moi aussi. C'est peut-être ce qu'elle cherche. M'étouffer de son amour. Me séquestrer. M'emporter dans son délire. Il faut que je me casse d'ici, et vite !* pensa-t-il, se levant aussitôt d'un bond pour récupérer son classeur.

— Qu'est-ce que tu fais ? Où vas-tu ? hurla sa mère quand elle le vit sauter hors du lit tel un animal traqué.

— Je sors. J'ai besoin d'air, maman, dit-il en agrippant son classeur.

— Hors de question !

Elle se posta devant la porte, les bras en croix à la façon des vigiles à l'entrée des boîtes de nuit.

— Tu vas m'en empêcher ?

— Oui. Tu es malade… Un enfant malade ne sort pas, c'est trop dangereux, pas avec ce froid !

Edward commença alors à réunir nerveusement ses vêtements pour s'habiller, tandis que sa mère tourbillonnait autour de lui, confisquant son pull, son pantalon pour l'empêcher de partir. Il la repoussa plusieurs fois, d'abord gentiment, puis fermement. La projetant de toutes ses forces sur son lit.

— Laisse-moi respirer, c'est toi qui es malade ! Complètement tarée !

La tête de Rose alla heurter le rebord de la table de chevet dans un bruit sec ; elle glissa sur le sol, inerte. Edward ne s'en aperçut pas tout de suite, s'agitant, se débattant pour s'habiller le plus vite possible, avec en pensée une obsession : fuir. La fuir. Quitter cet amour étouffant et malsain.

— Tu m'as drogué, tu m'empêches d'aller au lycée, tu as renvoyé Florence parce qu'elle devenait sympa avec moi… T'es malade ! Tu m'as menti, tu n'as jamais guéri, tu ne guériras jamais.

Il finit quand même par s'apercevoir du silence de sa mère et la découvrir évanouie au pied du lit. Il l'appela plusieurs fois, mais ses paupières demeurèrent closes, son corps sans vie. Écartelé entre son désir de fuite et l'impossibilité d'abandonner sa mère dans un tel état, Edward resta planté devant elle, s'agitant, trépignant, se retournant, cherchant une aide qui n'existait pas.

— Maman, je dois y aller. Maman, je ne sais pas pourquoi tu me veux du mal, mais tu ne peux pas m'enfermer entre quatre murs. Je ne suis pas ton jouet, putain ! Tu entends ? J'ai besoin de vivre, loin de toi, tu me fais du mal. Tu me fais trop mal.

Il se gratta la tête et se frotta le visage, comme si des toiles d'araignées l'empêchaient de penser. Il avait envie de chialer, de la prendre dans ses bras, de la battre, de la tuer, tout se mélangeait dans son cerveau. Il l'entendit gémir, il frissonna. Était-elle en train de mourir ? Complètement paniqué, il sortit son portable et composa le numéro d'urgence sur son téléphone.

— Allô, oui, venez vite, ma mère s'est cogné la tête et elle a perdu connaissance.

Il leur transmit l'adresse sans aucune autre indication. Il fourra le classeur "papa" dans son sac à dos, avec son chargeur de téléphone. Sa conscience le torturait. Il l'avait frappée, elle était à terre, il ne pouvait pas l'abandonner ainsi. Il était sur le point de s'agenouiller à ses côtés pour s'assurer que sa blessure à la tête n'était pas trop grave quand il entendit une sonnerie de portable signaler un SMS. C'était le téléphone de sa mère, qui avait glissé de sa poche lors de sa chute. Il hésita, jeta un coup d'œil à sa mère, toujours évanouie, puis il récupéra l'appareil et lut le message. Ce qu'il vit le fit se relever d'un coup, attraper son manteau et quitter la chambre à toute vitesse. Le SMS qu'il avait intercepté confirmait ses appréhensions.

"Tiens le coup mon amour. Nous serons bientôt libres."

Le message était signé Stéphane.

Désormais tout s'expliquait. Sa mère avait un amant, elle avait tué son père sans doute avec sa complicité et celle de cette Isabelle Mangin et ils allaient se débarrasser d'un adolescent trop pesant. Il n'avait pas rêvé. Il n'était pas fou. Stéphane, le soi-disant précepteur allait débarquer au chalet, et ils allaient le buter. Il courut droit devant lui, le plus vite possible. Il fallait fuir, ne pas se retourner et trouver le moyen d'échapper à leur plan machiavélique.

31

Dans la panique, Edward avait couru vers le village, espérant trouver une solution à sa déroute. Existait-il un numéro vert pour les gosses en danger de mort dans leur propre famille ? Il pensa aux flics, aux médecins, aux assistantes sociales. Il avait envie de hurler : “Au secours ! Je vous en prie ! Ma mère est folle et peut-être criminelle, elle me séquestre.” Il courut sans arrêt, ne sachant où trouver refuge, persuadé que personne ne le croirait. Que personne ne pourrait envisager une telle horreur. Il avait étudié ça en cours d’histoire. Les témoins des camps de la mort. Ceux qui avaient vu, ceux qui avaient hurlé au monde que des hommes faisaient entrer des femmes et des enfants sous des douches, qu’ils les gazaient, les tuaient et les brûlaient dans des fours comme des volailles. Il se souvenait de ces témoignages qu’on n’avait pas voulu croire, parce que l’inhumanité était insupportable aux yeux des hommes. Qu’elle soulevait le cœur, l’âme, et déchiquetait la peau à rendre fou. Valait-il mieux détourner les yeux que de regarder en face la monstruosité dont les humains étaient capables ? Plus il courait, plus il se savait perdu. Seul dans ce labyrinthe mortel et sans issue que les autres nomment la famille. Un refuge sacré pour la plupart des gens, un enfer pour d'autres. La puanteur pour d'autres. Le lieu du viol, des coups, de l'humiliation, de la torture parfois. Pourquoi les hommes avaient-ils tant de mal à l'admettre ? Les gosses n'étaient pas toujours en sécurité dans leur maison, car c'était là que pour certains leur vie se faisait bousiller à jamais. Une violence sans témoins, bien calfeutrée derrière les doubles rideaux.

Il s'arrêta à quelques mètres du lycée. Il s'était dirigé inconsciemment vers son rêve d'une vie simple et sans heurts. Vers cette fille qui l'avait accueilli sans poser de questions. Il se retrouva seul sous la neige qui commençait à tomber. Les autres élèves étaient en cours. Bien au chaud dans leurs existences sans soucis, hormis quelques montées hormonales et un fugace mal de vivre. Il les envia, assis sur un banc d'arrêt de bus. Un SDF. Voilà ce qu'il était devenu. Un homme qui fuit son passé et n'a aucune place dans l'avenir. Le visage enfoui sous sa capuche, il attendit la sortie des cours. Il voulait la revoir. L'apercevoir, la regarder un peu pour avoir le courage de poursuivre sa route dans le froid, la nuit, l'incertitude, plié sous la culpabilité d'avoir frappé sa mère. Il se sentait sale, honteux. Ne sachant plus s'il était victime ou coupable.

À cinq heures, il l'aperçut au milieu de la déferlante adolescente. Tina riait, gesticulait, blaguait avec les autres. Sans hésiter, il s'avança tel un mort-vivant. Droit sur elle. Fendant cette masse de corps juvéniles qui se scindait à la faveur des affinités. Elle se retourna et l'aperçut avant qu'il ne l'atteigne. C'était comme si elle avait senti sa présence, comme s'ils étaient connectés. Tina délaissa le groupe et vint à sa rencontre. Dans son visage, il reconnut l'incompréhension, l'inquiétude. Il devait être blafard. Trempé des pieds à la tête. Alors, il fit un effort pour lui sourire. Il ne voulait pas l'effrayer. Il voulait juste la voir. Lui parler. S'assurer qu'il n'avait pas rêvé.

— Edward ? Qu'est-ce qui se passe ? Tu as l'air malade…

Sans lui répondre, il lui prit la main et l'emporta un peu à l'écart. Elle se laissa guider sans commentaires.

— Je voulais te revoir, lui dit-il simplement.

— Tu vas partir ?

— Peut-être… Je ne sais pas ce qui va m'arriver, Tina. Ma vie est compliquée. Je voulais juste que tu saches que je ne suis pas fou.

— Pourquoi tu crois que…

— Regarde-moi, Tina. Est-ce que tu crois que je suis taré ?

Il l'interrogea sur un ton qui n'appelait pas la plaisanterie. Un ton de condamné à mort. Tina le dévisagea profondément. Laissant son regard plonger dans le sien en toute confiance et lui sourit affectueusement.

— Non, Edward, finit-elle par lui répondre. Tu n'es pas fou, juste apeuré. C'est ce que je vois. Tu es effrayé. Qu'est-ce qui se passe ?

— Ne change jamais d'avis, Tina. Tu me le promets ?

Tina lui promit sans trop savoir ce qui se passait, ni pourquoi le nouveau mettait tant de cérémonie dans ce face à face. Elle promit et lui offrit son joli sourire. Il s'en contenta, osa déposer un baiser sur sa joue avant de reprendre sa fuite à toute allure. Il entendit son prénom dans son dos comme une caresse. "Edward." Il ne se retourna pas. Sachant parfaitement qu'il n'avait rien à lui offrir.

Il s'engagea cette fois sur la route des pistes, du côté de la forêt. Il courut encore une bonne heure sans arrêt, avant que la nuit ne l'écrase d'une chape noire et humide.

Il trouva refuge dans une grotte, conscient qu'avec le froid qu'il faisait, sans duvet ni vivres, il ne pourrait pas tenir longtemps. Il fallait trouver une solution. Par prudence, il avait éteint son téléphone et ôté la carte SIM, afin de ne pas être pisté par les flics. Il entendit au loin le bruit de la dameuse. Il ignorait où il se trouvait, sans doute à quelques kilomètres du domaine skiable, mais il n'avait plus la force de s'enfoncer davantage dans la nuit, craignant de tomber dans un précipice. Il était évident que sa mère allait avertir la gendarmerie de sa fugue, ou peut-être prévenir son amant pour le prier de la rejoindre et, ensemble, le traquer comme une bête sauvage, se débarrasser de lui avant que la police ne le retrouve. À cette idée, il s'enfonça davantage dans la grotte. Qui contacter ? Helena était trop loin, HP aussi. Il pensa à Jean. Le meilleur ami de son père, celui qui lui avait offert ses premiers skis, celui qui le considérait comme son fils. Jean pourrait le croire, lui. Il n'avait jamais vraiment apprécié sa mère. Il se souvint d'une conversation qu'il avait surprise enfant entre les deux hommes. Il devait avoir dix ans, il s'était endormi sur le canapé, puis dans son demi-sommeil, ils les avaient entendus.

— Tu es heureux, Paul-Thomas avec Rose ? Je veux dire, depuis que vous avez eu Edward ? avait demandé Jean.

— C'est compliqué, avait répondu son père en se servant un café. J'aurai préféré que les choses soient différentes, mais j'aime Rose. Je l'ai aimée au premier regard, quand je l'ai vue jouer salle Pleyel. Elle m'a toujours soutenu et supporté. Alors, oui, la naissance de notre enfant a changé beaucoup de choses, elle n'était peut-être pas prête à devenir mère… mais je sais qu'un jour elle guérira et qu'elle aura la force de dire à son fils tout l'amour qu'elle lui porte.

Il se souvint encore que son père avait pleuré et que c'est pour cette raison que le petit Edward avait fait semblant de dormir. Il avait fermé ses yeux d'enfant et il s'était promis de ne jamais faire souffrir cet homme et d'attendre bien sagement la guérison de sa mère et cet amour qui, un jour, devait éclater au grand jour.

Il pleurait lui aussi à présent dans cette grotte obscure, il pleurait les faux espoirs de son père. Rose avait toujours caché son jeu, peut-être mené une double vie et son père s'était fait avoir. C'était dégueulasse. La vie était dégueulasse de s'en prendre toujours aux êtres formidables et de laisser survivre des salauds. De condamner des gamins à mort et de laisser s'enfuir les criminels de guerre.

— Comment peux-tu croire en Dieu, HP ? dit-il à voix haute, comme si son ami était là, à ses côtés.

Il aurait tant aimé le savoir avec lui, là, dans ce gouffre sans fond. Alors, il lui parlait.

— Je t'envie parce que ça a l'air plus simple de croire en quelque chose quand la vie est hideuse, mais franchement, c'est quoi ce dieu qui rappelle à lui les plus belles personnes pour laisser les monstres œuvrer en toute impunité ?

Il s'essuya les yeux avec les manches de son blouson, sortit son téléphone et remit la carte SIM. Dix SMS. Sept appels. Trois messages vocaux. Certains provenaient du téléphone de sa mère, d'autres de numéros inconnus, sans doute de la gendarmerie. Il se contenta de lire rapidement le SMS de HP.

"Rien sur Isabelle Mangin. Personne ne l'a revue depuis des mois. D'après une voisine, elle serait partie en mission en Afrique, elle est aide-soignante. Personne n'a sa nouvelle adresse ni son téléphone. Désolé, *man*. Sinon, ça va ?"

— Merde ! pesta Edward, avant d'éteindre de nouveau son téléphone par prudence.

Il était coincé pour la nuit, au milieu de nulle part, tremblant de froid, de faim, sans réponses, sans preuve, avec pour unique espoir celui de faire comprendre à Jean qu'il était vraiment en danger de mort. Il entendit un aboiement. Peut-être un hurlement, mais les loups ne l'effrayaient plus. Il se sentait même en sécurité au milieu de cette nature, préservée de la folie des hommes. Il décida d'attendre le matin pour agir.

La nuit fut longue, mais la solitude beaucoup plus rassurante que son foyer. Il s'accrocha à Tina pour tenir le coup. Il avait été heureux de la revoir. Heureux d'avoir osé lui prendre la main, lui parler, l'embrasser. *Quoi qu'il m'arrive, j'ai laissé une trace dans son cœur*, se dit-il. *Une image vraie de moi. Elle sait qui je suis.* Le lendemain à quatorze heures, il aurait dû la rejoindre avec ses amis au bas des pistes. Il savait qu'il n'y serait pas. Qu'il allait louper ça aussi. Ce premier rendez-vous. Cela lui fit penser aux héros des films qu'il aimait. Agents secrets, flics ou voyous, des mecs qui vivaient le pire et revenaient parfois se blottir contre le corps d'une femme pour se souvenir qu'ils étaient encore des humains. Il pensa à l'amour. À la peau d'une fille comme Tina. Imaginant les contours, les pentes et les revers, les creux et les fentes. La chaleur et la moiteur. Il y pensa à s'en crever le cœur. Il ne voulait pas mourir avant d'avoir connu ça. La douceur d'un lit d'amour. Cette buée sur la fenêtre d'une chambre qui refuse de s'ouvrir au reste du monde, juste pour une nuit, juste pour prolonger ce temps à deux où les amants soupirent et font taire les horreurs du monde. Cet infime espoir le réchauffa dans cette nuit glaciale et solitaire.

Il se leva et s'étira quand il perçut les premières lueurs de l'aube. En contrebas, il aperçut la station, nichée sous la neige. Minuscule comme une maquette dans une boule de souvenirs. C'est là que sa vie allait commencer ou finir. C'est là qu'allait se jouer son destin. Il se mit en marche sous les sifflotements fébriles des oiseaux frigorifiés. Il venait de traverser sa première nuit blanche, seul, désespéré et bien loin de cette impression de liberté invincible que ressentent les adolescents au sortir des soirées électros.

32

Jean buvait un café sur sa terrasse quand Edward parvint chez lui aux environs de huit heures du matin. Sans se faire remarquer, il se faufila à l'intérieur du chalet et se rua vers une miche de pain frais. Il la dévora à pleines dents, s'étouffant à moitié, prenant à peine le temps de mâcher tant son estomac réclamait. Il se servit un café et se brûla la langue dans un cri étouffé. Il se posta près du feu, ôtant précipitamment ses vêtements trempés pour se réfugier sous une couverture qui gisait sur le canapé.

— Edward ? Mais qu'est-ce que tu fais là ? interrogea Jean lorsqu'il découvrit l'adolescent en caleçon dans son salon, le visage blême, les lèvres violacées, emmitouflé dans une couverture. Tu as l'air tétanisé. Qu'est-ce qui se passe ?

Jean, inquiet, s'approcha de lui pour l'enserrer, mais Edward recula, l'air paniqué.

— J'ai fugué. Il faut que tu m'écoutes. Tu es la seule personne qui puisse me croire, Jean. Je crois que ma mère veut se débarrasser de moi. J'ai découvert qu'elle avait un amant. Elle m'empêche de sortir, elle resserre peu à peu ses bras autour de moi pour m'étouffer dans la maison, pour me rendre dingue, tu comprends ? Elle veut que je mette fin à mes jours. Je ne sais pas où aller. Elle est ma mère, ma responsable légale comme on dit, c'est un putain de piège ! Personne ne va me croire parce qu'on me prend pour un dingue, mais toi, je sais que tu peux me protéger. Hein, Jean, tu vas me protéger ?

Jean demeura sans réaction, hébété, et Edward comprit que son ultime espoir venait de se briser. L'ami de son père l'invita à se calmer, à manger, à se reposer, il s'inventa mille et une raisons pour ne pas répondre à son appel au secours. Le monde des adultes était vissé par les règles, les lois, les responsabilités et Edward, devant la réaction raisonnable de Jean, comprit qu'il n'avait plus aucune marge de manœuvre. Personne ne pourrait l'aider. Alors, il prit sur lui pour se calmer et rassurer l'adulte qui lui faisait face. Il accepta de s'asseoir et de reprendre son récit avec le plus de distance possible.

— Jean, lui dit-il. Je sais que tout ce que je raconte paraît dément. Mais je t'en prie, quoi qu'il arrive, promets-moi de te souvenir des noms que je vais te lister. Tu veux bien les noter ?

— Edward… se défendit Jean.

— Jean, en souvenir de papa ! En souvenir de papa !

Ses sanglots percutaient les parois de son larynx, il avait du mal à garder le contrôle.

Alors Jean s'exécuta dans un regard triste. Il prit une feuille de papier, un stylo et nota sans y croire. Edward en était parfaitement conscient, mais peu lui importait, il voulait laisser des preuves. Désormais, il parlait comme un homme en sursis, un être piégé par son jeune âge, son manque de liberté, un garçon dépendant de sa mère et la phrase de Victor Hugo revint marteler sa tête. “Condamné à mort ! Quoi que je fasse, elle est toujours là, cette pensée infernale…” Tant pis s’il crevait, mais il voulait qu’un jour ou l’autre vérité soit faite. Alors, il obligea Jean à noter des noms, des pistes, des reliques d’un passé monstrueux, qui peut-être un jour conduirait Rose Barzac et son amant à pourrir en prison. Il en était persuadé, sa mère avait tué, sa mère avait menti, sa mère n’était plus celle que son père avait connue. Peut-être même ne l’avait-elle jamais été.

— Ce sont des gens qui peuvent apporter la preuve de ce que je te dis, poursuivit-il froidement. Ma mère a tué mon père et veut me pousser au suicide. Ne me demande pas pourquoi. Mais je sais ce que je sens. Et ce que je sens n’est pas le fruit de mon imagination. Note, Jean, s’il te plaît et tu en feras ce que tu voudras. Helena Romierggi, mon ancienne dame de compagnie, elle réside à Rome, je communique avec elle depuis la mort de mon père *via* un blog, “Journal d’un fils”. Ma mère l’a virée le lendemain de l’accident et lui a demandé de ne plus me joindre contre la somme de trente mille euros. Mme Hagger, la cuisinière, elle aussi a été forcée de partir, elle a sans doute décelé quelque chose, j’ignore si elle a reçu de l’argent. Florence Richarte, l’assistante de ma mère qui l’a aidée à mettre en ordre la fortune de papa, elle est au courant des versements ou autres magouilles de ma mère. Elle aussi s'est fait virer hier, parce qu'elle devenait trop proche de moi, et sans doute parce qu'elle n'était plus d'aucune utilité à ma mère, puisque son amant va venir la rejoindre au chalet. Enfin, Isabelle Mangin. Cette femme a été très présente dans la vie de ma mère les derniers mois avant la mort de papa, mais bizarrement elle a complètement disparu. D'après Helena, cette femme sait quelque chose. Elle habitait au 25, avenue des Pins à Chatou. Voilà, quant à l'amant de ma mère il s'appelle Stéphane Nobécourt, je ne sais rien d'autre, mais il va se pointer à Courchevel ces jours-ci.

Jean nota sans chercher à comprendre, le visage désolé. Celui d'un homme qui a devant lui un ami, un être cher, qu'il ne peut plus sauver. Dans ses yeux mouillés, Edward décela un jugement définitif. Le seul acceptable. Peut-être le moins horrible. Il lut la folie comme seul refuge à une réalité insupportable. *Il me prend pour un fou*, pensa-t-il, admettant qu'après tout, il n'avait peut-être pas tort. Il insista encore, avant que des coups secs viennent marteler la porte du chalet.

— Promets-moi de jeter un coup d'œil à cette liste si tu as un doute, Jean. Le moindre petit doute sur ma santé mentale. Le moindre doute sur ma mère…

— Je te le promets, fiston, répondit Jean, dans un soupir macabre. Mais j'ai connu ta mère, Edward, avant et après ta naissance. Et je peux te dire que cette femme est incapable de vouloir du mal à son enfant. Je suis désolé, fiston, mais je crois que tu dois te faire soigner. La mort de ton père t'a fait trop de mal, je t'en prie, laisse les adultes prendre soin de toi…

— Gendarmerie nationale ! prévint une voix à l'extérieur.

Jean hésita, se leva, prit Edward dans ses bras et le serra de toutes ses forces dans un sanglot étouffé.

— Je t'aime, fiston. Je vais te sortir de là, je te le promets. Je ferai tout pour que tu retrouves ta santé…

— Je t'aime aussi, Jean, répondit Edward en le regardant droit dans les yeux.

Jean acquiesça, d'un air désolé, essuya son visage, se redressa, avant d'aller ouvrir et de laisser entrer les deux gendarmes.

— Nous recherchons…

— Il est là, les prévint-il simplement en les invitant à entrer. Il vient de débarquer. Il est fragile, soyez prudents, je vous en prie.

Edward se leva, laissant venir à lui les deux hommes.

— Tu vas bien, petit ? demanda l'un des agents.

— Non, j'ai peur. Je suis parti de chez moi, parce que ma mère veut me tuer et je crois qu'elle a tué mon père. Elle m'enferme, me séquestre et me pousse au suicide.

Les deux hommes avalèrent son aveu sans broncher. Se contentant d'interroger Jean du regard, à la recherche d'une explication, et ce dernier baissa les yeux. Le calme, la froideur avec lesquels Edward avait transmis l'information les désarçonnèrent complètement. On aurait dit deux gamins dans des costumes de gendarme. Alors, Edward réitéra. Il ne savait plus si ce qu'il disait était un SOS ou une condamnation.

— Ma mère veut me tuer, faites ce que vous voulez, mais ne me ramenez pas chez moi. Je vous en supplie !

— C'est toi qui as frappé ta mère, Edward, fit remarquer l'un des agents en s'approchant doucement de lui comme d'un chat sauvage. Tu ne t'en souviens pas ? Les secouristes l'ont retrouvée inerte dans ta chambre. Elle va s'en sortir…

Edward l'avait oublié. Il l'avait frappée. Et il vit dans le regard du gendarme toute la culpabilité qui pesait sur lui. Pour eux, il était un gamin psychologiquement fragile et agressif, qui en plus avait un passif de délinquant. Un adolescent qui avait assommé sa mère et qui avait braqué une arme sur ses camarades quelques mois plus tôt. Tout jouait contre lui et il n'avait rien ni personne pour témoigner de ce qu'il avait vécu. Alors la panique le reprit, il se leva, voulut s'enfuir avant d'être maîtrisé par les forces de l'ordre. Il mit à hurler dans le chalet. À hurler aux loups sa douleur et sa peur.

— Ma mère me séquestre ! Je vous en supplie ! Ne me ramenez pas chez moi ! Ma mère va me tuer !

33

— ALORS EDWARD, comment vous sentez-vous aujourd'hui ?

— Mieux. Les infirmières sont gentilles avec moi. Je resterais bien là toute ma vie. C'est calme ici. Paisible. Rassurant. C'est vraiment un asile…

Edward s'était machinalement mis à aligner les feutres de couleur qui traînaient sur le bureau du psychiatre Stein. Rouge, orange, jaune, vert, bleu, indigo et violet. Le vieil homme lui faisait penser à son grand-père maternel qui avait la maladie d'Alzheimer. Il ne l'avait pas revu depuis des mois. Il pensait souvent à lui depuis qu'il avait été interné.

— Quoique parfois, les malades sont vraiment flippants ici, ajouta Edward dans un petit rire nerveux, devant le visage impassible du psychiatre. Comme Karl, qui me prend pour son chien et veut que je rattrape le bâton. Il va s'en sortir ?

— Nous ne sommes pas ici pour parler des autres patients, mais de vous, Edward. Ressentez-vous toujours cette peur intrinsèque ? Cette impression que votre maman vous veut du mal ?

— Oui.

— Vous savez depuis combien de temps vous êtes ici ?

— Quinze jours.

— Votre mère ne vous manque pas ?

— Quelqu'un qui veut vous tuer peut-il vous manquer, docteur ? Parfois, j'ai l'impression que c'est vous qui êtes dérangé, avec le respect que je vous dois. Non, seul Henry-Pierre me manque. Je pourrais lui téléphoner ? Lui écrire ?

— Bientôt... Je vous le promets, vous pourrez contacter vos amis, mais après cette crise de paranoïa aiguë, l'isolement était nécessaire.

— Mon ami...

— Pardon ?

— Henry-Pierre est mon seul véritable ami. Vous lui avez dit que j'étais malade ?

— Oui, nous avons téléphoné à ses parents, précisa le docteur Stein dans un sourire paternaliste. Il attend que vous repreniez des forces, lui aussi.

Depuis son internement d'urgence en institut psychiatrique, Edward s'entretenait tous les jours avec le psychiatre Stein. Comme il l'avait parfaitement envisagé, personne n'avait cru en la culpabilité de sa mère. "Une femme délicieuse, généreuse" qui avait bien du mal avec son enfant violent. Voilà ce qu'on pensait d'eux. Tel était le point de vue du personnel de l'hôpital, des flics, et même de Jean qui avait refilé à Stein la liste de noms qu'il lui avait dictés, soi-disant pour l'aider dans sa guérison. Il était taré. Les faits jouaient contre lui. Sa mère jouait contre lui, effaçant les traces ou achetant le silence des témoins gênants. Un gosse fragile, sujet aux crises d'angoisse, souffrant de TOC et de crises de violence, un enfant qui avait perdu son père, une maman qui avait retrouvé sa santé mentale et dont il ne pouvait supporter l'amour ; tout cela l'avait conduit à une grave crise de paranoïa. C'était la version du docteur Stein. Une bouffée délirante qui l'avait poussé à imaginer un complot initié par sa mère. Le psychiatre lui avait expliqué que cela risquait de mettre du temps à s'évaporer, mais que son traitement et les séances de psychothérapie finiraient par faire taire en lui cette impression que sa mère lui voulait du mal.

À leur arrivée au chalet de Jean, les secouristes lui avaient injecté un sédatif par intraveineuse et il s'était réveillé attaché à un lit blanc, dans une chambre monacale, sans table, ni chaise, ni cadres aux murs, privé de tous ses objets personnels. Un vrai prisonnier. Les trois premiers jours, il n'avait pas quitté cette chambre, engourdi par la camisole de force chimique qu'on lui avait fait subir. Puis il avait eu le droit de sortir dans le parc de l'hôpital et de commencer sa thérapie avec le docteur Stein. Depuis quinze jours qu'il était interné, il n'avait pas revu sa mère. Cette séparation faisait partie de son traitement. Pas de visite. Pas de coup de fil, ni de courrier. Aucune connexion avec le monde extérieur. Il savait pourtant que Rose prenait de ses nouvelles tous les jours. Elle continuait à jouer les mères parfaites. Elle avait même poussé le vice jusqu'à faire une dotation de cent mille euros à l'hôpital, "pour leurs recherches", avait-elle précisé. Edward avait entendu avec effroi les infirmières s'en vanter. Rose avait les moyens. Rose savait tromper son monde, acheter, manipuler, broyer, mais il était le seul à le savoir.

— Pourquoi avez-vous frappé votre mère ? avait demandé Stein lors des premiers entretiens.

— Parce qu'elle m'empêchait d'aller au lycée. Elle a été absente toute mon enfance, et maintenant que j'ai quinze ans, elle veut me lire des histoires et faire joujou. C'est malsain.

— Votre mère a eu une naissance difficile, Edward, vous le savez. Son absence n'était pas un manque d'amour, pas plus que son hyper-présence aujourd'hui.

— Je sais tout cela, docteur. Mais vous trouvez normal qu'elle renvoie tous les gens qui sont sympas avec moi ? Qu'elle me pousse à rester au lit au lieu d'aller au lycée ? Qu'elle me fasse boire un somnifère le matin...

— Vous étiez fiévreux, Edward. Vous déliriez, votre mère vous a donné un sédatif pour vous calmer. Et elle a bien fait... Dieu sait ce que vous auriez pu lui faire sans !

— Je ne délirais pas ce matin-là, docteur, j'avais la joie de vivre, j'étais heureux d'aller au lycée... C'est elle qui me séquestre.

— C'est ce que vous pensez, Edward, c'est ce que vous ressentez... Ce n'est pas la réalité.

Chaque jour, Stein tentait de le convaincre de la complexité de l'esprit humain. Lui rappelant les recoins obscurs du mental qui parfois projettent l'individu dans des états de démence. D'après le psychiatre, Edward avait sombré dans une crise de paranoïa, s'inventant des complots, des complices, des préméditations.

Chaque jour, Edward tenait bon, refusant le diagnostic. Il n'était pas fou. Il savait ce qu'il avait vécu et, à chaque entretien, il tentait désespérément de trouver une brèche, une issue, pour convaincre le médecin de sa santé mentale.

— Et son amant ? J'ai rêvé peut-être ? Il lui a posté un SMS. Ils veulent être libres !

— Libre pour une femme veuve, Edward, ce n'est pas tuer son fils, mais réussir à montrer au grand jour son nouvel amour. Mais cet amant est aussi le fruit de votre imagination. Votre mère vit seule et elle m'a certifié qu'elle n'avait personne…

— Interrogez Florence Richarte ou Helena Romierggi, lisez mon blog… et les gens vous diront que ma mère n'a pas un comportement sain avec moi.

— Edward, soupira Stein dans un visage de désolation, ces gens sont injoignables. Votre ancienne nounou ne répond pas, quant à cette Mme Richarte, personne ne l'a vue traîner dans le coin. Personne ne la connaît ici. D'ailleurs, votre maman soutient qu'elle ne vous a jamais suivi au chalet. Vous habitiez Courchevel tous les deux, un calme nécessaire après votre première crise parisienne. Croyez-moi, c'est dans votre tête et je suis là pour vous aider à faire la part entre hallucinations et réalité.

— Et mon blog ? Vous êtes allé le lire, mon blog ? interrogea Edward dans un sursaut d'espoir.

— Il n'y a rien à l'adresse indiquée. Rien Edward, je suis désolé, conclut Stein en le raccompagnant à la porte de son bureau. Pas de Mangor, ni de "Journal d'un fils". Il faut que cela vous sorte de la tête… À demain.

Pas de trace. Un plan parfait qui lui laissait peu d'alternatives. Sa mère et son amant avaient soigneusement tout prévu. Désormais deux solutions s'offraient à lui : soit il croupissait en asile psychiatrique, au risque de basculer à jamais dans la folie, soit il se raccordait à l'avis de Stein, acceptait sa paranoïa et sortait pour retrouver sa mère, son amant et leur plan machiavélique qui le conduirait inévitablement à la mort. Piégé quoi qu'il entreprenne, il avait préféré différer sa décision. Faisant une pause dans cet asile de dingues.

Là au moins, il se sentait en sécurité. Plongé dans une sorte de cocon artificiel, il évoluait dans le brouillard que provoquait la prise de neuroleptiques. Son esprit s'offrait un break cotonneux, histoire de retrouver assez de force pour penser à une issue. Mais plus les jours passaient, plus il devinait qu'il ne devait pas trop tarder, au risque de perdre définitivement la raison. Entre Karl qui le prenait pour son chien, Rachida qui était persuadée d'être un fantôme et un autre adolescent qui courait après des oiseaux voleurs de livres, il n'était pas facile de vivre au milieu des malades. À trop végéter parmi eux, il risquait d'altérer pour de bon sa santé mentale. Parfois, il doutait, d'ailleurs. Avait-il pu tout inventer ? Était-il comme Karl et Rachida, enfermé dans un monde fantastique où les adultes avaient des têtes de monstres, de morts ou de chien ? Le docteur Stein avait l'air si sûr de lui. Et le soir, quand ses angoisses revenaient le hanter, il revoyait le visage effaré de Jean, des flics, des secouristes. Était-il réellement fou ? Plus le temps passait, plus il se mettait à douter de lui et à se laisser glisser dans cette vérité qui avait l'avantage d'arranger tout le monde. Plus de mère dérangée, plus de peurs ni de soucis.

Une seule chose le fit se décider.

La mémoire de son père.

L'impression que cette protection médicamenteuse l'empêcherait à jamais de connaître la vérité sur sa mort. L'établissement avait beau être une jolie propriété, ça puait la misère humaine. Certains tournaient en rond, d'autres se figeaient soudainement et pouvaient rester des heures prostrés. Chacun étant enfermé dans son monde, derrière d'immenses murailles inviolables que leur esprit avait érigées pour se protéger d'une vie trop pesante. Son moment préféré était les ateliers d'art thérapie, quand on le laissait jouer du piano et improviser pendant que les autres dessinaient leurs angoisses. Des œuvres parfois belles, souvent effrayantes, des dessins monstrueux qui apaisaient leurs âmes égarées. Il jouait des heures durant, tentant de garder le contrôle, repoussant le doute. Non, il n'était pas fou. Et, quand dans le silence de sa chambre, brisé par les cris ou les pleurs des patients, il en doutait, il se dessinait alors mentalement le visage de Tina. Deux nattes, des yeux rieurs, un rire qui donnait envie d'aimer. Un portrait. Une esquisse. Le fol espoir de vivre un jour au milieu des autres sans souffrir le martyre. Il l'avait lu dans son regard. Profondément. Il n'était pas fou et il fallait qu'il lève le voile.

34

— EH, MON CHIEN-CHIEN ! Va chercher ! Va chercher le bâton !

— T'es lourd, Karl ! répondit Edward à bout de souffle.

— Bon chien-chien, ça ! Cours, cours… très vite !

Karl était un adolescent de deux mètres qui ne cessait de lui coller aux baskets, lui caressant les cheveux comme le pelage d'un chien ou lui attrapant le visage de ses deux grosses paluches pour lui lécher le bout du nez. Karl, comme pas mal de patients de l'hôpital, n'était pas près de sortir de ce trou et, au bout de trois semaines, Edward se dit qu'il fallait qu'il agisse. Il avait envie de parler à HP et le visage de Tina commençait sérieusement à s'effacer. Alors il changea radicalement de comportement et cessa d'avaler les petites pilules du matin. Il avait vu ça dans un film. Il suffisait de faire semblant d'avaler et de planquer le médicament sous la langue.

Au début de l'arrêt de son traitement, il avait ressenti une certaine nervosité, une morosité aussi, mais au bout d'une semaine, le manque des neuroleptiques avait disparu. Pour retrouver son énergie, il s'était mis à faire du sport. Effectuant une série de cinquante pompes chaque matin, avant de se lancer dans des dizaines de tours du parc au pas de course devant Karl, qui invariablement lui demandait d'aller chercher le bâton chaque fois qu'il passait devant lui.

— Alors, Edward. Que penseriez-vous d'une petite visite de votre maman ? proposa Stein après un mois d'enfermement.

Edward avait pris sur lui pour ne pas hurler. Il avait bien réfléchi. Et même si la revoir l'horrifiait, c'était la seule solution. Il fallait lui faire face.

— Très bien. Je suis prêt, avait-il répondu en glissant ses mains sous ses fesses pour éviter d'aligner les stylos devant le psychiatre.

— Parfait. Très bientôt, vous pourrez téléphoner à votre ami… Henry-Pierre, c'est ça ? Il prend de vos nouvelles tous les jours. C'est un véritable ami, sans aucun doute.

— Sans aucun doute, docteur.

— Vous êtes très entouré, Edward, c'est une chance. Jean aussi prend régulièrement de vos nouvelles. Il souhaite s'occuper davantage de vous dès votre sortie…

Edward n'écoutait plus. Il laissait parler le médecin, sachant parfaitement que tout ce qu'il pouvait lui apprendre ne servirait à rien. Une seule chose le préoccupait. Deux en réalité. Téléphoner à HP. Et trouver le moyen de poster au plus vite la lettre qu'il avait rédigée en cachette.

Le premier entretien avec sa mère eut lieu en présence du docteur Stein. À son entrée, son estomac se noua. Rose lui offrit un petit sourire tendre, sagement assise sur sa chaise comme une bonne élève. Il remarqua cette tache sur son cou. Cette marque de naissance qu'il n'avait découverte qu'à la mort de son père. Un détail. Une prémonition. L'impression que cette tache représentait la part cachée de son être. Ce mauvais fond en elle qu'il percevait désormais au grand jour.

— Bonjour, maman, se contenta-t-il de laisser tomber, le plus légèrement possible.

— Oh ! mon chéri… Tu as bonne mine. Le docteur dit que tu vas beaucoup mieux.

Ils échangèrent deux baisers et des banalités. *Joue ton rôle, ma vieille*, pensa-t-il, *je joue le mien, on verra bien qui craquera le premier.*

— Je vais très bien, maman. Et toi ? Comment vas-tu ? Je suis tellement désolé de t'avoir frappé, si tu savais comme je m'en veux.

Un dialogue digne des sitcoms. Du guignol ! Une parodie d'amour. Il regarda ses mains. Ses doigts frêles et longs qui étaient désormais guéris de leurs blessures. Elle portait encore son alliance. Il pensa que quand elle faisait l'amour avec Stéphane Nobécourt, elle devait l'ôter, retirer son masque et rire de cette sombre comédie maternelle. Rire de lui, de son père. Il dut se concentrer pour retenir la colère qu'il sentait monter en lui à sa simple présence. Il parvint même à lui adresser un sourire de gratitude quand elle lui jura ne pas lui en vouloir.

— Tu as repris le piano ? demanda-t-il pour tenter de la déstabiliser devant Stein.

Mais cela ne fonctionna pas. Elle était prête, elle aussi. Entraînée au mensonge, soutenue par son amant.

Un face à face. Voilà ce qu'il ressentit. Un jeu mortel où l'un d'eux y laisserait sa peau. Et il se demanda comment une mère qui s'apprêtait à éliminer son enfant pouvait afficher un calme si terrifiant.

— Non, mon chéri. Je ne recouvrerai jamais ma dextérité, tu le sais. Alors, comme je l'ai expliqué au docteur Stein, je ne jouerai plus. Je ne peux pas devenir une simple amatrice…

Elle dit cela dans un petit rire artificiel et prétentieux.

— Bien, ponctua Stein. Voulez-vous prendre quelques minutes ensemble ? Vous balader dans le jardin ?

Rose accepta. Edward la suivit. Prenant le bras qu'elle lui tendit avec affection. Descendant avec elle les marches de l'escalier de marbre, traversant le hall pour s'engager dans le parc désert à cette heure matinale. Ils firent quelques pas et s'assirent sur un banc.

De sa fenêtre Stein les observait. Ils avaient l'air maladroits. Débutants comme tous les enfants et les parents qui se retrouvaient après une période d'isolement. Il en avait l'habitude. Il fallait renouer ce lien. Trouver les mots, les gestes. Accepter que l'enfant ait changé. De la distance qui séparait le médecin de Rose et Edward Barzac, l'échange semblait calme, serein, timide et tout à fait normal.

— Alors, mon chéri, tu vas bientôt rentrer à la maison. C'est formidable ! Tu me manques tant.

— Laisse tomber ton baratin, Stein ne nous entend pas d'ici.

— Qu'est-ce que tu veux dire ? s'esclaffa-t-elle, les lèvres pincées.

— Rien, maman. Juste que je suis guéri, mais que je ne t'aime pas, pas plus que tu ne m'aimes. On est quittes.

— Mais…

— Souris, maman, souris, Stein nous regarde.

Edward avait remarqué le médecin derrière la fenêtre et il lui adressa un petit signe de la main.

— Quoi que tu aies décidé pour moi, je l'admets.

Un aveu. Quelque chose en lui qui hurlait : "Va au bout, je te suis, on verra bien ce qu'il adviendra." Il sentit sa mère déstabilisée. Elle se contenta de lui lancer un regard interrogatif, derrière lequel se brisait cette fureur maladive qu'il était le seul à déceler.

— Tu joues la comédie ? C'est ça ? Tu n'es pas guéri en réalité ? lui lança-t-elle froidement, en tournant son visage vers le sien.

Il osa soutenir son regard.

— Comme toi. Je suis ton fils, ne l'oublie pas.

Plus rien dans ses yeux à elle. Impossible de lire son sentiment. Alors, il se leva et lui offrit son bras qu'elle ne refusa pas. Il sentit une distance monstrueuse entre eux. Deux étrangers. Deux prédateurs, prêts à s'égorger au moindre faux pas. Ils progressèrent en silence, presque en fuyant, pressés l'un et l'autre de rejoindre le docteur Stein qui les attendait dans le hall. Rose offrit un grand sourire au psychiatre et le remercia avec emphase pour le beau travail qu'il avait accompli avec son enfant. Stein lui proposa de s'entretenir seul à seul avec elle. Elle accepta, déposa un léger baiser sur sa joue et suivit le médecin sans se retourner.

De retour dans sa chambre, Edward s'allongea sur son lit, les yeux rivés au plafond dans cette pièce blanche, sans ordinateur ni téléphone, sans effets personnels à part quelques bouquins. Il était comme un taulard dans les couloirs de la mort. Il en était conscient, mais en entendant les cris des malades, il se dit qu'il préférait la mort à un semblant de vie. Alors, il attendit patiemment le retour de Stein qui vint lui rendre une petite visite une demi-heure plus tard.

— Bien, Edward. Comment te sens-tu après cette prise de contact ?

— Impeccable, monsieur. Ça m'a fait plaisir…

— Tout va bien, alors, tu sortiras vite.

Edward sut à ce moment qu'il ne s'était pas trompé. Sa mère n'avait rien dit ; elle aussi jouait la comédie. Il espérait simplement avoir le temps de poster la lettre qu'il avait cachée sous son matelas, avant de quitter pour toujours ce monde de fous.

35

Un matin, on lui rendit toutes ses affaires personnelles. Sa sortie était imminente. Une histoire de jours. Il était officiellement guéri et redevenu un garçon responsable aux yeux des médecins. Un garçon prêt à vivre, à accepter l'amour de sa mère, à s'intégrer. Pour eux, le traitement avait fait effet. Sauf qu'Edward n'avalait plus rien depuis deux semaines. Se contentant de retrouver le moral en faisant du sport. Bouger, respirer et ne plus penser, avant de foncer vers ce qu'il espérait être la fin de son cauchemar. La vérité. C'est tout ce qu'il demandait. Comprendre ce qui s'était passé dans sa famille pour que sa mère en arrive à vouloir l'éliminer. Savoir pour son père. Savoir et mourir libre. Ou alors, réussir à s'en sortir tel un héros de film d'action, réussir à déjouer les pièges, dénouer l'intrigue et trouver les preuves criantes de son enfer. Avoir la force physique de se défendre. De se battre avec l'amant de sa mère. C'est pour cela qu'il courait chaque matin devant Karl, auquel il s'était finalement attaché. Karl et Rachida, les plus barrés de l'hôpital, qui ne cessaient de le suivre comme un grand frère.

— Je suis morte, tu sais, lui répétait sans cesse Rachida. Je ne suis plus là et tu es le seul à me voir… et ça me fait du bien de parler avec toi. Parce que les autres morts ne disent jamais rien.

— Tant mieux, Rachida, moi aussi j'aime bien parler avec toi, lui répondait Edward, pour la rassurer.

— Si tu veux, je peux mettre le feu à tes cheveux, tu es mort comme moi, tu ne sentiras rien.

— Non, non je ne suis pas une tête brûlée, Rachida, tu sais !

Il réussissait même à s'amuser de cette démence partout autour de lui. Et Rachida riait souvent. Et ça lui faisait plaisir de la distraire un peu, de l'extirper pour quelques minutes de ses profonds et insondables tourments. Edward s'était habitué à leurs étrangetés. Ne les jugeant pas. Rentrant parfois dans leur monde comme un gamin, mais faisant preuve d'assez de maturité et de distance pour en sortir et se préserver.

Ce matin-là, avant qu'on lui rende ses effets personnels, il réussit à poster sa lettre, à l'insu de la secrétaire de la clinique, dont il avait su jour après jour gagner la confiance.

— Un petit café, Martha ?

— Oh, Edward ! Tu es vraiment un garçon adorable. Comment je vais faire quand tu seras sorti ?

— Vous demanderez à Karl de prendre la relève ! Il est très doué pour distribuer des su-sucres. Faudra juste que je lui montre la machine à café…

La secrétaire avait souri, avant d'avaler une gorgée du café noir qu'il lui avait apporté comme tous les matins depuis une semaine. Ils avaient parlé de sa sortie, de sa guérison, de son avenir au lycée et elle s'était absentée pour intercepter un fax. C'est là qu'il avait déposé son enveloppe sur la pile du courrier prêt à poster. Il jouait sa dernière carte. Dans quelques jours, il allait sortir, et cette lettre suffirait peut-être à le sauver. Il avait pris du temps pour la rédiger. Tentant de garder distance face à son histoire, et sur le modèle du procès-verbal, il avait aligné les faits. Quatre pages.

— Je crois que l'assistante sociale et l'infirmière t'attendent dans ta chambre, avait annoncé la secrétaire en revenant vers son bureau.

"Ta sortie est une affaire de jours." C'est ce que les deux femmes qui l'attendaient dans sa chambre lui confirmèrent, en lui rendant toutes ses affaires. Edward noua immédiatement la montre de son père à son poignet. Dans le casier en plastique blanc que lui tendit l'infirmière se trouvaient aussi son classeur et son téléphone portable.

— En accord avec ta mère, précisa l'infirmière avant qu'il eût allumé l'appareil, nous avons effacé les messages de la gendarmerie… ceux de la nuit où tu as fugué. Nous avons pensé que cela te replongerait dans cette crise… J'espère que tu le comprendras…

— Qui a effacé mes messages ? interrogea Edward dans un sourire détendu.

À sa question, l'assistante sociale échangea un petit regard inquiet avec l'infirmière, avant de lui répondre :

— Ta mère, Edward.

— Oui, bien sûr. Pas de problème, vous avez bien fait, elle a bien fait, ajouta-t-il en se saisissant du téléphone éteint qui, il le devinait, avait dû être totalement vidé et passé au peigne fin.

Pas de trace. Un plan parfait concocté par Rose Barzac et son amant Stéphane Nobécourt qu'il n'allait certainement plus tarder à rencontrer. Mais il savait très bien donner le change. Il avait appris à faire semblant. À adopter les bons comportements sociaux qui permettent à un individu de passer pour un être parfaitement équilibré, particulièrement aux yeux des soignants. Il suffisait de ne pas faire d'histoires, de jouer le scénario qu'ils attendaient. Il espéra simplement que HP n'ait pas laissé de messages conservant d'éventuelles découvertes sur Isabelle Mangin. De toute façon, sa mère savait qu'il savait. Plus rien à cacher. Le face à face avec la vérité allait avoir lieu. "Une affaire de jours". Il se préparait à crever, alors que l'assistante sociale tentait de le rassurer sur son retour dans une vie quotidienne d'adolescent.

— Ta maman nous a parlé de ton envie de prendre tes cours à domicile, lui dit-elle sur un ton apaisant. Je pourrais t'aider à mettre cela en place, si c'est ce que tu préfères…

Il eut soudain envie de rire. Tout ce cérémonial pour veiller sur sa santé et sa sécurité avait des allures de blagues. *Si elles savaient où elles m'envoient*, pensa-t-il en réfrénant son rire. *Si elles savaient qu'elles sont tout simplement en train de se faire manipuler par la vraie timbrée de l'histoire et de me jeter dans la gueule de deux monstres.*

— Bien, conclut l'assistante sociale en se levant. Nous allons te laisser passer ton premier coup de téléphone. Cela a dû être long pour toi d'être si longtemps privé de tes amis, mais il le fallait, tu le sais, et d'ailleurs tu l'as très bien accepté. Tu es un garçon intelligent, Edward. Tu verras, ton retour va bien se passer…

Il apprécia leur départ. Saisit son code PIN et sans aucune surprise découvrit l'état des lieux. Pas de SMS. Aucun appel. Il sélectionna le nom "HP" dans son répertoire et après une seconde d'hésitation, appuya sur la touche "appel". Il avait le trac.

— Ed ? s'écria joyeusement Henry-Pierre.

— Oui, je suis vivant, mec, répondit-il en forçant le ton joyeux.

— Putain ! Tu m'as manqué.

Le temps avait créé un malaise entre eux. HP avait eu la trouille. Edward revenait de loin. Leur amitié s'était désaccordée.

— Tu vas comment ?

— Je suis guéri…

Edward avait longuement pensé à cette conversation téléphonique. Il avait envisagé toutes les solutions pour conserver l'amitié de ce drôle de garçon. Il lui devait la vie et, plus encore, la chance de ne pas quitter cette vie en meurtrier. Alors, tout compte fait, il avait décidé de ne l'appeler qu'une seule fois avant de sortir. Il n'avait pas d'autre choix que de lui mentir et, en ce sens, une seule fois suffisait. Il voulait le préserver, car sa vie était un enfer, qui définitivement ne se partageait pas.

— Je sors bientôt.

— Cool, tu vas reprendre le lycée ? Revoir Tina ?

— Possible, répondit Edward, évasif, sentant qu'il ne fallait pas traîner.

Lui dire ce qu'il avait décidé et ne pas laisser leur conversation se banaliser.

— Je voulais... Voilà, je te remercie pour ce que tu as fait à Saint-Nico. T'es un mec formidable Henry-Pierre, alors, garde confiance ! Je suis sûr que tu vas cartonner avec ton cerveau de génie !

— Putain, Ed, on dirait que tu me parles comme si t'allais crever. T'es où là ? interrogea tout à coup HP, avec la voix d'un garçon paniqué.

— À l'hôpital. T'inquiète, je te dis. Je suis guéri. Et aussi... je suis heureux d'être ton pote. T'avais raison, l'amitié sert, elle sert même quand on est seul.

Edward sentit les larmes noyer sa gorge, alors il fit un effort pour garder le cap de sa décision.

— Je te jure. Savoir que tu as pensé à moi, ici, ça m'a vraiment aidé, poursuivit-il.

— Ils n'ont pas voulu que je vienne te voir à l'hôpital, mais est-ce que ta mère t'a dit pour les vacances ?

— Non...

— Je me pointe le 2 mars, mec ! Ta mère est d'accord. Elle a appelé mes parents. Tout est arrangé. Ils l'ont trouvée hyper sympa et ont annulé le camp de scoutisme. Alors, heureux ou pas ?

"Hyper sympa". À ce moment, Edward faillit lâcher le téléphone. Il faillit tout lâcher d'ailleurs. Raccrocher. Hurler le plus fort et le plus longtemps possible comme un animal qu'on égorge. À ce moment, tout s'inversa dans sa tête. Le film de ses souvenirs changea brusquement de point de vue, pour lui offrir autre version de l'histoire. Et si... j'étais vraiment fou depuis le début ? Alors, en flash-back, les images défilèrent dans sa tête, mais racontées sous un autre angle. Celui de sa mère. Celui des autres. Celui de la raison.

Il vit : une mère charmante qui avait fait son possible pour affronter la mort de son mari. Il aperçut : un adolescent mutique, violent, incapable de créer des liens avec ses camarades. Il visionna : cette scène pitoyable dans le bois de Saint-Cucufa. Un grand angle. Un plan large. La pluie, la nuit, la boue, un adolescent complètement saoul, pétri de colère et de désespoir, qui veut mettre fin à ses jours. Une mère qui débarque, folle d'inquiétude, prête à tout pour éviter que son enfant ne sombre et ne se détruise. Il reçut en plein visage la nuit à Saint-Nicolas en plan serré cette fois. Il aperçut ce trou noir. Ce vide total dans le regard de l'adolescent et cette haine froide, prête à s'abattre sur Traval et Bosco, prête à tuer. Il vit encore les visages décomposés de Traval, de Bosco et le signe de croix du père Palmer. Les cris des adolescents fuyant dans le gymnase : "Il va nous tuer !" Il distingua la honte d'une mère qui vient chercher son enfant sous les regards inquisiteurs des flics et des autres parents. Il aperçut avec remords cette femme fragile, épaules basses, qui, dans un ultime élan de tendresse, tente d'extirper son fils de la folie en lui avouant le secret son passé. Il ressentit aussi l'apaisement d'une voiture qui roule vers les Alpes, ou le geste d'amour d'une mère qui quitte tout pour ôter son enfant d'un environnement hostile. Et puis les images de bonheur. Des petites étincelles. Des éclats de rire entre eux sur les pistes désertes. Une mère aimante qui apprend à skier. Une mère qui n'a cessé de tout donner pour le bonheur de son fils. Et face à elle, toujours, ce garçon de quinze ans, inquiet, angoissé, pétrifié et de nouveau violent, se sentant manipulé, hanté, séquestré. Une folie dans ses yeux noirs. Rien d'autre que la peur, la haine, l'envie de frapper, l'envie de tuer. Il vit un garçon pousser violemment sa mère contre une table de nuit, avant de l'abandonner sans connaissance. Une femme peut-être simplement amoureuse, qui aurait pu rencontrer un autre homme. Qui avait le droit de rencontrer un autre homme. Et puis le regard de Jean, le meilleur ami de son père. Un homme qui autrefois le considérait comme son propre fils. Un regard en gros plan : la désolation, le jugement, la certitude. Un regard qui hurlait : "Oui, Edward Barzac, tu perds la tête et il faut te faire soigner, car tu es dangereux pour toi et pour les autres."

Sa mère avait accepté qu'Henry-Pierre les rejoigne au chalet pour les vacances d'hiver. Il n'y comprenait plus rien. Cela n'avait pas de sens, plus de sens. Autour de lui, les murs de sa chambre se mirent à vaciller comme s'ils étaient faits de papier mâché. Comme si la pluie à l'extérieur pénétrait dans sa chambre, faisant couler les parois, emportant ses certitudes. *Et si Stein avait raison ?* se dit-il.

— Edward ? Ça va ? Tu es encore là ? demanda Henry-Pierre, s'inquiétant de son silence.

— Oui, oui… c'est juste que je dois raccrocher… Je te rappellerai dès que je serai sorti.

— Promis ? Tu sors quand ?

— J'en sais rien, mais vite. Je te préviendrai par SMS.

Quelques instants plus tard, Karl et Rachida pénétrèrent dans sa chambre pour lui demander de venir à la cantine avec eux. Il demeura statufié, assis sur son lit, le téléphone à la main, avec la pluie dans la tête, des torrents d'eau qui se déversaient partout autour de lui. Il coulait. Il allait se noyer.

— T'es blanc comme la mort, Ed, constata Rachida dans un éclat de rire. C'est normal, on est tous morts ! Tous !

La jeune femme se mit ensuite à sauter sur son lit, faisant rebondir son corps inerte. L'eau montait. Il allait couler.

36

NATHALIE GARIDEAU n'avait pas l'habitude d'hésiter. Elle était de cette veine de flic qui sait. Qui devine. Qui agit, quitte à se tromper ou à franchir certaines limites de son champ d'investigation. Pourtant, après la lecture de la lettre de quatre pages qu'elle avait reçue ce matin-là, elle demeura perplexe, la tasse de café à la main. La journée s'annonçait chargée. Entre la paperasse administrative à achever, l'interrogatoire de deux larrons bouclés la nuit même pour vol avec effraction et un rendez-vous chez le procureur de la République, le temps n'était pas à la rêverie. La nuit, Paris et sa banlieue grondaient et, au petit matin, la misère, les délits, les accidents finissaient toujours par atterrir sur son bureau. Il fallait faire face, traiter les urgences, se précipiter parfois dans une enquête de flagrant délit, alors que la journée avait été prévue autrement. Un job sur le qui-vive. Pas de ronron, pas d'habitudes, juste des urgences. Faire parler les vauriens, rassurer leurs mères. Accueillir des femmes battues, violées, et interroger quelques minutes plus tard dans le même bureau les coupables, qui parfois étaient leurs maris, leurs frères, leurs pères. Ce n'était jamais simple. Jamais manichéen. Son métier était complexe, la pression montait depuis quelques années avec cette crise économique qui n'en finissait plus et multipliait les injustices, les écarts, les jalousies et les haines. Le service commençait à vibrer à cette heure matinale et elle fut plusieurs fois interrompue par ses collègues qui venaient lui demander son avis. Néanmoins, elle ne put s'empêcher de relire la lettre plusieurs fois. Elle connaissait son expéditeur. L'adolescent fragile qui avait perdu son père. Le délinquant de l'Institut Saint-Nicolas qui avait visiblement rechuté, s'étant retrouvé un mois après les faits interné dans un établissement psychiatrique. Quelque chose en elle résistait à son implacable logique. Quelque chose cognait contre son professionnalisme, contre sa raison qui lui hurlait de jeter le courrier. Le gosse était barré. Point final. Pourtant, rien dans la lettre ne laissait transparaître sa folie. Le gamin avait du style, le sens de l'argument, une écriture droite, solide, franche.

— Merde ! lança-t-elle, après la troisième lecture, en décrochant son téléphone. Martinet, salut, c'est Garideau. La bagnole de l'architecte Barzac, elle a été détruite ?

Martinet était le garagiste qui récupérait les "cadavres" d'accidents de la route et qui, quarante-cinq jours après les faits, avait l'autorisation de broyer les véhicules ou de les démantibuler pour vendre les pièces détachées. Un contrat avec les flics qui lui permettait de gagner sa vie. Son terrain vague de banlieue parisienne servait ainsi de tombeau à des centaines de bagnoles déglinguées.

— C'était quand l'accident ?

— Le 16 novembre.

— Novembre… Tu rigoles ou quoi ?

— Je sais, c'est un peu tard, mais tu vérifies quand même ? Fiat, coupé rouge, immatriculée 92…

Elle l'entendit éclater de rire, sans comprendre ce qui dans sa requête invitait à la plaisanterie.

— C'est la maison de Max ! Tu sais que t'as de la veine.

Max était le chien du ferrailleur. Un vieux bouledogue sans âge qui avait élu domicile dans la Fiat depuis qu'on la lui avait amenée. La carcasse n'avait pas bougé depuis trois mois.

— J'ai pas eu le cœur de le déloger, pis la bagnole fait son petit effet, même dans son état. Une épave de décapotable, ça fait chic pour les clients…

Une heure plus tard, Garideau auscultait la voiture avec son collègue de la police technique et scientifique, en charge des expertises sur les véhicules accidentés. Pas deux comme lui pour faire parler la tôle.

— Effectivement… conclut le technicien, le nez collé sur l'aile gauche du parechoc.

— Quoi ?

— Il y a des traces à l'arrière. Plusieurs rayures profondes sur la portière… la tôle a été redressée, mais…

— Mais ? interrogea Garideau, en caressant Max qui effectivement ne délogeait plus du coupé, rempli de feuilles, de terre, de croquettes et de déchets en tous genres.

— Eh bien… le mec qui était dans cette bagnole aurait pu être forcé de quitter la route. C'est assez clair. Aucun doute même. Une autre voiture l'a serré sur l'arrière. Reste à savoir si cela a eu lieu avant ou la nuit de l'accident… L'autre expert n'avait pas vu ça ?

— Il n'y a pas eu d'expertise fouillée, ni de recherches approfondies… la veuve a témoigné. C'était un accident. Merde ! pesta Garideau en délaissant Max et l'expert pour filer vers son véhicule. Envoie le rapport à mon bureau ! Je dois filer chez le procureur. Vérifie aussi sous le capot. On ne sait jamais, il y a peut-être eu sabotage…

— À ton service. Tu vas rouvrir l'enquête ?

Garideau ne prit pas la peine de lui répondre. Elle avait les mots d'Edward dans la tête. Quatre pages de noms, de faits, de malaises. Un SOS qui pouvait être le fruit d'une imagination débordante, d'un esprit malade ou d'un gosse réellement en insécurité chez lui.

Dans la voiture banalisée, alors que son collègue fonçait vers les bureaux du procureur, elle contacta son homologue à Courchevel qui, de son côté, n'avait aucun doute.

— Le petit Barzac ? Mal barré, ce môme. Il est en hospitalisation psychiatrique forcée. Il a balancé sa mère contre la table de nuit. Elle est restée une bonne heure dans les vapes.

— Il est encore interné ? interrogea-t-elle.

— Aucune idée. Si tu veux, je me rencarde.

— Aucune plainte ?

— C'est sa mère… elle ne va pas foutre son gamin en taule. Franchement, c'est elle que je plains. Elle a l'air si dévouée à son terrible gosse…

Garideau coupa court, se contentant de demander à l'agent les coordonnées de l'hôpital psychiatrique local. Un centre spécialisé.

Sans hésiter, elle poursuivit au téléphone son investigation encore officieuse.

— Je voudrais parler au directeur de l'hôpital, s'il vous plaît. Officier de police Garideau.

— C'est quoi cette affaire, Nat, un truc perso ou une nouvelle enquête préliminaire ? interrogea son collègue au volant de la voiture, à présent coincée dans les bouchons.

— J'en sais rien encore. Une intuition…

— Putain, Nat, on a assez de taf comme ça ! Laisse tomber les intuitions ou ta boule de cristal.

Elle sourit devant les reproches habituels de son collègue et, pour toute réponse, lui demanda d'enclencher le gyrophare. Il fallait qu'ils foncent jusqu'au procureur qui ne supportait pas les retards.

— Madame ? interrogea quelques secondes plus tard le directeur du centre spécialisé en psychiatrie.

Garideau fut directe. Son interlocuteur aussi. Les deux professionnels n'avaient pas tout à fait les mêmes intérêts. L'officier de police voulait des informations sur la santé d'Edward Barzac ; le directeur de l'établissement protégeait ses patients et ne divulguait en aucun cas des informations médicales par téléphone, encore moins à la police.

— Il vous faudra une commission rogatoire, madame, si vous souhaitez avoir accès au dossier médical du jeune homme.

— OK, répondit-elle, connaissant parfaitement les procédures, mais elle avait tenté le coup. Elle tentait toujours le coup pour éviter les requêtes longues quand elle sentait pointer l'urgence. Pouvez-vous au moins me dire si ce patient est encore chez vous ?

— Effectivement, madame, il est ici.

— Sa mère vient-elle le visiter ?

— Oui, depuis quelque temps, le jeune homme accepte sa présence, ça se passe bien, mais je ne peux vous en dire davantage. Pas sans commission rogatoire !

Elle le remercia sèchement et raccrocha pour filer avec son collègue vers les bureaux du procureur qui les reçut nerveusement. Il semblait débordé et, en le regardant s'agiter sur sa chaise devant la paperasse et les dossiers à traiter, Garideau se dit que le pire ennemi de l'homme du XXIe siècle était l'empressement. Tout devait s'effectuer vite et quel que soit le métier. De la vendeuse de supermarché au juge d'instruction, en passant par le banquier ou le professeur des écoles, les hommes étaient enchaînés à cette folle idée de productivité. Être performant, obtenir des résultats, c'était tout ce qu'on demandait aux salariés. Elle regrettait ce temps, qu'elle avait à peine connu, où le travail bien fait avait encore une valeur. La belle ouvrage. L'enquête fouillée. L'être humain respecté. Elle déprimait à force de tout traiter en urgence et, inévitablement, de commettre des erreurs.

— Bon, eh bien, nous avons fait le tour, je crois, conclut le procureur après une demi-heure d'entretien.

— Il est possible que j'aie besoin de rouvrir une enquête, exposa-t-elle avant de se lever de sa chaise sous le regard dépité de son collègue, qui n'appréciait jamais ses libres initiatives.

— De quoi s'agit-il ? s'enquit distraitement le procureur en aspirant bruyamment sa dernière goutte de café.

— La mort de l'architecte Barzac.

— Accidentelle, non ?

— Peut-être pas, poursuivit-elle. J'ai ausculté le véhicule ce matin avec un agent de la police technique scientifique. Des traces à l'arrière du parechoc et de la portière gauche montrent clairement que la voiture aurait pu être forcée de quitter la route.

— Nathalie, je vous en prie… Le type est enterré, les hommages de la presse rendus… Pourquoi rouvrir cette affaire ?

— Une lettre. J'ai reçu ce matin une lettre de son jeune fils. Il a des doutes lui aussi. Sa mère a hérité de toute la fortune Barzac qui s'élève à trois cents millions d'euros. C'était une femme psychologiquement très fragile qui s'est soudain métamorphosée en femme d'affaires. De plus, il semblerait qu'elle isole son fils…

— Nathalie… soupira encore le magistrat du ministère public, tout en se levant pour les éconduire. Ce n'est pas suffisant et vous le savez.

— J'ai besoin d'une commission rogatoire pour aller plus loin et vérifier le dossier médical de l'adolescent et de sa mère. Edward Barzac a été interné parce qu'il pensait que sa mère voulait le séquestrer et peut-être le pousser au suicide.

Le procureur éclata de rire. Elle sut qu'elle avait perdu. Elle avait tenté le coup. Elle tentait toujours le coup.

— Si vous trouvez quelque chose – après vos heures de travail, soyons clairs – alors, rappelez-moi. Je vous fais confiance, Garideau, vous obtenez de très bons résultats, mais vos informations sont un peu… légères cette fois. Si vous saviez ce que mon fils aîné dit de moi. Selon lui, je suis – je cite – “un carriériste égoïste”. Aux yeux des adolescents, les parents sont toujours d’horribles bourreaux…

Elle lui serra la main, en lui donnant en partie raison. Elle aussi à quinze ans avait détesté sa mère. Elle aussi s’était imaginé que la mort de son père n’était peut-être pas accidentelle et quand sa mère avait ramené un homme un an plus tard, elle avait eu envie de les tuer tous les deux. De se venger. De faire taire leur bonheur qu’elle trouvait hideux.

Garideau rejoignit le véhicule avec son collègue et ils filèrent vers les bureaux de la police pour poursuivre cette sale journée. Deux voleurs à interroger. Deux jeunes de vingt ans qui étaient entrés dans une bijouterie à l’heure de la fermeture, avaient menacé le vendeur d’un couteau de cuisine avant de se faire braquer par la carabine du propriétaire. Un vrai western en plein cœur de la très chic banlieue ouest. Pour une bague à deux cents euros, les deux gamins risquaient dix ans de taule. Elle avait la nausée. Avant d’entrer dans la salle d’interrogatoire, elle prit encore le temps de passer voir Véro, une vraie petite fouine de trente ans, un agent bardé de diplômes et spécialisé dans le piratage numérique.

— Une soirée filles, ça te dirait ? demanda-t-elle en passant le visage dans l’entrebâillement de la porte du bureau.

— Faut voir… T’as quoi à me proposer ? s’enquit l’agent technique avec une pointe d’espièglerie dans les yeux.

— Du foie gras et une bonne bouteille de rouge.

— OK. Je prends.

Les deux célibataires avaient en commun la passion des enquêtes. Sans contrainte familiale, il leur arrivait de temps à autre de fouiller les dossiers toutes les deux la nuit pour ne pas s'éloigner de leurs intuitions. Et à onze heures du matin, en ce mercredi gris de février, Garideau ne pouvait faire taire en elle cette intuition. La mort de Paul-Thomas Barzac n'était pas accidentelle.

37

Edward n'avait pas dormi de la nuit, aussi quand au petit matin l'infirmière lui annonça qu'il sortait le jour même, il ne réussit pas à donner le change. Il crevait de peur.

— C'est normal que tu aies peur, Edward, voulut le rassurer la soignante. Tu n'as pas quitté cet hôpital depuis des semaines, le monde extérieur t'impressionne. Ça fait toujours ça aux patients…

Il se lava, se sécha, attrapa ses vêtements, hésita, avant de reprendre ses vieilles habitudes. Si tu ne mets pas d'abord tes chaussettes, le pire va arriver. Il ne fit aucun effort pour faire taire cette petite voix obsessionnelle qui revenait le hanter. D'abord les chaussettes, puis le caleçon, le pantalon, le tee-shirt, et pour finir un sweat, sa montre et ses baskets mal ficelés. Il ouvrit sa fenêtre en grand et observa le soleil timide derrière les arbres du jardin. Un paysage blanc. Un parterre de neige immaculée, qu'aucun humain n'avait encore foulé en cette heure matinale. Son père lui manquait. Il lui semblait à présent qu'il lui manquerait pour toujours, et qu'il fallait s'y habituer. Vivre avec cette amertume, plus ou moins âcre suivant les jours. Il se contenta de boire un café au lait et d'envoyer un SMS à HP.

"C'est pour aujourd'hui, comme promis, je t'appelle dès que je suis au chalet."

Il reçut la réponse aussitôt.

"Trop content, *man* ! Je pense à toi et attends ton coup de fil avec impatience."

Ensuite, il rejoignit la pièce commune pour aller saluer ses deux compagnons d'errance. Il les observa un long moment dans la salle. Rachida parlait toute seule. Elle communiquait avec ses morts. Karl, lui, était concentré sur un jeu vidéo. Ces deux-là n'étaient pas encore sortis de leur psychose. Pourtant, ils n'avaient pas l'air d'en souffrir. *Pour certains*, pensa-t-il, *fuir la réalité peut être une façon de vivre apaisé.* Il se contenta de venir s'asseoir auprès d'eux.

— Il est l'heure. Tu ne cours pas aujourd'hui ? lui demanda Karl. Pas de bâton ?

— Non, pas de bâton ce matin, Karl.

— Tu t'en vas ?

— Oui.

— C'est bien. Ne reviens pas. Tu es de l'autre côté, toi.

— De l'autre côté de quoi, Karl ?

— Des nuages. Tu es dans le soleil, toi, dans la couche bleue du ciel.

Karl avait du mal à communiquer mais, étonnamment, ses mots sonnaient souvent juste. Son évocation du bleu du ciel lui redonna espoir et Edward, pour le remercier, lui proposa de courir une dernière fois autour du parc de l'hôpital. Karl accepta avec un visage radieux.

Edward en était à son cinquième tour quand Stein l'interrompit.

— Ta maman vient d'arriver, Edward. Nous y allons ?

— Je vous rejoins, docteur, je voudrais juste dire au revoir…

— Nous t'attendrons à l'accueil. Prends ton temps.

Il avait du mal à les quitter. Rachida était une plume. Une plume qui s'envolait au gré du vent pour venir parfois se reposer sur ses épaules. Accrochée à son cou, elle semblait flotter dans son manteau rouge. Sans défense, échouée contre lui, elle plaqua ses lèvres sur les siennes. Un baiser fraternel, universel. L'absolu détachement. Elle était belle, Rachida, mais si fragile, presque transparente, sans défense. Il la remit sur ses jambes, lui prit la main et l'invita à s'asseoir sur le banc, telle une princesse de chiffon. Ensuite, il ramassa un bâton et le tendit à Karl, qui s'en saisit avec joie. Le bâton était le seul contact possible entre lui et les autres, mais rares étaient les humains qui acceptaient son fonctionnement. Karl souriait, le bâton sur les genoux, et Rachida était déjà ailleurs quand il leur tourna le dos. Devant lui, une allée de pins qui formait un couloir. *Le couloir de la mort*, pensa-t-il. *Ce putain de tunnel qui mène les hommes vers les salles d'exécution.* Il marcha d'un pas vif, fendant d'un trait le matin glacial. Il n'avait plus le choix.

Dans le hall, sa mère l'attendait, maquillée, coiffée, élégante. Il marcha le plus calmement possible vers elle, se sachant observé par Stein et les infirmières en rang d'oignons venues le saluer pour son départ. Sous leurs regards, il accepta l'étreinte de sa mère, son rire, sa politesse envers Stein, qu'il salua lui aussi chaleureusement. Il embrassa la secrétaire, les infirmières, et quitta sans se retourner ce petit monde protégé qui l'avait accueilli, soigné et sorti de son "état psychotique avec penchant paranoïaque". À l'extérieur, il apprécia de fouler le bitume du parking, de marcher vite derrière sa mère qui, elle, sans un mot fonçait tête baissée vers le 4 x 4. Il ne voulait plus cogiter, juste agir, suivre sa destinée, la suivre. Il s'apprêtait à poster un SMS à HP, pour lui dire qu'il venait de mettre le nez dehors, quand il fut apostrophé.

— Edward !

Jean surgit de son break et leur coupa la route. À l'attitude crispée de sa mère, Edward comprit qu'elle ne s'attendait pas à cette visite de courtoisie. Elle l'embrassa froidement mais n'eut pas d'autre option que de laisser le vieil ami de la famille étreindre son fils chaleureusement après des semaines de mise à l'écart.

— Comment te sens-tu, mon garçon ?

— Ça va.

— Que dirais-tu de reprendre le saut à ski un de ces quatre ? J'ai pensé que cela pourrait t'aider à regagner confiance en toi.

Rose les observait. Enfouissant son visage sous son écharpe et trépignant d'impatience d'un talon à l'autre. Elle les gênait dans leurs retrouvailles, sans avoir la décence de s'éloigner. Elle le surveillait encore. Barrant de sa présence toute forme d'intimité avec les autres.

— Maman, tu as froid, je te rejoins dans la voiture, lui proposa Edward pour se débarrasser d'elle.

Elle hésita. Elle avait certainement peur de ce qu'il pourrait glisser à l'oreille de Jean. Il insista.

— Je te rejoins, je ne vais pas me sauver…

Vexée, elle salua Jean d'un petit geste de la main, tourna les talons et rejoignit le 4 x 4. Il l'observa s'éloigner avant de revenir plonger ses yeux dans ceux de l'ami de son père.

— On pourrait en parler ce soir… Pourquoi ne passerais-tu pas à la maison en fin de journée ?

— Il est peut-être trop tôt… Je ne sais pas si ta mère…

— Passe ce soir, Jean ! Ça me fera plaisir de discuter avec toi, ailleurs que sur un parking… Tu sais, je ne t'en veux pas d'avoir refilé ma liste à Stein… J'aurais fait comme toi à ta place !

Edward sourit chaleureusement à Jean qui lui promit de passer chez eux vers dix-huit heures. Il le quitta, un peu rassuré, avant de s'engouffrer à son tour dans le 4 x 4.

— Qu'est-ce qu'il voulait ? s'enquit sa mère en démarrant aussi sec.

— Me souhaiter un bon rétablissement. Cela se fait, maman…

— C'est tout ?

— Oui, pourquoi ?

— Rien, rien… Allez, on rentre à la maison !

Edward demeura sur le qui-vive, s'attendant à voir surgir Stéphane Nobécourt du siège arrière ou d'un des bosquets enneigés qu'ils traversèrent. Mais rien ne bougea. Pas de signes de l'amant. Juste une mère concentrée sur la route, peu bavarde. Rien d'anormal après des semaines de séparation. Il avait peut-être réellement été malade. Il laissa défiler les virages, les précipices, les parois enneigées et décida de s'en remettre à sa destinée. Arriverait ce qui devait arriver. Il ne fit aucun effort pour habiter le silence. Rien à dire. Juste se laisser glisser et attendre que quelque chose advienne. Sa mère alluma la radio et une publicité pour les séjours à la neige lui fit repenser à la visite d'Henry-Pierre lors des prochaines vacances. Il voulut s'en assurer.

— C'est d'accord alors, pour que HP vienne la semaine prochaine ?

— Oui, j'ai contacté ses parents. Tout est organisé. Tu es content ? Je voulais te faire cette surprise, mais je vois que ton ami t'en a déjà parlé.

Il ne répondit pas. Tout semblait si normal qu'il s'en voulut presque de ne pas réussir à la croire. *S'ils ont décidé de me buter cette semaine*, pensa-t-il, *le contact avec les d'Archambaud leur servira d'alibi*. Sa mort prochaine soigneusement préméditée ne lui sortait pas de la tête. Il avait encore peur. De sa mère et plus encore de lui-même. De cet affreux et permanent pressentiment que le pire n'était pas encore arrivé.

Mère et fils poursuivirent la route sans parler, chacun dans ses pensées ; ils glissèrent ainsi vers Courchevel entre les flashs d'information et la publicité.

Une heure plus tard, le 4 x 4 rejoignait le garage devant le chalet. *Chaque chose à sa place*, pensa Edward, se demandant encore quelle allait être la sienne derrière ce calme apparent. En descendant, il scruta le chalet de long en large, à la recherche d'un signe. D'une trace de la présence de Stéphane Nobécourt. Suivant leur plan, l'amant avait dû la rejoindre, à l'insu de tous. À la barbe des flics, des soignants et de Jean qui n'avait sans doute même pas pris la peine de venir vérifier. Il ne dénota rien d'étrange. Un chalet luxueux surplombant la vallée, à un bon kilomètre des autres habitations. Un coin tranquille. Un petit havre de paix construit par son père pour nicher sa famille.

— Tu viens, mon chéri ? interrogea sa mère devant la porte d'entrée.

Il la rejoignit. Elle lui sourit avant de lui tourner le dos pour glisser la clé dans la serrure, ouvrir la porte et s'engouffrer dans la maison. À l'intérieur, le poêle flamboyait. Le salon depuis l'entrée avait l'air en ordre. Rangé, propre. *Rien à signaler*, se répéta-t-il, demeurant malgré tout anxieux. Il ne put s'empêcher de se retourner encore une fois vers l'horizon. Un bleu d'hiver comme il nommait ce temps dégagé lorsqu'il était enfant. Il observa un grand tétras quitter son perchoir de fortune pour s'élancer vers la forêt. Un oiseau majestueux en voie d'extinction. Il se répéta cela plusieurs fois. *En voie d'extinction. Espèce protégée.* Puis il ôta sa capuche et les mains de son anorak, avant d'entrer dans le chalet et de refermer la porte derrière lui d'un petit coup de talon gauche.

38

La première nuit de recherches, les officiers de police judiciaire Nathalie Garideau et Véronique Crépy n'avaient pas trouvé grand-chose. Et les quelques éléments qu'elles détenaient provenaient davantage des pages publiques du web que des centaines de fichiers spécialisés et cryptés de la police. Finalement, Google s'avérait le meilleur outil d'enquête pour pister les gens *a priori* honnêtes. C'est ainsi qu'elles parcoururent de long en large la vie de Paul-Thomas Barzac. Un homme effectivement charmant, intelligent et richissime. Puis celle de la pianiste de génie Rose Barzac, premier prix de Conservatoire à seize ans, premier concert en soliste à quatorze ans, de nombreux enregistrements, avant d'intégrer l'orchestre de l'Opéra de Paris à vingt ans. Bardée de récompenses, la jeune pianiste arrête brutalement sa carrière à vingt-six ans, à la naissance de son enfant. Fin des publications, à part quelques papiers de la presse régionale sur des concerts qu'elle donnait pour des œuvres caritatives.

— Pourquoi ce brutal arrêt de carrière ? interrogea Véronique.

— Parce que la naissance de son fils va la rendre malade, dépressive. C'est sa version en tout cas, et ce qu'elle a raconté à Edward. Une femme qui est traumatisée par son accouchement et qui apprend quinze ans plus tard par hasard, qu'elle a été adoptée… et que sa propre naissance fut un drame. Un traumatisme, quoi.

— Il n'y a pas de hasard, avait conclu l'OPJ Crépy, avant de se plonger aussitôt dans une série de requêtes sur cette Isabelle Mangin, qui avait sans doute – volontairement ou non – poussé Rose à se renseigner sur ses origines personnelles.

Pourquoi s'étaient-elles rencontrées ? Comment ? Et à quel moment ? Qu'est-ce qui les liait ? C'est ce qu'elle souhaitait découvrir. L'OPJ Crépy passa une bonne partie de la nuit à éplucher la liste des cliniques psychiatriques ou établissements de cure de la région parisienne où les deux femmes auraient pu se rencontrer. En vain, pas de traces d'Isabelle Mangin sur le net.

En revanche, Florence Richarte n'était pas discrète sur sa vie privée. Elle affichait sur les réseaux sociaux ses amours et désamours avec de nombreuses photos d'elle dans une foule de tenues plus ou moins suggestives, et clamait dans des posts échevelés sa folle envie de partir à New York pour devenir chanteuse de jazz. Garideau ne pouvait s'empêcher d'éprouver une certaine pitié envers ces adultes qui revivaient leurs rêves adolescents sur la toile.

— J'ai un truc bizarre, avait-elle lancé, après avoir passé des heures à parcourir les pages puériles de la secrétaire-comptable.

— Quoi ? avait demandé Véronique, exténuée.

— Richarte poste des actualités environ trois fois par semaine. Or, elle n'a rien envoyé depuis six semaines. Date de son départ de Courchevel, d'après Edward.

— Et ? voulut comprendre Véronique qui ne voyait pas bien où sa collègue voulait en venir.

— Si elle était partie à New York, une femme narcissique comme elle l'aurait écrit, filmé, photographié. La nana n'attendait que ça depuis des lustres et c'est sans doute pour cette raison qu'elle avait accepté de bosser chez Rose Barzac vingt-quatre heures sur vingt-quatre pour sept mille euros mensuels. Un petit bas de laine pour refaire sa vie…

— Donc ? D'après toi ?

— Ou elle se cache, ou elle a quelque chose à cacher.

Garideau se proposa de se rendre à son adresse le lendemain à la première heure.

Plus tard encore, elles trouvèrent des articles en italien que publiait la jeune psychologue Helena Romierggi depuis Rome où elle travaillait dans un service d'aide aux jeunes mères. Tous les articles avaient en commun de traiter d'un seul et même sujet : l'aide aux enfants maltraités par leurs parents.

— Une obsession, on dirait, en avait déduit Garideau. Une passion pour les gamins dont la famille est un enfer…

— On dirait que son passage chez les Barzac a laissé des traces. Bizarre quand même qu'une femme enceinte écrive là-dessus. Glauque, non ?

— C'est quand même pas la joie autour d'Edward Barzac ! Qu'il soit taré ou pas, ce gamin a des circonstances atténuantes, avait conclu Garideau, alors que le point du jour ne leur apportait aucune explication possible.

— Qu'est-ce qu'on fait ? demanda l'OPJ Crépy qui n'y voyait plus rien après vingt heures de travail sur écran.

— Demain, je contacte Romierggi et Richarte. Je vais aussi passer à Chatou à l'adresse de Mangin. Toi, tu lances une recherche poussée sur Stéphane Nobécourt et sur cette Isabelle Mangin. Ces deux-là sont peut-être fichés quelque part. D'autant que si Nobécourt est l'amant de Rose, il l'a sans doute poussée à tuer son mari et ce n'est peut-être pas la première fois…

Les fichiers des renseignements généraux et de la défense du territoire allaient bien finir par cracher des informations sur ces deux noms. Garideau voulait s'en persuader. Son instinct de flic lui hurlait que quelque chose puait dans cette affaire. Et plus le jour se levait, plus elle était convaincue que le gamin avait raison. Tout cela n'était pas normal. Ni la soudaine métamorphose de sa mère, ni la triple disparition brutale d'Helena Romierggi, de Florence Richarte et d'Isabelle Mangin. Elle voulait comprendre et quand l'OPJ Garideau s'accrochait à une intrigue urgente, elle ne mangeait plus, ne dormait plus. Encore moins quand la vie d'un adolescent était en jeu.

Aussi, au petit matin, après avoir quitté sa collègue, elle repassa à son appartement pour se doucher, avala rapidement un café et téléphona à son bureau pour se faire porter absente. Elle avait besoin de sa journée. Un jour pour contacter tout ce petit monde. Un jour pour obtenir quelques réponses à ces interrogations qui ne lui sortaient plus de la tête.

39

INTÉRIEUR DU CHALET. Noir absolu dans une pièce sans fenêtre. Edward avait les mains et les pieds liés. Dans la bouche, un chiffon. Dans la tête, une certitude. Dans le cœur, un soulagement.

Il n'était pas fou.

Il ne l'avait jamais été.

Il le savait maintenant.

Alors, même séquestré et bâillonné, il lui semblait tout à coup respirer plus librement.

Dès son entrée dans le chalet, il avait été frappé, drogué, ligoté et jeté dans la cave comme une bête. Là-haut, il les entendait parler. Il les entendait marcher. Des bribes de conversations. Une dispute peut-être. La panique.

L'homme était là.

Stéphane Nobécourt, sans doute.

C'était certainement lui qui l'avait assommé. Il l'attendait tel un prédateur tapi derrière la porte et prêt à lui sauter dessus. Un sac en plastique sur la tête, une piqûre dans son flanc, Edward n'avait rien pu faire.

Tout s'éclaira quand il se réveilla dans le noir total.

Désormais il savait. Le doute s'était évanoui. Fini de jouer. Rose Barzac et Stéphane Nobécourt étaient des monstres. Sa mère, une ordure. Une moins que rien, une dégénérée qui avait tué son mari et ne pensait plus qu'à une chose : se débarrasser de son marmot qui entachait son grand amour et posait trop de questions. Prostré, frigorifié dans cette pièce sans chauffage, Edward pleura de joie, de haine, de soulagement. La situation l'avait précipité dans un manège à sensations fortes, le faisant passer à une vitesse inouïe de l'excitation à la prostration. D'un côté, l'envie de hurler : "Je vous l'avais dit ! Putain, je ne suis pas timbré." D'un autre, l'horreur. Il était séquestré par sa mère et son amant. Comment une mère pouvait-elle faire subir un tel sort à son propre enfant ? Il ne connaissait pas son délai de survie. Il ne savait rien sauf qu'il était leur proie. *Putain, HP ! Si je pouvais t'appeler, mon pote. Si tu savais… Je comprends maintenant pourquoi elle t'a invité au chalet… Je serai mort dans une semaine. Mort et cette invitation renforcera son foutu alibi de mère exemplaire. La vache, HP, j'ai peur, j'ai vraiment peur…* Il pleura, il suffoqua encore derrière le bâillon.

Tout cela dans cette pièce humide, sans plus aucune notion du temps. Des minutes, des heures peut-être, et puis, soudain, il ne ressentit plus rien. Alors, il releva la tête et s'assit sur sa paillasse. La raison avait repris ses droits. L'émotion s'était émoussée à la faveur d'une distance glaciale.

Un plan.

Il fallait qu'il élabore un plan lui aussi. Trouver une brèche dans leur monstrueuse machination et y planter un couteau. Peu à peu, il réussit à se calmer et à envisager une issue dans cette pièce sans lumière. La cave du chalet. Il la connaissait. À droite, les bûches. À gauche, l'établi pour régler les skis. Il se leva. La tête lui tournait. Sous l'établi, il trouverait une lampe torche et peut-être un outil pour se défendre. Un tournevis, un marteau, peu importait. Il était revenu à l'âge de pierre, à l'aube de l'humanité, dans cette sauvagerie originelle qui peu à peu avait conduit les hommes à s'organiser. *C'est ça*, pensa-t-il, *il faut que je m'organise. De la lumière, de l'eau, une pierre et un peu de bouffe. C'est tout ce qui est nécessaire à la survie.* Son corps était mou, ses gestes lents, son sang vicié par la drogue, sans doute un sédatif. Stein leur en avait donné, en cas de nouvelle crise. Une belle ordonnance qui allait permettre à sa mère de le maîtriser, de le faire dormir avant de l'achever. Il repensa à Rachida. Légère comme une plume. Incapable de se protéger des agressions du monde. Il n'était pas comme elle. Il n'était pas fou. Son esprit était sain, il le savait maintenant. Il se souvint aussi des conseils de son père. "Un homme pour marcher droit doit sentir ses pieds toucher terre. Tenir solidement sur ses jambes." Alors, il tendit ses muscles. Il imagina cette terre sous ses pieds, l'énergie du sous-sol se répandre dans ses chevilles, ses mollets, ses cuisses, son dos. Il se redressa et se mit à sautiller vers l'établi. Ne pas faire de bruit. Avancer mains et poings liés sans les alerter. Il sentit ses muscles bander, son corps prêt à la lutte. Il se dit qu'il avait bien fait de s'entraîner avec Karl. Il parvint ainsi jusqu'à un obstacle qu'il palpa. Une planche de bois, l'établi. *C'est ça*, se dit-il. *C'est là. Juste dessous.* La petite étagère où son père rangeait les outils. Il se baissa, ouvrit les tiroirs… mais tout était vide. Tout avait été emporté. Leur plan puait la perfection. Il éprouva le découragement, qu'il repoussa avec les tiroirs. Il ne devait pas flancher. Il avait un moral de champion. Il était un combattant. Il fallait qu'il s'organise, pour son père. Ne pas les laisser gagner la partie. Mangor était de nouveau dans la place. Plus de jeu vidéo, plus de décor en 3D, mais une cave, une mère criminelle et une seule vie à gagner, la sienne. Il réfléchit. Derrière l'établi étaient accrochés les sacs à dos. Le matériel était là. Il le sentait. Ils n'y auraient pas pensé. Lui le savait, il restait toujours des objets dans les sacs de randonnée parce que, après des heures de marche, son père et lui n'avaient jamais le courage de tout ranger. Alors, il se glissa derrière l'établi et plongea ses mains liées dans les sacs. Rien dans le premier. Dans le second, une gourde. Dans le troisième un canif. Il sentit l'espoir raviver son ardeur. L'envie de rire. Il trouva une lampe de poche. *Bien joué ! Une torche, un couteau : cela suffira.* Il demeura prudent avant d'allumer la lampe, écoutant d'abord les bruits de la maison, sautillant jusqu'à la porte pour vérifier qu'ils n'étaient pas dans le coin. Rien. Pas de chuchotements, plus de disputes. Et si la lumière sous la porte attirait leur attention ? Alors, il s'allongea, utilisant son corps pour colmater le courant d'air, puis il alluma.

Le jet de lumière était faible. Il le dirigea de droite à gauche pour faire l'état des lieux. Un matelas sur le sol. Un seau pour ses urines. Les bûches avaient été retirées, l'établi et ses outils, vidés. *Ils ont aménagé mon cachot*, pensa-t-il. *Une cellule dans la maison*. Il poursuivit son incursion lumineuse et dirigea la lampe vers le fond de sa prison. Il ne comprit pas tout de suite à quoi servait la corde qui pendait au plafond. Il fit glisser la lumière vers le haut et sentit un haut-le-cœur traverser sa trachée lorsqu'il comprit. Une corde était solidement fixée sur une des poutres de la cave. Une corde avec un nœud coulant à son extrémité. Sa potence était installée. *Ils vont me pendre. Ils vont me pendre, putain !* pensa-t-il, en lâchant sa lampe sur le sol. *Faire croire à un suicide. Facile, sans traces, crédible pour un mec qui sort de six semaines d'hôpital psychiatrique. Un plan parfait.*

Il entendit des pas faire craquer les escaliers.

Quelqu'un s'approchait de la cave.

Alors, sans réfléchir, il rampa à toute vitesse vers le matelas. Il eut juste le temps de cacher la lampe et le canif derrière sa couche de fortune, avant que la porte ne s'entrouvre, pour se refermer aussitôt. Il n'eut pas eu le temps de voir son visage, mais l'homme était là, l'aveuglant d'un jet de lumière. Stéphane Nobécourt était entré. Il entendit sa respiration. Instinctivement, Edward se replia en position fœtale. L'ombre de géant fonça sur lui et sans hésiter le piqua une nouvelle fois dans le bras, avant de l'empoigner et de le hisser sur son dos. La porte s'ouvrit. Il entendit de nouveau des bribes de conversation, provenant sans doute du salon. "Très fatigué. Il est encore fragile. Il se repose…" Sa mère mentait. Sans doute à Jean, venu comme prévu le visiter. Son dernier espoir était dans le salon et il ne pouvait rien faire. Réduit au stade de sac sur le dos de l'amant de sa mère, il n'eut d'autre alternative que de se laisser emporter vers sa chambre d'adolescent. Ils allaient l'exhiber comme un phénomène de foire. Le montrer à Jean pour le rassurer et valider leur alibi. Pas de trace de l'amant. Un adolescent, endormi dans son lit, rien de plus. Rien à dire. Un plan parfait avant de le pendre. *Quand? Cette nuit? Demain?* L'homme le monta discrètement au premier étage. À pas de loups. *Mets un coup de pied dans la porte. Fais tomber un objet. Attire l'attention de Jean!* s'ordonna Edward. Mais le sédatif était puissant et il se sentit glisser dans le sommeil. *Il ne faut surtout pas que je m'endorme… surtout pas…*

Et il sombra.

40

— PLUS VUE DEPUIS DES MOIS. Elle n'habite plus là.

— Depuis quand ?

— Octobre ou novembre. Lui est passé, plus tard. Il a fini le déménagement tout seul.

— Lui ?

— Son petit ami, je pense.

— Où sont-ils partis ?

— Au Canada, je crois. Elle a été embauchée comme aide-soignante à l'étranger.

— Vous saviez où elle travaillait ?

— Non. C'était une fille discrète. Elle n'habitait là que depuis un an… Et pis, je ne pose pas de question, moi.

Garideau avait montré sa carte de flic à la concierge, sans obtenir d'informations utiles sur Isabelle Mangin. Alors avait-elle pris le temps de monter à l'appartement pour jeter un coup d'œil. On ne savait jamais. Les gens laissaient toujours des traces en déménageant. L'appartement n'avait pas été reloué. Un petit deux-pièces miteux et en mauvais état, un endroit crasseux où elle avait du mal à imaginer les Barzac. C'était pourtant là qu'ils avaient passé la soirée avant l'accident. Cela clochait. Les deux milieux sociaux ne s'accordaient pas. À moins que Rose et Isabelle aient vraiment été de très proches amies. Dans ce cas, pourquoi ne se fréquentaient-elles plus ? Elle exécuta un tour rapide de l'appartement, ouvrant les placards, glissant la main derrière les recoins, les plaintes. Elle ne trouva rien à part une photo. Une photo d'identité représentant Rose Barzac. À son dos, une annotation, *Bobigny 1987*. Rose avait alors quinze ans, l'âge d'Edward. Une jeune fille aux cheveux courts, les yeux cernés, avec des boucles d'oreilles de pacotille. Drôle de mine pour une gamine élevée à Neuilly-sur-Seine. On aurait dit qu'elle était droguée ou épuisée. Pourquoi Bobigny ? Pourquoi cette photo chez Mangin ? Elle glissa le cliché dans la poche de son blouson et dévala les escaliers en imaginant une foule de réponses possibles.

— Alors ? demanda la concierge, sur le pas de sa porte. Vous avez retrouvé un cadavre dans le placard ?

La vieille concierge avait de l'humour, mais pas Nathalie Garideau. Pas ce matin-là. Il lui restait des tonnes de tâches à effectuer. Depuis Chatou, elle fonça ensuite chez Florence Richarte. Quinzième arrondissement. Pas de concierge cette fois, mais une boîte aux lettres bourrée à craquer. Des courriers remontant à six semaines, pas avant. Elle avait dû faire suivre son courrier à Courchevel, Nathalie nota sur son carnet de vérifier. Elle força la porte avec son passe-partout après avoir sonné plusieurs fois. L'appartement cette fois était plutôt cosy, cossu, bien décoré. Une fille soignée, cette Florence Richarte, un peu vulgaire, mais ordonnée. Au mur, des photos des stars du jazz américain, Ella Fitzgerald, Billie Holiday. Les armoires étaient à moitié vides. Elle fit le tour du salon, avant d'enclencher le répondeur téléphonique.

Un ancien petit ami lui demandait de ne plus le rappeler sur un ton véhément.

Une amie l'invitait à dîner dès qu'elle rentrerait de voyage.

Et puis sa mère. Dix messages, laissant apparaître son inquiétude.

"Flo, c'est maman. Je n'arrive pas à te joindre, tu me rappelles." "Flo, c'est maman, je m'inquiète chérie, tu ne restes jamais plus d'une semaine sans m'appeler." "Flo, j'ai appelé au numéro fixe que tu m'avais laissé. On m'a dit que tu ne travaillais plus là. Où es-tu ? Appelle vite." "Flo, je vais aller voir la police… ma chérie, j'espère qu'il ne t'est rien arrivé."

Sans hésiter, Garideau empoigna son portable et contacta ses collègues du 15e arrondissement.

— OPJ Garideau. Vous avez eu un signalement d'absence inquiétante pour une certaine Florence Richarte ?

— Affirmatif. Il y a deux ou trois semaines.

— Vous n'avez pas fouillé l'appartement ou vous l'avez remis en ordre ?

— Je n'en sais rien. Je vous passe l'OPJ Bronlide, c'est lui qui s'est chargé de l'enquête.

À cette nouvelle, Garideau sentit l'excitation monter en elle. Là, assise sur le canapé d'une inconnue, elle éprouvait l'état d'urgence des enquêtes criminelles de flagrance. Quand il faut faire vite, réagir, prendre le risque de se planter. Ne pas flancher, foncer suivant ses intuitions et tenter de sauver les vies en danger. Cette fois, il s'agissait d'un adolescent qui dans une lettre de quatre pages accusait sa mère de vouloir le supprimer.

— OPJ Bronlide, j'écoute. Pourquoi elle vous intéresse cette Florence Richarte ?

— Elle a travaillé pour Rose Barzac, je suis sur cette enquête.

— La recherche sur Florence Richarte a été abandonnée très rapidement. Une fausse alerte. On a retrouvé une lettre dans son appartement ; une lettre pour sa mère qu'elle avait dû oublier de poster avant de partir. La lettre était timbrée du 20 janvier… On a laissé tomber.

— Vous avez…

— Elle est adulte et la lettre dit clairement qu'elle part pour les USA ! Réaliser son rêve de chanteuse sur les routes américaines…

— Une lettre oubliée… C'est un peu juste, non ? Vous n'avez même pas fouillé l'appartement…

— Écoutez, la mère de la disparue a reçu une carte postale de New York, quelques jours après sa déposition. Cela l'a rassurée. Elle-même nous a dit que sa fille était du genre à tout plaquer pour vivre son grand rêve de gamine. Il y a des gens qui atteignent leurs rêves, lieutenant. Ce genre de disparition est volontaire…

— Non, officier Bronlide.

— Pardon ?

— Je veux dire, cette carte, cette lettre, cela ne prouve rien du tout. À moins que vous ayez trouvé son nom sur les fichiers de départ des aéroports ?

Garideau accepta le silence gêné de son collègue en guise de réponse. Les OPJ du 15e arrondissement n'avaient pas vérifié le listing des passagers pour les USA de ces deux derniers mois. Sans doute à cause du manque de temps, ils avaient bâclé la recherche. Elle ne pouvait pas leur en vouloir, Florence Richarte était une adulte, son départ pouvait passer pour un coup de tête. Elle remercia Bronlide et lui demanda de lui envoyer le dossier.

L'agent Garideau n'avait aucune idée de ce qui était arrivé à cette jeune experte-comptable qui rêvait de chanter, mais si elle pouvait apporter la preuve qu'elle n'avait pas quitté le territoire, cela lui offrirait un solide argument pour rouvrir l'enquête et accélérer son investigation. Aussi, en dévalant les escaliers de l'appartement, appela-t-elle sa collègue.

— Véro, c'est moi.

— Alors ?

— Tu peux me vérifier les aéroports depuis deux mois ? Je suis sûre que Florence Richarte n'est pas partie aux USA.

— Je croule sous le boulot et j'ai la tête dans le cul avec notre nuit dans les pattes…

— Je crois vraiment que le gamin dit la vérité… Véro, si on prouve que Richarte n'est pas sortie de France, je pourrai rouvrir l'enquête Barzac. C'est un élément décisif et je te rappelle qu'il y a un gamin au milieu de cette sale affaire…

— OK ! Je m'y mets.

En redescendant de l'appartement de Florence Richarte, Garideau s'offrit un petit noir en terrasse. Le froid la maintenait éveillée. Elle aimait travailler avec Véronique Crépy pour cette raison. Elle pouvait compter sur elle. Quels que soient son moral ou sa charge de travail, cette fille la suivait dans ses recherches.

Garideau hésitait sur la suite. Sans l'autorisation de mener son enquête, elle se sentait lente, coincée, diminuée. Sans le feu vert du procureur, impossible d'aller fouiller la maison de Ville-d'Avray des Barzac. Impossible de consulter les dossiers médicaux de Rose ni d'Edward. Impossible d'obtenir l'aide de ses collègues de Courchevel et encore moins ceux de ses collègues d'Italie pour en savoir plus sur cette Helena Romierggi, soudainement passionnée par les enfants maltraités, et qui restait injoignable. Avec pour seuls outils son téléphone portable et la lettre d'Edward, elle n'irait pas bien loin. Elle croisa donc les doigts pour que Crépy ne trouve pas trace de Florence Richarte sur les listings des aéroports européens. Cela pouvait prendre des heures. En réfléchissant, elle sortit la photo d'identité de Rose qu'elle avait ramassée chez Isabelle Mangin. Pourquoi Bobigny ? Que faisait une jeune fille élevée à Neuilly-sur-Seine à Bobigny en 1987 ? Elle avala son noir et fila en banlieue, à la maison de retraite La Source claire. Elle espérait que le vieux père de Rose se souviendrait d'un détail. Les malades d'Alzheimer perdaient la mémoire immédiate, mais se souvenaient parfois du passé lointain. Rose Barzac avait peut-être aimé un autre garçon dans sa jeunesse. Un mauvais garçon, qu'elle aurait pu recroiser au moment de la naissance d'Edward. Cette femme soi-disant malade avait peut-être simplement caché une double vie. Rien n'était impossible chez l'humain et Garideau, après quinze ans de carrière, pouvait en témoigner. Les êtres les plus discrets, les plus doux et fragiles pouvaient parfaitement se révéler d'infâmes manipulateurs.

Il était quatorze heures quand elle entra dans la maison de retraite, se faisant passer pour une cousine de M. Lebars, le père de Rose Barzac.

Il fallait tenter le coup.

41

EDWARD SE RÉVEILLA À NOUVEAU DANS LE NOIR, complètement perdu, avant de réaliser qu'il était revenu dans la cave, mains et pieds noués, un bâillon dans la bouche. Il avait simplement été déplacé dans sa chambre, puis on l'avait redescendu dans son cachot. Jean était certainement reparti. Désormais, plus personne ne pouvait le sauver. Il retrouva la lampe torche et le canif qu'il avait cachés sous sa paillasse. Il alluma. Rien n'avait bougé. La corde était toujours là. Pas de téléphone, plus de montre, aucune issue. Il était coincé, à la merci de la folie de celle qu'il ne pouvait plus appeler maman. Même pas mentalement. Il entreprit de poursuivre ses recherches dans la cave. Un canif ne suffirait sans doute pas à se défendre quand ils allaient arriver pour le pendre. Il s'aventura au fond de son cachot et fouilla les malles en plastique qui y étaient entassées. Dans la première, de vieux jouets d'enfant, un tracteur, des peluches, des albums illustrés. Dans la seconde, de vieux plans d'architecture conservés par son père. Dans la troisième, une valise. Il tenta de la sortir pour l'ouvrir, mais la laissa tomber bruyamment sur le sol. De peur d'avoir été entendu, il se précipita sur sa couche et éteignit la lampe torche, priant pour qu'ils ne débarquent pas. Il attendit un bon moment avant d'oser bouger de nouveau. Pas de bruit dans le chalet. Ni pas ni mots. Il alluma de nouveau sa torche et revint vers la valise. Il réussit à l'ouvrir. À l'intérieur, des sous-vêtements féminins, des jupes, des talons... Et soudainement, il comprit. À la stupeur succéda l'épouvante, il jeta alors la jupe qu'il avait dans les mains. Une jupe qu'il avait vue portée et dont il connaissait la propriétaire. Ses yeux hurlèrent d'effroi. Florence Richarte n'était pas partie. Florence Richarte n'avait jamais pris le train. Rose ne l'avait pas raccompagnée à la gare puisque Florence Richarte était morte. Assassinée. Ils l'avaient tuée. Peut-être avaient-ils aussi tué Helena, Isabelle Mangin. Peut-être même Jean, s'il s'était montré trop curieux lors de sa visite. Edward s'en voulut de l'avoir fait venir au chalet. Il sentit son cœur se rompre dans sa poitrine lorsqu'il entendit des pas se diriger vers la cave.

Ils arrivaient. C'était peut-être la fin. Ses dernières minutes de vie. Il n'eut pas le temps de ranger la valise. Juste de glisser le canif et la lampe torche sous son matelas avant que l'ombre ne surgisse de nouveau. Cette fois, l'homme referma la porte derrière lui. Il tourna le verrou. Grand, maigre. Il posa la torche sur l'établi, ainsi qu'une assiette de pâtes. De la nourriture. *Mon dernier repas*, pensa Edward. *Les salauds ne m'ont même pas laissé choisir ma dernière volonté.* L'homme vint s'agenouiller près de lui. Il vit son visage. Un grand nez fin, de petits yeux encastrés dans un visage cerné, de fines lèvres sans sourire. Une odeur de tabac froid. Une sale gueule. Le type lui détacha les mains et lui ôta le bâillon. Edward encaissa une série de rots et de hauts-le-cœur.

— Tiens, mange ! Je reviendrai dans dix minutes, lui dit l'homme.

— Qui êtes-vous ? Stéphane Nobécourt, c'est ça ?

L'homme se leva sans lui répondre et s'arrêta devant la valise ouverte et éventrée. Il marqua un temps avant de lui répondre.

— Cherche pas à comprendre. Ça ne te servira à rien.

— Vous avez tué Florence Richarte ? Vous avez tué mon père aussi ? Qui encore ? Qui ? Helena ? Jean ? Isabelle Mangin ?

— Tu penses trop. Mange. Je reviendrai dans dix minutes.

L'homme prit encore le temps d'éclairer le matelas sur lequel Edward était assis et il put de nouveau observer cette sale gueule. Il l'avait déjà vu. Edward en était persuadé. Ce genre de visage ne s'oubliait pas. Des cheveux sales et filasse. Sa voix nasale aussi, il l'avait déjà entendue. Un phrasé rapide. *Où, bon sang ? Où j'ai croisé ce mec ?* se demanda-t-il, pendant que l'homme terminait de jeter un coup d'œil à la cave. Heureusement, il ne fouilla pas sous le matelas.

— Je te laisse la lampe pour manger.

Celui qui devait être Stéphane Nobécourt sortit et referma la porte à clé. Edward n'avait pas faim. Il avait la nausée, mais son instinct de survie lui ordonna de tout avaler. Il voulait garder des forces pour le tuer. Pas d'autre alternative. Tuer cette ordure et s'enfuir. Il se demanda si le mec n'avait pas aussi éliminé Rose dont il n'entendait plus ni la voix ni les pas dans la maison. Peut-être que sa mère n'avait été qu'une victime elle aussi. Le jouet d'un odieux chantage. Le pantin de Nobécourt. Il voulut s'accrocher à cette idée presque rassurante dans ce chaos monstrueux. La pensée d'une mère morte lui semblait plus supportable qu'une mère assassine.

Très vite, l'urgence de la survie revint. Se défendre. Ne penser qu'à cela.

Il termina son plat de pâtes et se rua sur la valise de Florence Richarte. Elle avait peut-être un téléphone, un outil tranchant. Au milieu des bas, des bouts de jupes, des produits de beauté en tous genres, il ne trouva rien d'autre qu'une paire de talons aiguilles de dix centimètres. Cela pouvait être utile. Un talon planté dans le front. Il avait vu ça dans un film. Un polar asiatique sans doute. Comme pas mal d'adolescents, Edward adorait se faire peur au cinéma ou chez lui, la nuit, tremblant devant des films de terreur gore. Pourquoi la vie avait-elle une fin ? Pourquoi ne connaissait-on pas la date de sa mort ? Comment supporter de vivre alors qu'on pouvait crever d'une minute à l'autre ? Comment ne pas être tétanisé quand on s'imaginait croupir seul sous la terre ? Dans ces moments d'interrogations existentielles, l'horreur cinématographique le calmait et plus c'était sanglant et inhumain, meilleur était son sommeil. Mais là, ce n'était plus du cinéma. D'un moment à l'autre, le type allait le forcer à monter sur un tabouret, lui passerait la tête dans le nœud coulant et d'un coup de botte stopperait sa vie.

Comment savoir si un talon aiguille suffirait à tuer ? Où fallait-il viser ? La gorge ? La nuque ? Le cœur ? Et surtout pourrait-il le faire ? Aurait-il le courage de tuer ? Même pour sauver sa peau ? *Putain, HP. Avec ton cerveau de génie, je suis sûr que t'aurais eu un plan, toi ? Un plan pour me sortir de là*, pensa-t-il avant de rejoindre sa paillasse. Il entendit de nouveau des pas, la clé dans la serrure. L'homme ouvrit la porte, entra, lia de nouveau ses mains. Ses gestes étaient brutaux. Il s'apprêtait à lui remettre le bâillon quand Edward tenta de s'y opposer.

— Je ne crierai pas. Je préférerais ne pas avoir ça dans la bouche.

— OK. Après tout…

— Je pourrais savoir la vérité avant de mourir ?

— Qui te dit que tu vas mourir ?

— Ne me prenez pas pour un débile ! répondit Edward en lui montrant la corde d'un signe de tête.

— Eh bien ?

— Cette corde, elle est pour moi j'imagine. Ou c'est juste pour me faire peur…

— Quelle corde ? Tu vois une corde toi ici, gamin ? Je vais te donner un médicament, petit. Faut te calmer.

— Je ne veux pas de médicaments !

Edward se plaqua en boule contre le mur, glissant ses mains nouées sous le matelas à la recherche du canif ou du talon aiguille. Il fallait le faire maintenant. Le tuer, foncer à l'extérieur et s'enfuir. *Maintenant ! Ed !* Il sentit le talon dans sa main. *Maintenant ! Plante-lui le talon dans la trachée !* L'homme fut plus rapide que lui. D'un geste précis, il sortit une aiguille de sa poche et le piqua une nouvelle fois dans le bras. *Trop tard*, pensa-t-il. *Il est trop tard.* L'homme reprit la lampe, l'assiette, et referma la porte derrière lui. Edward, de rage contre lui-même, tapa de toutes ses forces sur le matelas. Il n'avait pas réussi. Même en danger de mort, il était de ceux qui sont incapables de tuer. Il se trouva minable. Faible. Perdu. Alors, il finit par se laisser glisser sur son matelas. Se rattachant aux visages de ceux qu'il avait aimés sur cette terre. Son père, ses grands-parents, quelques nounous, une institutrice, un copain d'enfance, Helena, Mme Hagger, et puis HP et Tina. La jolie Tina. Celle qui lui avait promis de ne jamais le prendre pour un fou. Une fille qu'il aurait pu aimer s'il avait vécu. Le sédatif commençait à faire effet. Ses gestes devinrent flous, ses pensées brouillées. Il aperçut sa mère dans un jardin public. Une jolie maman qui l'avait embrassé. Il avait oublié ce souvenir qui à ce moment s'imposait à lui. Sa mère dans une robe d'été qui le faisait tournoyer comme dans un manège de foire. L'avait-elle aimé ? L'avait-il aimée ? Qu'est-ce qui s'était passé entre eux pour en arriver là ? Il sentit le sommeil l'engourdir. Dans un ultime sursaut de lucidité, il alluma la lampe pour tâcher de repousser les effets du sédatif. Derrière lui, la corde, il n'avait pas rêvé. Sa potence était toujours là, suspendue à un mètre du sol. Il se mordit les lèvres et se força à se lever. Il fallait marcher. Ne pas dormir. Il se souvint des vitamines et du Guronsan aperçus dans la trousse de toilette de Florence Richarte. Il ouvrit le tube de médicaments et en croqua un cachet, puis un autre, puis un autre… Il ne voulait pas dormir. Pas se faire tuer comme un vulgaire gibier. Pas avant d'avoir compris ce qui lui était arrivé. Il avala le tube. Un cocktail explosif qui, il l'espérait, l'empêcherait de s'endormir. Il alla s'asseoir sur le matelas, en attendant que cela fasse effet. Se balançant d'avant en arrière pour lutter contre le sommeil.

Soudain, il se souvint.

Le visage du mec. Sa voix. Il l'avait croisé aux urgences, le soir de la mort de son père. C'était lui. Lui, le soi-disant sauveur de ses parents. Celui qui avait prévenu les secours. Ce n'était pas un accident, mais un crime parfaitement prémédité. Là-haut, il entendit le téléphone sonner. Rien d'autre. La voix qui répondait ne lui parvint pas, mais quelques minutes plus tard, les bruits de pas au-dessus de sa tête devinrent omniprésents. Ils s'agitaient là-haut. Ils étaient deux. Peut-être plus…

42

— Bingo ! avait lancé l'officier Garideau, en obtenant l'information attendue.

Florence Richarte n'était pas sortie du territoire ; elle avait réellement disparu. Double bingo : Helena Romierggi était restée injoignable et n'avait pas répondu aux messages de l'inspectrice française. Ces deux "disparitions" ajoutées aux résultats du rapport de l'expert sur la Fiat accidentée qui signalait un sabotage au niveau des freins avaient suffi à persuader le procureur d'ouvrir une enquête de flagrance par présomption. Garideau avait les mains libres, des hommes sous ses ordres, mais il fallait faire vite, elle en était persuadée. D'autant qu'elle savait désormais que le jeune Edward était sorti de l'hôpital. Si l'adolescent était réellement l'objet d'une manipulation familiale, il fallait être rapides, mais prudents. Le couple incriminé pouvait péter un plomb et supprimer l'adolescent dans la panique. Aussi, dans un premier temps, Garideau avait-elle fait-elle appel à ses collègues de Courchevel pour passer au chalet des Barzac, si possible en civil et accompagné du docteur Stein.

— Une visite de courtoisie ? avait lancé Stein au téléphone, furieux de se faire manipuler par la jeune flic qui, en moins de vingt-quatre heures, avait obtenu l'accès aux dossiers médicaux et une carte blanche pour instruire son enquête.

— Nous pensons qu'Edward Barzac pourrait réellement être séquestré. Vous ne vous êtes jamais dit, docteur, que ce jeune homme pouvait dire la vérité ? Que ses dires n'avaient peut-être rien de dément ?

— Si bien sûr, avoua le psychiatre, un peu vacillant. J'ai vérifié ses dires ! Pour qui me prenez-vous ? Mais tout ce qu'il avançait n'existait pas…

— Ou avait été soigneusement effacé, précisa Garideau.

Le psychiatre, bien que sceptique et vexé qu'on remette ainsi en cause son diagnostic, n'eut pourtant pas d'autre choix que de téléphoner à Rose Barzac sur les coups de dix-neuf heures. La femme, un peu surprise d'une telle visite le soir même de la sortie de son enfant, n'avait pourtant rien opposé à cette initiative. Une demi-heure plus tard, le psychiatre et ses deux "amis" avaient donc pu constater que Mme Barzac était seule dans sa demeure. Cette dernière les avait aimablement conduits dans la chambre d'Edward, qui dormait profondément, après avoir avalé un sédatif pour calmer un début d'angoisse. Rien à signaler du point de vue du psychiatre et de celui des gendarmes en civil. D'après leurs observations, Rose Barzac était seule chez elle et son fils se reposait.

Depuis ses bureaux de Paris, Nathalie Garideau avait les opérations en mains, et ce calme plat dans le chalet n'arrangeait pas ses affaires. Elle était pourtant convaincue que quelque chose clochait chez les Barzac, mais il lui manquait des preuves pour déclencher une perquisition. Il fallait faire vite. Se concentrer, remuer les données et trouver.

Face à elle, accrochées sur le mur, des étiquettes avec des noms, parfois des photos qu'elle avait tenté de classer, d'annoter et qui prenaient des allures de jeu des sept familles. La réponse était là, entre les lignes, et elle demanda à ses agents de les observer, tout en leur faisant part des informations qu'elle détenait.

La famille : Rose Barzac (la mère), Edward Barzac (le fils), Paul-Thomas Barzac (le père). Date de l'accident mortel : le 16 novembre, au retour d'une soirée bien arrosée chez Isabelle Mangin. La mère s'en est tirée avec deux mains bousillées.

Les employés :

Louise Hagger (à contacter).

Helena Romierggi : injoignable, elle est enceinte et vit à Rome. Elle a reçu une jolie somme d'argent de la part de Rose Barzac pour quitter leur service et ne plus contacter Edward. D'après lui, cette femme aurait très peur de sa mère.

Florence Richarte : disparue début janvier. La comptable était entrée au service des Barzac à la mort du père.

L'amie de la mère : Isabelle Mangin : introuvable. Partie au Canada ou en Afrique avec son ami ? Plus de traces depuis la mort de Paul-Thomas Barzac. Elle est la dernière à l'avoir vue vivant avec Rose. Elle aurait aidé Mme Barzac à retrouver ses origines biologiques.

L'amant de la mère : Stéphane Nobécourt. Personne ne l'a vu. Qui est-il ? (à fouiller).

Un peu à part, s'ajoutait une seconde liste de noms, dédiée aux proches des protagonistes.

Henry-Pierre d'Archambaud : meilleur ami d'Edward, fils du conseiller du garde des Sceaux. A été entendu dans une affaire de harcèlement à l'Institut Saint-Nicolas où il avait désarmé Edward.

Pierre Lebars, père de Rose Barzac : malade d'Alzheimer, vit en maison de retraite. Ne se souvient pas que sa fille soit allée à Bobigny. Il ne l'a même pas reconnue sur la photo de 1987 retrouvée chez Isabelle Mangin.

— Mais j'ai tenté le coup, précisa Nathalie Garideau dans son exposé. Le vieux aurait pu avoir un souvenir fulgurant…

Elle poursuivit, en leur montrant les derniers éléments.

Jean Brandt : ami d'enfance de Paul-Thomas Barzac. Guide de haute montagne. C'est chez lui qu'Edward s'était réfugié avant d'être interné.

Marc Bourdel, petit ami d'Helena Romierggi : étudiant français rencontré à Paris. Il est le père de l'enfant qu'elle attend et vit avec elle à Rome.

La mère de Florence Richarte : a déposé un signalement d'absence de sa fille, après des semaines sans recevoir de ses nouvelles. La femme s'est finalement rétractée, en recevant une simple carte postale de New York. À voir si elle n'aurait pas reçu de fric de la part de Rose Barzac.

La liste se terminait par les noms et contacts des différents psychologues et psychiatres qui avaient suivi

Rose Barzac pendant ses quinze années de troubles psychologiques, ainsi que ceux qui avaient pris en charge Edward, dont le docteur Stein.

— Voilà ! clama Garideau, après avoir énoncé à ses collègues les faits connus, probables, ou à vérifier. Je veux les photos, les identités et tout ce que vous pourrez trouver sur ce petit monde au plus vite.

Elle répartit les tâches, contacta ses homologues d'Italie et insista auprès de ceux de Courchevel pour qu'ils surveillent le chalet.

— J'ai personne avant minuit, lui répondit le capitaine de brigade de montagne.

— Merde ! pesta-t-elle. Vous ne pouvez pas me trouver deux agents ? Voire des stagiaires. Je veux juste m'assurer que rien ne bouge… avant demain matin. Je vais essayer d'obtenir un mandat de perquisition.

— Pas avant minuit ! On intervient ce soir, une affaire de drogue. Ça fait des mois qu'on est dessus, on ne peut pas repousser…

— OK, pour minuit, accepta-t-elle en raccrochant.

Les logiciels informatiques moulinaient, sortant quantité de résultats aux requêtes multicritères lancées sur des centaines de fichiers. Les agents fouillaient, téléphonaient, mais à cette heure de la soirée, impossible de joindre les administrations, hôpitaux et la plupart des personnes dont le nom était étiqueté. Ça pataugeait, ça prendrait des heures, des jours, et Garideau ne pouvait s'empêcher de penser qu'Edward était peut-être en danger et qu'il fallait accélérer. D'un autre côté, elle ne pouvait pas se permettre de déployer une armée sur de simples convictions. Se baser sur une lettre d'un gamin de quinze ans interné pour démence paranoïaque ressemblait davantage à une blague de potache qu'à un travail sérieux d'investigation. Il lui fallait une faille. Une évidence. Une preuve tangible pour lancer une perquisition au chalet dès l'aube. Elle n'arrivait plus à détacher les yeux de ces noms, de ces visages accrochés au mur. Et avec la complicité de l'OPJ Crépy, elle se lança dans une série de "et si...". Ce jeu des hypothèses qu'elles partageaient souvent permettait de temps en temps, lors d'une affaire délicate, de mettre au jour une logique, un détail. Une goutte d'eau qui pouvait faire éclater la vérité. Et si... Rose n'était pas montée ce soir-là dans la voiture accidentée. Si elle avait saboté le véhicule avec son amant ? Se serait-elle volontairement broyé le poignet avant de se glisser dans la voiture ? Étrange pour une pianiste. Et si... Mangin était dans le coup ? Une vieille copine de Bobigny qu'elle aurait recroisée ? Une liaison homosexuelle ?

Elles s'égaraient.

Le café noir dégoulinait du distributeur quand un agent rentra dans le bureau, l'air perplexe. Un gamin souhaitait voir en personne l'OPJ Garideau. Un certain Henry-Pierre d'Archambaud. Garideau croisa le regard de Véro. Toutes deux pensèrent exactement la même chose : la goutte d'eau venait peut-être de déborder !

— Je suis... l'ami d'Edward, dit Henry-Pierre, en entrant timidement dans le bureau de police.

— Nous savons qui tu es, répondit Nathalie. Et, toi, tu te souviens de moi ?

— Oui, c'est pour ça que c'est vous que je voulais voir et personne d'autre.

HP se tut en apercevant les photos et les étiquettes sur le mur. Il demeura pétrifié. Son nom aussi était sur tableau avec sa photo.

— Vous enquêtez sur Edward…

— Oui, nous pensons que ton ami n'est peut-être pas si fou qu'il en a l'air…

Et là, devant les flics, les photos, face à sa culpabilité de ne rien avoir su faire devant les appréhensions de son ami, HP se mit à chialer. Pas de soubresauts, pas de crise nerveuse, juste des larmes qui s'écoulèrent en averse sur ses joues. Nathalie Garideau le prit par les épaules et l'invita à s'asseoir. Il était vingt-deux heures passées et elle devinait que le gosse était venu sans ses parents.

— Tu as fait le mur pour venir ici ? lui demanda-t-elle.

— Je suis venu à vélo. Mes parents ne m'auraient jamais laissé partir en pleine nuit. Je crois qu'Edward est en danger. Son portable est coupé et il m'avait promis d'appeler à sa sortie. C'est pour ça que j'ai cherché…

— Tu as cherché ?

— Une identité. J'ai cherché sur internet depuis ce matin. C'est ce matin qu'il est sorti. Il m'avait promis et… il avait l'air terrifié la dernière fois que je lui ai parlé… Alors je me suis mis à enquêter.

— Et tu as trouvé quelque chose qui pourrait nous éclairer ?

HP essuya ses larmes avec sa manche et glissa la main dans son blouson. Il en sortit une feuille pliée en quatre. Une impression d'un curriculum vitae qu'il avait fini par trouver sur internet, après dix heures de requêtes. Il déplia la feuille et la tendit à l'OPJ Garideau, en précisant :

— J'ai essayé d'appeler chez lui sur le poste fixe du chalet. Trois fois. Et à chaque fois, sa mère m'a répondu qu'il dormait.

Garideau ne mit pas longtemps à comprendre en parcourant à toute vitesse le document.

— Oh, putain ! laissa-t-elle aussitôt tomber, horrifiée par ce qu'elle venait de découvrir.

— Qu'est-ce que ça veut dire ? interrogea Henry-Pierre, complètement abattu. Est-ce que Rose Barzac est...

Garideau, soudain très agitée, se souvint qu'elle avait devant elle un adolescent fragile qu'elle devait protéger. Alors, elle tendit la feuille à sa collègue et appela aussitôt un agent pour qu'on éloigne Henry-Pierre des bureaux.

— On va te ramener chez toi, Henry-Pierre. Je te promets que je ferai tout pour sauver ton ami. Je te le jure.

Henry-Pierre se laissa reconduire, sans la quitter des yeux.

— S'il meurt, je ne me le pardonnerai jamais, ajouta-t-il d'une voix d'adulte.

— Tu ne pouvais pas savoir, personne ne pouvait imaginer ça. À quelle heure remonte ton dernier coup de fil au chalet ?

— Vingt heures, environ... Personne n'a répondu. C'est pour ça que je suis venu dans la nuit... parce qu'il ne répond pas.

Tout était là, inscrit sur un curriculum vitae. Un document sans doute oublié sur un site de recherche d'emploi. Une preuve, une explication radicale, effroyable, qu'un garçon de quinze ans venait de mettre à jour.

— 12 avril 1972... à Puteaux... lut l'OPJ Crépy à voix haute en découvrant le document et la photo. Putain ! jura-t-elle à son tour avant d'afficher un visage blafard.

Elle aussi avait compris.

Dès qu'Henry-Pierre fut partie, l'OPJ Garideau rappela son équipe pour déclencher une intervention immédiate, en espérant qu'il n'était pas trop tard.

43

APRÈS L'AGITATION AU-DESSUS DE SA TÊTE, le chalet était redevenu silencieux. Affreusement silencieux. Edward avait réussi à contrer les effets des sédatifs, ne s'assoupissant de temps à autre que pour quelques minutes. Il attendait, à l'affût du moindre bruit. Du moindre mouvement. Il repensa à tous ces hommes et ces femmes exécutés depuis la nuit des temps. Des hommes et des femmes qui avaient attendu leur mort dans une geôle. La souffrance de l'attente était une torture. Un piège infernal qui laissait l'individu seul avec ses pensées, ses regrets, ses remords. Le temps s'étirait dans ce silence obscur et Edward se mit à trembler. À claquer des dents. Son corps lui échappait. Alors, pour ne pas flancher, il eut l'idée d'utiliser son canif pour graver sur l'établi le nom de ses bourreaux. "Tout ce qui n'est pas écrit disparaît", avait-il lu une fois sur un site web de citations. Il s'en souvenait à présent. Écrire. Laisser son empreinte comme les hommes et les femmes de la préhistoire, comme les prisonniers politiques, comme les bagnards innocents. Il enfonça la lame dans le solide bois de l'établi et écrivit son épitaphe.

“Rose Barzac et Stéphane Nobécourt m’ont pendu.” Il espérait que vérité soit faite, il voulait que le monde sache qu’il n’était pas mort librement. Ensuite, il rejoignit sa paillasse et s’adossa au mur glacial, comptant les minutes, les heures… Il attendait.

Quand il entendit les pas dans l’escalier, il se redressa d’un bond. Il attrapa le canif, l’ouvrit et le dissimula dans sa main. Quelques secondes plus tard, Stéphane Nobécourt pénétrait dans la pièce, la refermant de nouveau derrière lui.

— Tu ne dors pas, alors ? T’es vraiment un sale môme. Tu ne nous laisses pas le choix.

L’homme poussa un tabouret sous la corde et Edward se mit à hurler. À rugir comme un bestiau à l’abattoir. Il ne pouvait pas accepter de crever comme un chien, sans réponses, seul et maltraité. Pour le faire taire, l’homme se rua vers lui et lui assena un coup de poing dans le ventre. Edward s’écroula sur le sol. Il entendit une femme geindre de l’autre côté de la porte.

— Il reste des sédatifs. Je t’en prie, Stéphane…

— Ta gueule ! hurla l’homme, en attrapant nerveusement Edward pour le retourner sur le dos avant de lui enfoncer une autre seringue dans le bras.

— Ça sera plus simple comme ça, lança son bourreau, sans aucun signe de compassion dans les yeux.

Edward se leva et fit mine d’accepter son sort. Il fit face à l’homme, qu’il percevait à peine dans le faisceau de la lampe posée sur le sol.

— Vous avez poussé mon père contre un arbre, ensuite, ma mère s’est glissée dans la voiture. J’ai tout compris et maintenant je vous dérange, comme Florence, comme Helena, comme…

— Ta gueule ! réitéra l'homme en lui assenant un second coup de poing.

Edward encaissa et se remit à la verticale, avant de lui cracher au visage.

L'homme s'apprêtait à le frapper de nouveau quand Edward se jeta sur lui dans un cri et lui planta le canif dans le ventre. Un geste vif et précis, mais la lame ne suffit pas à l'immobiliser. L'homme à peine blessé le repoussa d'un coup de botte, avant de lui sauter dessus, de le hisser sur son dos et de lui passer le nœud coulissant autour de la tête.

— T'es vraiment un connard ! Je lui avais dit qu'on n'aurait jamais la paix avec toi. Mais elle s'est attachée. Les femmes s'attachent toujours aux marmots.

Edward se débattit, hurla alors que, derrière la porte, il entendait encore de petits gémissements comme des miaulements.

— Je veux la vérité. Je veux savoir pourquoi cette femme derrière la porte veut ma mort. La mort de son propre enfant ! hurla-t-il. Pourquoi elle gémit alors que tout cela était prémédité.

La haine lui sortait des yeux. La mort ne lui faisait plus peur, Stéphane Nobécourt non plus. Seule l'incompréhension lui demeurait insupportable. Mais, tandis que l'homme l'enserrait par-derrière pour le soutenir à la verticale sur le tabouret, Edward sentit le poison médicamenteux lui monter au cerveau. Il allait de nouveau perdre connaissance. Quitter le monde réel, puis la vie sans savoir. Alors, il hurla une ultime supplique, en se tortillant comme un ver, la corde autour du cou.

— Pourquoi, maman ? Pourquoi tu me tues ? Pourquoi tu me tues ?

— Je ne suis pas ta mère… répondit une voix glaciale derrière la porte. Je ne suis pas ta mère, voilà pourquoi. Et si tu t'étais montré plus simple et moins curieux, tu aurais eu la vie sauve…

Edward fut soulagé. Il ne comprenait rien, mais il fut soulagé. L'abcès qui pourrissait en lui depuis des mois venait de crever et il se sentit libéré.

Rose Barzac n'était pas sa mère.

Ce n'était pas une mère qui le tuait. Ce n'était pas une mère qui l'avait rendu fou.

Aucune mère ne pouvait faire subir ça à son propre enfant.

L'inhumanité dans laquelle il dérivait depuis des mois lui sembla plus acceptable.

Le pire n'était pas arrivé.

Ce n'était pas sa mère, mais une doublure, un pantin, une marionnette qui s'était jouée de lui et peut-être de son père pour arriver à ses fins. Il se sentit partir. Il lui sembla que son corps s'évaporait, alors que le nœud se resserrait autour de son cou.

— Qui est ma vraie mère ? murmura-t-il à Stéphane Nobécourt qui le maintenait toujours fermement debout sur le tabouret, en attendant qu'il perde connaissance pour mettre fin à sa vie. Qui ? balbutia-t-il, alors que les parois de la cave commençaient à tournoyer.

— Rose Barzac ! Qui veux-tu que ce soit ? lui murmura l'homme à l'oreille d'une voix glaciale.

Ce furent les derniers mots qu'il perçut avant de chuter dans le néant.

44

L'ASSAUT FUT DONNÉ SANS BRUIT par les hommes du GIGN. Chalet encerclé, porte forcée, aucune issue possible. Les hommes évoluèrent en pleine nuit. Personne dans le salon. Personne dans la cuisine, ni dans les chambres. Rien. Aucun signe de vie. Alors, ils fouillèrent placards, penderies, bureaux, toilettes, salles de bain, avant de s'élancer tels des chats dans les escaliers qui menaient aux caves et garages. Garideau, elle, se tenait en arrière-plan. À l'extérieur, dans une voiture de police, le talkie à la main. L'intervention était dirigée par le capitaine de l'unité d'élite, formée à agir en cas de prise d'otages et séquestration. La jeune femme était arrivée en hélicoptère militaire avec pour seule mission de prendre en charge le jeune homme dès qu'il serait libéré. C'est elle qu'il avait contactée, elle seule pourrait le rassurer. Était-il mort ? Vivant ? Elle n'en savait toujours rien et attendait des nouvelles des hommes d'élite, le talkie collé à l'oreille.

— RAS. On plonge dans les sous-sols.

À ses côtés, un autre homme du GIGN, plus ou moins chargé de la surveiller pour qu'elle ne perturbe pas l'opération. Elle trépignait. C'était la première fois de sa carrière qu'elle travaillait avec cette unité spéciale et elle se demandait comment ces ombres anonymes et armées jusqu'aux dents pouvaient vivre normalement après de telles missions. La violence était leur quotidien, pas celle des petits truands, ni des délinquants, mais la pire de l'espèce humaine, celle des preneurs d'otage, des terroristes, des hommes prêts à tout pour obtenir ce qu'ils souhaitaient. Ces hommes avaient-ils une famille ? Comment aller au cirque avec ses gosses après ça ?

— Ça bouge… Il y a du bruit en bas… entendit-elle gronder dans le talkie.

— On a un cadavre…

Nathalie Garideau retint sa respiration.

— Ouvrez cette porte ! Nous savons qui vous êtes. Isabelle Mangin, Stéphane Nobécourt, ouvrez cette porte ! Le chalet est cerné par le GIGN. Vous n'avez aucune chance.

— Nous avons le gamin. Si vous entrez, nous le tuons ! répondit Nobécourt en ripostant d'un coup de feu.

Nathalie, recluse dans le véhicule, serra les poings. À ses côtés, l'homme du GIGN, lui, ne laissait rien paraître. Un visage de marbre, un sang-froid de mort-vivant.

L'échange à l'intérieur du chalet se poursuivit sous haute tension.

— OK. Du calme. Vous êtes armé, j'ai compris. Edward Barzac est-il avec vous ? s'enquit le capitaine.

— Oui ! répondit Isabelle Mangin. Il est sous sédatif, mais vivant.

— OK. Alors, on va se calmer et on va attendre qu'il se réveille.

— On veut un hélicoptère, hurla soudain Nobécourt, pris de panique. Un putain d'hélicoptère et on lâchera le gosse ! Un hélicoptère ou je le bute, c'est clair ?

— OK. Gardez votre calme. Je vais voir ça…

Après cet échange, les hommes d'élite restèrent postés devant la porte de la cave, pendant que le capitaine rejoignit ses collègues à l'extérieur. La nuit risquait d'être longue et le négociateur fut mis sur le coup. Nathalie Garideau sortit en trombe de la voiture pour foncer vers l'officier en charge de l'intervention.

— Est-ce que le gamin est vivant ? Qui a été retrouvé mort ?

— Du calme, officier Garideau, lui répliqua le capitaine. Le cadavre est une femme, la trentaine, blonde…

— Florence Richarte ! en conclut immédiatement Garideau.

— Elle était en train de décongeler dans le cellier quand on l'a découverte. Visiblement, le couple avait prévu d'enterrer son cadavre ce soir. Ni vue, ni connue, Isabelle Mangin sous l'identité de Rose Barzac éliminait Edward en faisant passer sa mort pour un suicide, et plus de traces de Florence Richarte. Un joli plan…

— Et Edward ?

— On n'en sait rien, répondit sèchement l'homme avant de se retirer dans un véhicule avec le négociateur.

Garideau avait à peine rejoint sa voiture que le talkie se mit de nouveau à crépiter.

— Isabelle Mangin… C'est vous Isabelle Mangin… Où est ma maman, alors ? Où est ma maman…

La voix d'Edward avait quelque chose de fantomatique, de terrifiant. Garideau se tourna vers l'agent à ses côtés pour vérifier qu'elle n'était pas en train d'halluciner. L'homme lui confirma d'un signe de tête qu'il avait entendu les gémissements du garçon prisonnier à l'intérieur de la cave et qui ne savait plus où il en était. L'adolescent avait une voix d'enfant. Ne survivait en lui que ce petit garçon perdu qui réclamait sa mère pour le sortir de son cauchemar.

— Ça bouge ! prévint un des hommes depuis la cave. Le gosse se réveille… Il n'a pas l'air en forme.

Ensuite tout se passa très vite. Garideau aperçut le capitaine et le négociateur ressortir en trombe du véhicule pour revenir vers le chalet. Il fallait agir rapidement. La victime retenue en otage était vivante, mais complètement désorientée. Le gosse risquait de craquer et de faire une connerie.

— Où est maman ? Je veux voir ma maman…

Garideau se mordit les lèvres au sang en écoutant cette terrifiante litanie infantile. Une agonie morale insupportable. Elle imagina le jeune homme se réveiller d'un long cauchemar et comprendre que celle qu'il avait prise pour sa mère pendant des mois n'était autre que sa jumelle. Un double trait pour trait qui s'était insidieusement glissé dans la faille affective qui depuis toujours le séparait de Rose. Elle espéra que l'adolescent ne tente rien pour se venger.

— Ta gueule ! ordonna Stéphane Nobécourt.

Garideau entendit un bruit sourd, un coup, sans doute, puis des gémissements.

— Je suis le capitaine Bressonnier, intervint le chef des opérations. Je vous demande de laisser parler Edward. Je veux m'assurer qu'il va bien.

— Edward ? Tu m'entends ?

— Ma maman… où est ma maman ?

— Écoute, gamin, cette femme qui s'est occupée de toi depuis l'accident est Isabelle Mangin. Elle est la sœur jumelle de ta mère et dangereuse. Tu as été abusé et pris en otage. Ne tente rien. On va te sortir de là. Est-ce que ça va ?

— Mais ma maman ? Elle est où alors ?

— Connard ! C'est vraiment un connard, ce gosse ! hurla Nobécourt en frappant de nouveau Edward. Elle est morte, ta mère. On l'a tuée, ta mère. Crevée et enterrée ! Tu la fermes maintenant, ta gueule ! Je veux un hélico ! Dans quinze minutes sinon je le bute. Vous m'entendez ? Quinze minutes. Pas besoin de pilote.

S'ensuivit un silence inquiétant, puis un hurlement. Un cri déchirant. Celui d'un adolescent face à l'horreur pure. Celui d'un garçon qui a côtoyé un monstre pendant des mois, pensant qu'il pouvait s'agir de sa mère. Le même visage. Une femme qu'il avait embrassée, et peut-être aimée plus que sa propre mère. Une révélation insupportable.

Le lieutenant Garideau en eut un haut-le-cœur, mais ce qu'elle entendit ensuite dans le talkie l'acheva.

Des coups de poing sourds contre le mur, la porte, des cris, des bruits d'objets renversés, Nobécourt était de plus en plus violent. Une bête sauvage traquée, prête à tout pour s'extraire de son piège. Et Edward était à l'intérieur.

Puis, de nouveau le silence. Une éternité pendant laquelle Garideau ne cessa de demander à l'agent d'élite à ses côtés ce qui se préparait. Elle obtint pour toute réponse un : "Faites-nous confiance. Nos hommes savent ce qu'ils font. Ils sont formés pour ce genre de situation."

Garideau attaqua ses ongles à coups de morsures saccadées.

Ensuite ce fut le chaos.

Dans sa tête, une explosion ! Elle entendit un choc sourd, des coups, des cris, un coup de feu, puis un autre et plus rien. Alors, n'y tenant plus, elle ouvrit la porte du véhicule et s'échappa vers le chalet. Elle voulait savoir. Le voir. Se rassurer. Elle ne voulait pas qu'il meure. Elle ne supportait pas cette idée. Pas ce gamin. Pas après tout ça. L'humanité lui devait la vie.

45

Quand elle descendit les marches du chalet qui menaient à la cave, Garideau fut plongée dans un épais brouillard. Les hommes d'élite avaient lancé des grenades fumigènes pour désorienter les agresseurs et le sous-sol avait des allures de champ de bataille. Les ordres se diffusaient de partout.

"Extracteur de fumée ! "Secouristes !" "Civières ! "Photos !" "PST !"

— C'est fini ! entendit-elle.

Un homme voulut l'empêcher de passer. Elle lui répondit nerveusement :

— Je suis l'OPJ Garideau. Le gamin est vivant ?

— Laissez-la passer !

L'ordre venait de Bressonnier. Un agent lui tendit aussitôt un masque à gaz, qu'elle enfila, avant de dévaler à toute vitesse les dernières marches qui conduisaient à la cave. Impossible de voir qui avait été touché entre l'épais brouillard et les lampes des agents qui allaient et venaient dans un mode opératoire sans faille. Ils étaient déjà en train d'analyser et de "nettoyer" la scène d'intervention.

— Par ici ! l'appela-t-on, du fond de la cave.

Elle poursuivit sa progression, buta contre un corps au sol, l'enjamba et rejoignit Bressonnier en se guidant au son de sa voix.

— L'extracteur de gaz arrive oui ou merde ? On n'y voit que dalle ! hurla encore le capitaine, avant d'attraper la jeune femme par le bras pour la ramener vers lui.

— Le gamin ? demanda-t-elle aussitôt, tremblant des pieds à la tête.

Elle avait perdu son sang-froid. Là dans ce nuage opaque, elle n'était plus l'OPJ Garideau, mais une femme bouleversée qui ne supportait pas l'idée de la mort d'Edward Barzac.

— Il est là. Vivant. Assis à votre droite au sol, l'informa Bressonnier à voix basse. Le gosse refuse de bouger. Je vous le laisse. Ça va aller ?

Elle répondit un faible "oui", tentant de reprendre le contrôle.

— La psychologue et les médecins vont venir vous aider, poursuivit Bressonnier. Les deux autres sont morts. Nobécourt a tué sa compagne au moment de l'assaut et un de nos hommes l'a éliminé avant qu'il ne tire sur Edward. Je dois aussi vous dire que Mangin a sauvé la vie du gamin. C'est elle qui s'est mise devant lui quand Nobécourt a tiré. Étrange… Une putain de sale affaire. La presse va adorer…

Garideau rangea rapidement les informations dans un coin de sa tête, mais l'essentiel pour elle était ailleurs. L'urgence était là, à quelques mètres d'elle. La vie d'un jeune homme qui lui avait fait confiance et qu'elle avait promis à son ami de sauver. Alors, elle s'agenouilla et tâtonna devant elle pour venir à sa rencontre.

— Edward ?

L'extracteur de gaz enfin actionné fit un barouf du diable et étouffa la voix de l'inspectrice. Quelques secondes plus tard, elle prit sur elle pour ne pas hurler.

Edward était juste devant elle. Assis par terre, un nœud coulant et des marques violacées de strangulation autour du cou. Son visage blafard était taché d'éclats de sang. Ses yeux noirs, vides. Il se balançait d'avant en arrière. Exactement dans la même position que lorsqu'elle l'avait interrogé dans le gymnase de Saint-Nicolas. À ses pieds, le cadavre d'Isabelle Mangin, une balle en plein cœur. Le même visage. Trait pour trait. La copie conforme de Rose Barzac. Edward ne pouvait plus détacher son regard du cadavre. Aucune expression sur son visage. Il était vivant, mais loin, très loin d'eux. Coincé entre le passé et le futur. Vivant, mais caché, à l'abri de l'horreur qu'il venait de traverser. Garideau s'assit à ses côtés et, très doucement, approcha ses mains de son cou pour lui ôter la corde épaisse qui l'enserrait. Il se laissa faire sans réaction. Les experts pendant ce temps prenaient des photos des cadavres, de la cave, alors que d'autres arrivaient avec des housses en plastique noir pour emporter les dépouilles. L'équipe médicale vint la rejoindre, mais l'adolescent refusa qu'on le touche, se recroquevillant en position fœtale, la tête sur les genoux de Garideau. Le médecin tenta de le rassurer, mais il refusa de bouger.

— Tu es blessé, Edward. Est-ce que tu peux respirer ? Tu as d'importantes marques de strangulation sur le cou. Nous devons t'ausculter.

Edward ne bougea pas, seuls ses yeux étaient ouverts, le reste de son corps était encore enfermé dans l'horreur.

Est-ce qu'il pouvait respirer ? Quelqu'un venait de lui poser cette question. Était-il vivant ? Mort ? Où était-il ? Incapable de savoir ce qui se passait autour de lui, Edward se concentra sur sa respiration. L'air entrait. L'air sortait. Son cœur battait. Oui, il devait être vivant. Que s'était-il passé ? Il était paralysé des pieds au cerveau. C'était comme s'il n'avait plus de corps, ni de pensées. Des bruits lui parvenaient de très loin, sourds, lents. Sa vision s'était réduite. Il ne distinguait que des ombres. Des silhouettes noires et blanches qui allaient et venaient autour de lui. Alors, il se concentra sur la chaleur. Celle des cuisses de cette femme qui avait crié son prénom. Était-ce Tina ? Il vit son visage lui sourire.

— Il faut qu'on t'emmène à l'hôpital.

— Je ne veux pas, je ne veux pas aller à l'hôpital… je veux une histoire… murmura-t-il, en enfouissant son visage sur son ventre.

— Qu'est-ce qu'il a dit ? demanda le médecin à Garideau, qui caressait tendrement les cheveux d'Edward.

— Je crois qu'il a besoin de temps, répondit-elle.

Alors, le médecin s'agenouilla lui aussi et ausculta le jeune homme du mieux qu'il le put sans le déplacer.

— OK, conclut-il. Sa tension est basse, il est en hypothermie, mais sa vie n'est pas en danger. On va vous descendre des couvertures et du glucose. On reste là. Prenez votre temps pour le faire remonter à la surface, et appelez-nous s'il perd connaissance.

Garideau offrit en guise de réponse un signe de tête affirmatif et un regard rassurant au médecin qui la laissa s'occuper de la victime. Le bruit sec de la fermeture d'une housse mortuaire la fit tressaillir. Edward, lui, ne bougea pas, le regard fixe, le corps lourdement abandonné sur sa cuisse. Comment faire revenir un garçon de quinze ans à la vie, après un tel cauchemar ? Elle n'avait pas les mots ni la formation. Elle n'avait jamais eu de frère ni de sœur. Elle n'était pas mère et vivait seule la plupart du temps, se consacrant uniquement à son métier de flic qui dévorait ses jours et ses nuits. C'est d'ailleurs ce qui l'avait poussée à se retrouver dans une telle situation. Comment faisait-on pour rassurer un être humain au bord du précipice ? Elle continua de lui caresser la tête et, quand les cadavres furent emportés, quand les hommes d'élite purent enfin vider les lieux, elle prit le temps de lui parler, sentant le faible souffle de l'adolescent sur sa cuisse la réchauffer. Elle allait faire ce qu'elle pouvait.

— Edward, commença-t-elle. Edward, je suis l'agent de police Garideau. J'ai reçu ta lettre et c'est grâce à ton ami Henry-Pierre que je suis ici. Il t'a sauvé la vie.

Edward avait réclamé une histoire, son histoire, il fallait la lui offrir. Alors, elle s'accrocha à sa requête et lui aligna tous les éléments qu'elle détenait pour lui permettre de refaire marche arrière jusqu'à cette nuit de novembre où son père et sa mère avaient péri dans un simulacre d'accident de voiture, qui en réalité cachait un crime. Un monstrueux assassinat largement prémédité. Elle prit le temps nécessaire et lui narra le pire le plus humainement possible. Le ramenant peu à peu à la vie, en opposant à cette horreur l'amitié de ses amis, celle d'Henry-Pierre, de Jean, et de la jeune Helena qui venait d'accoucher d'un petit Edouardo. Des gens dehors avaient besoin de lui. Il n'était pas seul.

— J'ai promis à HP de te ramener vivant, Edward. Tu veux bien me laisser tenir ma promesse ?

Et Edward finit par accepter. Il mit une nuit pour remonter à la surface.

Quand il sortit du chalet sur une civière, il faisait jour et les premiers badauds commençaient à affluer vers le lieu du crime. C'est ce qu'était devenue sa maison de vacances, un lieu maudit. Une baraque hantée. À l'arrière de l'ambulance, il vit s'éloigner cette maison isolée, conçue par son père en harmonie avec la nature. Un havre de paix à jamais profané.

46

DÈS LE LENDEMAIN, son histoire devint l'affaire Barzac. Son nom fut piétiné. Dans la tête des gens, le nom des victimes se mélangeait avec ceux des bourreaux. Ce n'était pas l'affaire Barzac, c'était l'enfer Mangin. La folie Mangin. Celle de la perversité d'une femme et de son amant, prêts à tout pour de l'argent. Mais c'est son nom qu'on utilisa pour titrer les articles dans les pages des faits divers. "L'horreur Barzac". "L'enfer Barzac". "Le monstrueux calvaire Barzac". Sa vie fut exposée dans la presse, sur le net, dans les journaux. La vérité avait enfin éclaté au grand jour, elle faisait aussi mal que le mensonge, mais il savait qu'il était sorti d'affaire. Que bientôt la rumeur allait se lasser de "la jumelle sanglante", "des amants maléfiques", de "l'orphelin séquestré par sa tante".

Cette fois, il ne conserva pas le rapport de police dans le classeur "papa". Il voulait l'oublier, au contraire. Alors, il se contenta de le lire et de le signer. La vérité, il la connaissait. L'OPJ Garideau avait eu le courage de la lui raconter, le reste désormais ne lui importait plus. Affaire classée. Il n'y aurait pas de procès puisque les coupables étaient morts. Ne restaient que les souvenirs. De terribles souvenirs que seuls les jours heureux de l'avenir pourraient effacer.

Rapport de police de l'affaire Barzac.

"Isabelle Mangin, était la sœur jumelle de Rose Barzac. Toutes deux étaient nées à Puteaux (Hauts-de-Seine) le 12 avril 1972 sous X et furent adoptées à leur naissance par deux familles différentes. Enfant perturbée, agressive et perverse, Isabelle Mangin est placée en orphelinat à Bobigny à l'âge de douze ans, après le décès de sa mère adoptive. L'adolescente accumule les fugues, se drogue et a des tendances suicidaires. Elle réussit malgré tout à obtenir un diplôme d'aide-soignante. Parcours professionnel peu glorieux, elle se fait renvoyer de plusieurs établissements pour agressivité et attitude dominatrice envers les patients. Elle souffre de troubles de la personnalité. À quarante ans, au chômage, elle entreprend des recherches sur ses origines biologiques et découvre l'existence de sa sœur jumelle, la femme du célèbre et richissime architecte Paul-Thomas Barzac. Elle voit cela comme une aubaine, la chance de sa vie. Elle en parle à son amant, Stéphane Nobécourt. Ensemble ils préméditent de prendre la vie des Barzac et de profiter de leur fortune. Des échanges de mails retrouvés dans la mémoire vive de leurs ordinateurs ont permis aux enquêteurs de mettre au jour leur plan. Mangin provoque une rencontre et révèle à Rose Barzac le secret de leur naissance. Les deux sœurs deviennent proches, Rose accepte de passer quinze jours avec sa jumelle en Bretagne dans une cure de thalassothérapie qu'elle fait passer auprès de sa famille pour une cure de repos. Rose Barzac n'a *a priori* révélé l'existence de sa sœur à son mari que le jour de son retour chez elle. Elle souhaitait lui faire la surprise de sa découverte et lui présenter sa sœur. En revanche, elle n'a pas eu le temps d'en parler à son fils, avec lequel elle avait depuis sa naissance des relations tendues. C'est lors de ce séjour en Bretagne qu'Isabelle entre dans la tête de Rose, la forçant à lui raconter son intimité, sa vie sociale, ses goûts. Isabelle Mangin la bombarde de questions et prépare la substitution d'identité, puis les meurtres. Un plan terrifiant conçu et orchestré avec son amant Stéphane Nobécourt, un ancien pilote de course, reconverti dans des petits trafics sur le net. À son retour à Chatou, Isabelle Mangin invite le couple Barzac dans son appartement et présente Nobécourt comme son ami. Elle ajoute un somnifère dans le dernier verre de vin de Paul-Thomas. Il faut noter que ses connaissances médicales lui ont permis de reproduire de fausses ordonnances pour se procurer de puissants sédatifs, qu'elle utilisera sur Edward, puis à dose mortelle sur Florence Richarte. Pendant ce temps, Stéphane Nobécourt sabote les freins de la Fiat. Dès leur départ, sans doute aux environs de deux heures du matin, le couple suit les Barzac dans un autre véhicule et provoque l'accident mortel, au sortir d'un virage en descente dans le bois de Saint-Cucufa. D'après l'expertise légale, il est impossible de savoir si Rose Barzac est morte sur le coup ou si le couple l'a achevée. Isabelle Mangin et son amant enterrent ensuite son cadavre à quelques mètres du véhicule, derrière un bosquet. Avant d'appeler les secours, Stéphane Nobécourt aide probablement Isabelle Mangin à se blesser le visage, les mains et à se broyer le poignet (ce qui lui permettra d'expliquer le fait que Rose ne joue plus de piano). Nobécourt prévient ensuite les secours et se fait passer pour un simple automobiliste. Emmenée à l'hôpital, ne reste plus à Isabelle Mangin qu'à devenir officiellement Rose Barzac, veuve éplorée qui s'isole du monde pour noyer sa peine. D'après les SMS retrouvés dans les deux téléphones des coupables, ils avaient dans un premier temps envisagé d'épargner Edward. Mais le comportement violent de l'adolescent les a encouragés à préparer très rapidement sa mort. Leur plan : utiliser la fragilité affective et psychologique du garçon pour le pousser vers la folie, puis vers un suicide programmé. Florence Richarte a été engagée parce qu'elle n'avait pas de famille, des compétences en comptabilité et un irrésistible besoin d'argent. Les raisons de sa mort restent floues. Deux hypothèses ont été avancées par les enquêteurs. Soit elle aurait découvert une faille dans le plan Mangin-Nobécourt et aurait tenté de monnayer son silence sur cette information. Soit Isabelle Mangin aurait fini par se prendre pour la véritable mère d'Edward. Une mère ultra-possessive qui ne supportait pas que d'autres personnes côtoient et apprécient "son fils". Elle aurait tué Florence Richarte par pulsion de jalousie. D'après le témoignage d'Edward Barzac, les retours du docteur Stein et son ultime élan protecteur envers l'adolescent dans la cave – qui, notons-le, lui a coûté la vie –, cette option n'est pas à écarter. D'autant qu'Isabelle Mangin était stérile.

Effrayé par le comportement ultra-possessif de celle qui se faisait passer pour sa mère, Edward Barzac fuit et est interné de force. Personne ne croira sa version, d'autant que son blog a été soigneusement effacé de la toile. Edward est diagnostiqué pour démence paranoïaque et hospitalisé six semaines.

Helena Romierggi, la jeune femme de compagnie renvoyée par Mangin dès le lendemain de l'accident, est retournée à Rome avec son conjoint, le futur père de son enfant. Son départ a été encouragé par une somme de trente mille euros, avec la promesse de ne plus rentrer en contact avec Edward. La jeune femme, qui a déclaré avoir été "prise de remords d'abandonner l'adolescent dans un tel contexte", a réussi à rester en contact avec lui, *via* un blog. Le garçon lui téléphonera pour lui demander son aide avant d'être interné. Mlle Romierggi reste ensuite silencieuse et distante après à une série de coups de fil anonymes la menaçant de mort. "J'ai vraiment pensé qu'on pouvait me tuer. J'ai eu peur pour la vie de mon bébé. Je n'y comprenais rien car, malgré les apparences, Rose Barzac adorait son fils, même si elle ne savait pas le lui dire…" La jeune femme a accouché la veille de la prise d'otage d'Edward, ce qui a par la suite expliqué qu'elle n'ait pas répondu aux messages de la police française. Quelques jours avant sa sortie d'hôpital, et en désespoir de cause, Edward Barzac poste une lettre à l'OPJ Nathalie Garideau, qui l'avait entendu lors de l'affaire de l'Institut Saint-Nicolas (cf. procès-verbal n° 0148591). Cette fois l'OPJ prend ses allégations au sérieux et commence une enquête informelle. Elle met au jour la disparition de Florence Richarte et un rapport d'expertise sur le véhicule (cf. rapport n° AZ21015) qui brise la thèse de l'accident. L'identité d'Isabelle Mangin, qui n'était pas connue des services de police ni fichée, a été révélée par Henry-Pierre d'Archambaud. L'adolescent âgé de quinze ans, sans nouvelles de son ami à sa sortie d'hôpital, s'est inquiété. Sachant que ses parents ne l'aideraient pas, il décide alors de trouver des informations sur cette mystérieuse femme dont Edward lui avait communiqué le nom et l'adresse quelques semaines auparavant. Aux environs de vingt heures, la nuit du 22 février, il tombe sur un curriculum vitae avec une photographie. Il découvre alors que la dénommée Isabelle Mangin, domiciliée au 25 avenue des Pins à Chatou, est la copie conforme de Rose Barzac. Un même visage. Deux noms. Il comprend. Courageusement, il décide de sortir de chez lui en pleine nuit à l'insu de ses parents pour transmettre sa découverte à l'OPJ Garideau. L'investigation et la trouvaille d'Henry-Pierre d'Archambaud ont sauvé la vie d'Edward Barzac. Le GIGN est aussitôt contacté et une équipe d'experts intervient à deux heures quinze du matin au chalet de Courchevel. Après une tentative de marchandage de la vie d'Edward de la part des deux criminels contre un hélicoptère, la cave est prise d'assaut. Étouffé par les fumigènes, paniqué, Stéphane Nobécourt veut en finir et tire en direction d'Edward Barzac. Isabelle Mangin le protège et meurt d'une balle en plein cœur tirée par son amant.

Nobécourt comprend, réarme, mais n'a pas le temps de tirer sur Edward. Il est abattu par un des hommes du GIGN d'une balle dans le dos qui lui a perforé les poumons. Edward Barzac est retrouvé vivant. Choqué, drogué, l'adolescent a des traces de strangulation sur la gorge et des hématomes au visage. Il a probablement été pendu, mais aussitôt détaché – quand le couple a entendu l'assaut du GIGN. L'adolescent alors sous somnifère ne se souvient plus de rien, mais les traces sur son cou et la corde le prouvent. Après l'intervention du GIGN, Edward Barzac est pris en charge par l'OPJ Garideau avant d'être remis le matin aux urgentistes de l'hôpital…"

En réalité, ce n'est pas l'histoire du drame qu'il avait vécu, ni même le soutien de ses amis, qui permirent à Edward Barzac de recouvrer le goût de vivre, mais un petit cahier. Un carnet de notes bleu, taché de terre et d'humidité que lui rapporta Nathalie Garideau chez Jean une semaine après le drame. C'était là qu'il vivait à présent. C'était là qu'il avait trouvé refuge. Jean, l'ami de la famille, était son tuteur désormais. Celui qui allait s'occuper de lui et l'aider à s'élancer un jour ou l'autre du haut du tremplin olympique. Les cauchemars venaient encore frapper la nuit, parfois le jour, mais, après la lecture de ce carnet, Edward avait su la vérité et cela lui permit de garder espoir. De mettre le mot "fin" dans sa tête et de regarder le jour se lever avec l'envie de vivre, d'aimer et d'être aimé. Il se sentait prêt. Prêt à blaguer avec Henry-Pierre des nuits durant, parler de tout, de rien et éprouver la joie de l'amitié. Prêt à retourner au lycée, à retrouver Tina, à cheminer tel qu'il était. Un garçon fragile, malmené par la vie, mais aimé, oui, profondément aimé. Ce n'était pas grand-chose. Quelques pages. Quelques mots. Un témoignage inachevé, mais cela avait suffi à le remettre debout. Ce petit cahier bleu réanima son cœur d'une lueur irremplaçable.

Désormais, il chérissait sa mère.

Le jour de l'enterrement de Rose Barzac, Edward réunit tous ceux qui, comme lui, le savaient.

ÉPILOGUE

“À TA NAISSANCE, EDWARD, je me suis découvert un visage monstrueux, une colère dans tout mon corps que je ne connaissais pas. J’étais brusque, maladroite et je n’arrivais pas à m’occuper de toi. J’avais même parfois envie que tu disparaisses pour que tout redevienne comme avant. Je n’ai pas compris. Personne n’a compris, je t’avais tellement espéré. Alors, je me suis absentée. J’ai mis de la distance entre nous pour ne pas devenir folle, pour ne pas te faire de mal. Ton père a été formidable. Il a enduré cette horreur sans me détester. À lui, je pouvais dire combien je t’aimais, comme je souhaitais te prendre dans mes bras, t’embrasser. Avec lui, je pouvais pleurer cet amour qui restait étouffé.

Mon Edward, aujourd’hui je sais ce qui nous est arrivé. Ma mère biologique m’a abandonnée à la naissance. J’avais une sœur jumelle. Elle nous a laissées toutes les deux avec pour seul bagage un nom dans une enveloppe. Kuzsherba. C’est le nom de ma mère. Une Polonaise. Une femme sans argent, ni papiers, ni famille, seule. Elle n’avait pas d’autre choix.

Quand tu es né, l'histoire de ma mère a percuté la mienne et nous a laissés KO toi et moi dans cette chambre d'hôpital où tu pleurais sans que je sache te consoler. Sans que je sache pourquoi j'étais comme ça. Mon ange, je t'écris pour te dire combien je t'aime. J'espère parvenir très bientôt à te glisser ces mots doux à l'oreille. Tout à l'heure je n'y suis pas parvenue dans ta chambre. Tu es si furieux contre moi. Ce n'est pas si simple. Il faut que j'apprenne les gestes tendres. Te souviens-tu de ce jour au jardin des Tuileries ? Tu devais avoir six ans. Ce jour d'été, j'avais réussi à te prendre dans mes bras et à te faire tournoyer dans les airs. C'est mon unique souvenir de tendresse avec toi. Le plus beau jour de ma vie. Tout le reste n'est jamais sorti de mon cœur.

J'espère que notre amour est encore possible, Edward. Aujourd'hui, je me sens enfin libérée, enfin disponible pour t'accueillir, mais tu as quinze ans. Tu n'es plus un enfant et tu as toutes les raisons de me détester.

Je sors ce soir avec papa. Je vais lui présenter ma sœur, Isabelle, tu la rencontreras toi aussi très bientôt. Je suis si heureuse de l'avoir retrouvée. Elle est adorable et c'est fou comme elle me ressemble ! Notre seule distinction est une tache de naissance qu'elle a sur le cou et que je n'ai pas. Une famille. C'est ce que je veux construire. Nous avons pris du retard, mon ange, toi et moi, mais peu importe le temps, aujourd'hui je veux t'aimer, t'aider à grandir et te dire chaque jour combien je te trouve formidable. Je n'ai plus mal, ni dans ma tête ni dans mon corps et j'espère que mon amour guérira tes blessures. Je t'aime un peu, beaucoup, passionnément, mais sans folie. Je t'aime en respectant tes choix, tes envies, ce que tu es. Je t'aime comme une mère qui est enfin prête à le devenir."

Fin du petit carnet bleu, retrouvé sur le cadavre de Rose Barzac, enterrée par ses meurtriers dans le bois de Saint-Cucufa, le 16 novembre à trois heures du matin. Elle repose désormais au cimetière de Ville-d'Avray, auprès de son époux, Paul-Thomas Barzac.

REMERCIEMENTS

MERCI aux membres de la commission du CNL pour la bourse de création qu'ils ont accordée à ce roman. Merci à Anne-Laure Galtier, psychanalyste, qui a bien voulu répondre à mes nombreuses questions et m'a ainsi aidée à tracer le profil psychologique de mon héros.

Merci à l'équipe de l'Association Périnatalité de Béziers et à la richesse de ses journées de congrès professionnel autour de la naissance. Grâce à eux, j'ai découvert les formidables travaux de Sophie Marinopoulos, psychologue clinicienne, particulièrement ceux autour de la relation mère-enfant. Un immense merci à mon beau-frère, pour ses précieuses connaissances sur l'organisation judiciaire. Une gratitude toute tendre envers Victor Lengagne, mon fidèle premier lecteur, et Florence Paulhac, chère passionnée de littérature. Enfin, merci à Françoise Ichard pour sa patience et à mon compagnon de voyage pour tout le reste…

L'AUTEURE

Au départ comédienne, Jo Witek se dirige assez vite vers l'écriture. D'abord pour le cinéma, en tant que scénariste et lectrice, puis pour la presse et la communication comme rédactrice. Depuis 2009, elle écrit pour la jeunesse. Chez Actes Sud junior, elle est l'auteure d'*Une fille de...* (collection "D'une seule voix"), de *Premier arrêt avant l'avenir* (collection "Romans ado"), de thrillers pour les ados, *Le Domaine*, *Rêves en noir*, *Peur Express*, d'un conte féministe, *Un jour j'irai chercher mon prince en skate*, et d'un roman pour les 9-12 ans, *Y a pas de héros dans ma famille*. Elle a également signé l'album *Dans la boutique de Madame Nou*, illustré par Nathalie Choux.

DE LA MÊME AUTEURE

PREMIER ARRÊT AVANT L'AVENIR

Pierre, brillant bachelier primé au concours général, quitte son lycée rural et un milieu modeste pour rejoindre Paris et une prépa d'excellence. La voie royale pour un pur outsider boursier à qui on a toujours rappelé combien il était redevable à la société. Le voilà parti… Mais dans le train, son chemin va croiser celui d'Olympe, une fille flamboyante qui, avec ses idéaux révolutionnaires et son projet d'expédition humanitaire en voilier, va lui ouvrir de nouveaux horizons. Sa vie de jeune adulte commence à peine et le voilà qui doute, hésite, vacille. Et si c'était à lui de décider de son avenir ? Et si à dix-huit ans on avait le droit d'être léger ?

PEUR EXPRESS

Un train bloqué sur un viaduc en pleine tempête de neige, dans une nuit profonde. Six jeunes passagers – qui ne se connaissent pas – sont la proie de phénomènes étranges : hallucinations, accès de démence, voix de revenants, rituel satanique… Pourquoi eux ? Pourquoi dans ce train, et cette nuit-là ?

RÊVES EN NOIR

Jill est aveugle et en pleine crise d'adolescence. En révolte contre son handicap, elle développe soudain des visions nocturnes alors qu'elle ne rêvait plus en images depuis des années. Ses songes semblent avoir une valeur prémonitoire. Ou seraient-ils un moyen pour elle de s'éloigner davantage du monde réel ? La voilà sur les traces d'un mystérieux jeune homme mêlé à un trafic d'œuvres d'art. Elle se met en tête de le sauver et fugue…

UN JOUR J'IRAI CHERCHER MON PRINCE EN SKATE

Pas facile de jouer les indifférentes quand on a très envie d'embrasser un garçon... Résister, c'est pourtant le défi que s'est lancé Fred. Hors de question de se pomponner et de prendre un air mystérieux en attendant de séduire le prince charmant ! Elle préfère oublier le monde autour d'elle et enflammer le bitume sur son skate. Pourtant, un événement familial douloureux va forcer Fred à s'ouvrir aux autres...

LE DOMAINE

Gabriel, solitaire et passionné de nature, accompagne sa mère embauchée comme domestique dans un vaste domaine entouré de landes. Il y fait la rencontre d'Eléonore, la petite fille des châtelains, aussi attirante qu'inaccessible. Envoûté, il perd complètement le contrôle… Jusqu'où ira-t-il pour se faire aimer ?

Y'A PAS DE HÉROS DANS MA FAMILLE

Jusque-là tout était clair dans sa tête. À la maison, il était Mo, parfois aussi Tit'tête ou bouffon à lunettes. À l'école, c'était Maurice Dambek. Chez lui, à l'étroit dans le petit appartement, ça parlait fort par-dessus la télé et ça disait des gros mots. En classe, on se tenait correctement et on parlait comme dans les livres. Ses deux vies étaient bien distinctes, il suffisait de ne pas se tromper de langage. Mais, un jour, Mo découvre la maison de son ami Hippolyte et le mur de photos dans le salon, où sont exposés tous les gens connus de la famille – un grand médecin humanitaire, un écrivain, un acteur de la Comédie française et même un prix Nobel ! À partir de ce moment, Mo commence à s'éloigner et à avoir honte de sa famille déglinguée, où il n'y a aucun héros, que des zéros. Mais dans un vieil album de famille, il va faire une découverte...

UNE FILLE DE

Hanna aime courir. Le long de la ligne verte, elle avale les kilomètres de chemin quatre fois par semaine. Dans ces moments, elle est libre, forte, entraînée. Loin de la douleur et de l'humiliation. Hanna est la fille d'Olga, prostituée ukrainienne. Et pour Olga, pour toutes les femmes qui vendent leur corps, elle décide de ne plus avoir honte. De relever la tête et de raconter son histoire, au rythme de sa course.

DANS LA COLLECTION "ROMANS ADO"

J'AI TUÉ UN HOMME
Charlotte Erlih

Surmenage scolaire, pic de stress, ou trouble plus grave ? Arthur est hospitalisé pour cause d'épisode délirant. Le collégien passionné d'histoire se prend depuis peu pour Germaine Berton, une militante anarchiste, meurtrière d'un leader de l'Action française en 1923... Qu'arrive-t-il à Arthur, qui ne reconnaît plus les siens ni le monde qui l'entoure ? Parents, professeurs, camarades de classe, médecins, tous s'interrogent. Avec leur sensibilité, et aussi leurs peurs.

CUT THE LINE
Pascal Ruter

Ils sont cinq jeunes musiciens français à avoir été choisis pour une tournée au San Puerto, minuscule pays situé quelque part sur les contreforts de la cordillère des Andes. À l'heure du retour chez eux, la situation politique est tendue et les menaces de coup d'état imminentes. Ils embarquent dans un avion vétuste pour faire une escale à Buenos Aires mais, lors de la traversée de la cordillère, l'appareil s'écrase sur un sommet enneigé. Seuls rescapés, les jeunes gens tentent de survivre dans les conditions les plus extrêmes : la faim, le froid, la nature hostile et l'isolement vont les pousser à bout, révélant les pans les plus sombres de leur passé.

MA VIE N'EST PAS UN ROMAN

Alina Bronsky

Traduit de l'allemand par Véronique Minder

Kim n'aime pas lire et ne lit pas. Mais un jour qu'elle assiste à la présentation par une écrivaine à succès de son dernier roman, elle est sous le choc : les extraits lus décrivent, à quelques détails près, sa vie, sa famille, jusqu'à ses pensées. Comme la mère de Kim, celle de l'héroïne, adepte du yoga et du végétarisme, vit seule avec sa fille ; comme le père de Kim, celui de l'héroïne s'est trouvé une nouvelle compagne. Dans le livre, Jonathan, amoureux désespéré de l'héroïne, meurt d'une piqure de guêpe. Est-ce le sort réservé à son camarade Jasper, qui en pince peut-être pour Kim ? Comment déjouer la prédiction ? Pour cela, l'adolescente ne va pas hésiter à entrer par effraction dans la vie de la romancière retorse.

STOLEN

Pascale Perrier

En Australie, jusque dans les années 1970, des enfants aborigènes ont été retirés à leur famille pour être confiés à des Blancs. Joshua, quinze ans, est l'un d'eux. Métis, il a grandi, parfaitement assimilé, dans l'ignorance de ses racines. Son univers est bouleversé le jour où surgit Ruby, sa sœur de sang, qui, elle, a subi la brutalité des foyers. "Abo", il est, et cette révélation est comme une claque, un ouragan. Mais a-t-il envie de connaître sa "vraie" famille, ses origines ? Prisonnier des préjugés accolés à la minorité (pauvreté, violence, alcool), Joshua se lance cependant dans une quête de vérité qui l'emmènera dans l'Outback et sa terre rouge.

MON ÂME FRÈRE

Gaël Aymon

Scolarisée dans un lycée d'excellence, Camille a chaque jour plus de peine à cacher à ses parents ses notes en chute libre. Quand ceux-ci découvrent la vérité, les punitions tombent. Elle est alors privée de sortie, de téléphone, et surtout empêchée de retrouver Yanis, son petit ami, son *âme frère*, le seul qui la comprend et la soutient. C'est trop de pression pour Camille, qui craque et obtient de passer quelques jours à la ferme chez sa tante. Là, entre les vergers et la grange, au contact des animaux, Camille découvre une nouvelle voie, si éloignée des ambitions de réussite projetées par ses parents. Le chemin tracé par les adultes lui convient-il vraiment ? Et son histoire d'amour avec Yanis survivra-t-elle à toutes ces épreuves ?

UENO PARK

Antoine Dole

Ueno Park, immense étendue de verdure en plein coeur de Tokyo. On y découvre Ayumi, une *hikikomori*, qui sort pour la première fois de chez elle après plus de deux ans de réclusion. Haruto, un jeune lycéen qui tente de reconstruire sa vie après l'expérience du tsunami de 2011. Noriyuki, un adolescent qui a dû abandonner le domicile familial. Sora, qui affiche son look extrême et asexué de *genderless kei* et doit résister aux insultes ; Aïri, fan obsessionnelle, qui s'égare dans son fantasme avec son idole… Ces adolescents ne se connaissent pas mais ont en commun de ne pas se conformer, de rejeter les codes traditionnels de la société japonaise et d'affirmer un style de vie, un furieux désir de liberté. À Ueno Park, ils vont se trouver réunis pour Hanami, le spectacle de l'éclosion des cerisiers. Ce moment de renaissance va permettre à chacun d'explorer sa propre solitude.

DANCERS
Jean-Philippe Blondel

Anaïs, Adrien et Sanjeewa : l'ancienne gymnaste à la carrière contrariée, le garçon en colère contre l'injustice familiale et le fils d'immigrés tamoul que l'on ne sait pas trop où caser. Ces trois-là se croisent, s'aiment, se séparent puis se retrouvent. Mais au-delà des sentiments, ce qui les relie irrésistiblement est la passion de la danse, du hip-hop, les battements du corps. Avec une énergie indomptable, le trio réinvente les lois de l'attraction dans la vie comme sur scène.

COUPÉE EN DEUX
Charlotte Erlih

Depuis le divorce de ses parents, chaque dimanche soir, c'est le même déchirement pour Camille. Elle connaît la fissure créée par la garde alternée, elle l'a même apprivoisée avec le temps. Mais aujourd'hui, Camille doit faire un choix. Elle a rendez-vous avec la juge, son avis va être entendu. Désire-t-elle rester à Paris avec son père, sa nouvelle compagne et leur bébé ? Ou bien préfère-t-elle partir avec sa mère en Australie et changer complètement de vie ?

NIGHTWORK
Vincent Mondiot

Patrick, 14 ans, fan de dessins et de jeux vidéo, vit dans une cité avec son grand frère Abdel et leur mère. Le premier fait des allers-retours en prison tandis que la seconde est coincée entre une vie qui ne la satisfait pas et un alcoolisme rampant. Mais ce terne quotidien va prendre un tour carrément macabre et inattendu. Pour sortir de ce cauchemar éveillé, Patrick peut compter sur l'attachement indéfectible d'Abdel, leur culot et leur sens commun de la débrouille.

NAISSANCE DES CŒURS DE PIERRE
Antoine Dole

Dans quelques jours, Jeb va entrer dans le Programme. C'est la loi du Nouveau Monde : à douze ans, chaque enfant de la communauté doit commencer un traitement qui annihile toutes les émotions, dans le but de préserver l'équilibre de la société. Mais Jeb ne peut s'y résoudre, quitte à se mettre en grand danger… Nouvelle au lycée, Aude subit tous les jours de nouvelles moqueries et insultes de la part des autres élèves et trouve refuge dans les bras de Mathieu, un surveillant du lycée. Un premier amour qui va faire naître en elle des sentiments aussi intenses que dévastateurs. Deux destins qui vont mystérieusement se croiser…

LE GROUPE
Jean-Philippe Blondel

François Roussel, professeur d'anglais et écrivain, se laisse convaincre de monter un atelier d'écriture pour les Terminales de son lycée. Il se demande tout de même qui cela pourrait bien intéresser. Et puis les premiers inscrits arrivent : Léo, Émeline, Nina… et même Boris, le rigolo de la Terminale ES. Douze au total, dix élèves et deux profs, réunis une heure par semaine dans un monde clos pour écrire. Pour tous, c'est un grand saut dans l'inconnu. Les barrières tombent, ils seront tous au même niveau, à découvert. Un groupe à part. Avec des révélations, des révoltes, des secrets qu'on dévoile. Des chemins qui se dessinent…

LE RÉCIF

Seita Vuorela

Traduit du finnois par Sébastien Cagnoli

Mitia, son frère Vladimir et leur mère prennent la route des vacances dans un camping-car. Une panne les immobilise dans un camping en bord de mer. Au cours de ses promenades sur le rivage, Mitia rencontre une bande de garçons vagabonds qui se font appeler les Épaves, ainsi que leur ennemie, une fille mystérieuse en robe blanche qui marche pieds nus sur les rochers et tire à l'arc. Qui est-elle vraiment ? Pourquoi ces garçons n'ont-ils aucune attache, aucun souvenir ? Pourtant, Mitia a cette étrange certitude d'être un des leurs…

MAUVAIS JOUEURS

Julien Dufresne-Lamy

La famille est un jeu. On joue des jeux de rôles, des jeux de société, avec des pièges, des faux-semblants et des secrets inavoués. Le timide Marceau grandit entouré de deux soeurs, d'une mère fantasque, et d'un père très exigeant, souvent distant. Les années passent, et tandis que sa mère s'absente, en proie à des esprits qu'elle seule peut voir, Marceau s'isole, joueur vaincu, grand perdant du jeu. Alors le garçon décide de partir, loin, pour mener sa propre partie, choisir sa vie et ses amours.

PENSÉE ASSISE

Mathieu Robin

Sofia et Théo filent le parfait amour. Tout irait bien si le jeune homme, paralysé des jambes, n'avait pas une obsession : embrasser sa dulcinée debout, comme les gens valides. Il s'y essaie par tous les moyens, à ses risques et périls… Un défi amoureux à l'humour décapant.

LE MONDE EST DERRIÈRE TOI

Marian de Smet

Traduit du néerlandais par Emmanuèle Sandron

Eppo, dix-sept ans, quitte les Pays-Bas pour se rendre en France. Il est pris en stop par Tabby. Tabby parle beaucoup, beaucoup trop. Eppo, lui, a du mal à aligner deux mots. Et tous deux fuient quelque chose. Un road-trip commence, l'occasion peut-être d'un nouveau départ.

COMMENT JE ME SUIS DÉBARRASSÉ DE MA MÈRE

Gilles Abier

Qui n'a jamais rêvé de ne plus avoir sa mère sur le dos ? Deux filles, deux garçons sautent le pas. Fini d'être surveillé, de se sentir étouffé ou même d'avoir honte… Mais à quel prix ?!

LA COLOC

Jean-Philippe Blondel

Quitter le cocon familial pour vivre en colocation ? Le rêve pour tout lycéen ! Pourtant, rien n'aurait pu a priori rapprocher Romain, Rémi et Maxime. Mais ce nouveau quotidien va bousculer leurs certitudes et les pousser à créer un improbable et détonnant trio.

OUBLIER CAMILLE
Gaël Aymon

Yanis est sincèrement amoureux de Camille. Ils se sont rencontrés trois ans plus tôt. Pourtant, “être un mec” et “assurer” avec les filles, c’est plus facile à dire qu’à faire. Devenir un homme oui, mais quel homme ? Et est-ce que tous les hommes sont censés savoir instinctivement quoi faire ?

20 PIEDS SOUS TERRE
Charlotte Erlih

Un appel de la police au milieu de la nuit et c’est la vie de Manon qui bascule : son frère Théo a été retrouvé mort électrocuté sur les rails du métro parisien. Seule contre tous, Manon refuse la thèse officielle de l’accident et se lance dans une enquête aussi clandestine que dangereuse. Qui était vraiment Théo ? Pourquoi lui cachait-il sa passion pour le graff ?

CE QUI NE NOUS TUE PAS
Antoine Dole

Lola est en colère. Contre ses parents qui se disputent sans cesse, contre les profs, contre ses amis, contre tous. Alors Lola fait la dure, cogne, et finalement met les voiles. Dans sa fuite, elle trouve refuge par hasard auprès de Simone. Chez la vieille dame qui a pour seule compagnie les fantômes de ses souvenirs, le temps s’est arrêté. Ces deux solitudes vont peu à peu s’apprivoiser et découvrir cette douceur qui ne nous tue pas mais nous rend plus fort.

MA RÉPUTATION

Gaël Aymon

Pour Laura, avoir des copines, des conversations de filles, est au-dessus de ses forces. Au lycée, elle préfère traîner avec ses potes garçons, quitte à laisser les autres imaginer des choses. Mais lorsqu'elle repousse les avances de Sofiane, le reste du groupe se retourne brutalement contre elle. À mesure que de sales rumeurs se propagent à son sujet, l'isolement de Laura grandit, l'étouffe.

DOUBLE JEU

Jean-Philippe Blondel

Quentin, nouveau dans son lycée, est enrôlé dans un cours de théâtre pour jouer la pièce de Tennessee Williams *La Ménagerie de verre*. Comme le personnage qu'il interprète, le garçon est tiraillé entre l'envie de tout plaquer pour voir le monde et celle de se battre. D'affronter. Les parents. Les profs. Les élèves. Les spectateurs. L'avenir.

AMOUR MORTEL

Gilles Abier

Surmontant sa timidité maladive, Lucie a accepté l'invitation au restaurant d'Antoine. Mais ce qui devait être un dîner annonciateur d'un futur excitant se solde par la mort aussi imprévisible que violente du jeune homme. Pur hasard ou mauvais sort ? Lucie n'est qu'au début de son cauchemar...

BRISE GLACE

Jean-Philippe Blondel

Solitaire, secret, Aurélien n'aspire à rien d'autre qu'à oublier et se faire oublier. Mais dans son lycée, Thibaud semble s'être focalisé sur lui, décidé – pour quel motif ? – à briser la glace et à gagner son amitié.

JACK

A. M. Homes

Traduit de l'américain par Jade Argueyrolles

Les choses se sont enfin calmées après le divorce de ses parents, et Jack voudrait simplement mener une vie normale d'ado. Mais tout déraille à nouveau quand son père lui révèle qu'il est gay et qu'il vit en couple avec son "vieil ami" Bob. Ça, Jack voudrait aussitôt l'oublier.

(RE)PLAY !

Jean-Philippe Blondel

Pour la venue d'un célèbre critique rock, des groupes du lycée vont pouvoir se produire. Mais celui de Benjamin n'existe plus, il a explosé... comme son amitié avec Mathieu. Et si c'était l'occasion de "rejouer" le passé ?

Ouvrage réalisé
par l'atelier graphique Actes Sud,
reproduit et achevé d'imprimer
en août 2019 par l'imprimerie
Présence Graphique à Monts
pour le compte
des éditions Actes Sud,
Le Méjan place Nina-Berberova,
13200 Arles.

Dépôt légal 1re édition : août 2014
N° impr. : 091963955
(Imprimé en France)